風の岬

风之岬

[日] 渡边淳一 著

郭曙光 译

青岛出版社

图书在版编目（CIP）数据

风之岬 /（日）渡边淳一著；郭曙光译 . — 青岛：青岛出版社，2021.11
ISBN 978-7-5552-8921-0

Ⅰ. ①风… Ⅱ. ①渡… ②郭… Ⅲ. ①长篇小说 – 日本 – 现代 Ⅳ. ① I313.45

中国版本图书馆 CIP 数据核字（2021）第 139938 号

山の岬 by 渡辺淳一
©1987 by 渡辺淳一
This edition arranged through OH INTERNATIONAL CO., LTD.
Simplified Chinese translation copyright: © 2021 by Qingdao Publishing House Co., Ltd.
All rights reserved.
简体中文版通过渡边淳一继承人经由 OH INTERNATIONAL 株式会社授权出版

山东省版权局著作权合同登记号　图字：15-2017-237

FENG ZHI JIA

书　　名	风之岬
著　　者	［日］渡边淳一
译　　者	郭曙光
出版发行	青岛出版社（青岛市崂山区海尔路 182 号,266061）
本社网址	http://www.qdpub.com
邮购电话	0532-68068091
策　　划	刘　咏　杨成舜
责任编辑	左美辰
封面设计	李在白
照　　排	青岛新华出版照排有限公司
印　　刷	青岛双星华信印刷有限公司
出版日期	2021 年 11 月第 1 版　2021 年 11 月第 1 次印刷
开　　本	32 开（890 mm×1240 mm）
印　　张	10.25
字　　数	238 千
印　　数	1-6000
书　　号	ISBN 978-7-5552-8921-0
定　　价	55.00 元

编校印装质量、盗版监督服务电话　4006532017　0532-68068050
本书建议陈列类别：日本文学　纯爱小说　畅销

目　录

启程 / 001

潮骚 / 059

阳春 / 129

海鸣 / 167

波涛 / 214

风平 / 277

启 程

电车经过伊东,右手边的车窗里再次映入了明亮的大海。此时的野野宫敬介把视线从读了一半的杂志上移开,用额头倚着车窗。

三月的风依然寒气逼人。大海碧波万顷,放眼望去,远远的海平面上笼罩着一层薄薄的云霭。伊豆春天的大海总是这样明亮恬静,给人以倦怠和慵懒的感觉。

敬介看了一会儿明亮的大海,他忽然像是想起了什么,从网架上取下了茶白双色的旅行包,从中取出了一张伊豆半岛地图。

车里并不太拥挤,一个五十多岁的男子坐在敬介的前面,正百无聊赖地抽着烟。

敬介展开地图,查找着海平面上遥见的那个岛屿的名称。此前他曾经不止一次来过伊豆,但只走到了伊东,再往南走,他这还是第一次。

远处海中的岛影,就是手边地图上的这个大圆圈所示的大岛屿,前面那个看上去平坦的应该就是伊豆七岛之一的利岛。

"不知道以后我还会见这个岛屿多少次。"敬介呆呆地沉思着。这时,对面坐着的那个男子开腔搭话了。

"您这是到哪里去呀?"

"我到下田去。"

"来观光?"

"不,是来工作。"

大概是他穿着一身崭新的西装,提着旅行包,又不时在查地图,所以给人一种观光客的感觉,其实这次他是来走马上任的,而不是单纯游山玩水。想到这里,敬介有些得意扬扬。

"那么说,您是在下田银行做事吧?"

"不,我是医生。"

"噢,原来您是医生呀。"

那男子端详着敬介,眼里流露出半信半疑的神色。

"下田的哪家医院?"

"不是下田,我是去富士滨。"

"那您得从下田翻山过去才行。"

"是吗?从下田到富士滨需要多长时间呀?"

"不从石廊崎绕的话,一个小时也就够了。"

富士滨在西伊豆,下田在东伊豆,中间正好隔着一座山。伊豆的西海岸不通火车,从下田下车翻山过去是最近的路了。

"您是哪个科的大夫呀?"

"外科。"

"那么说,是切盲肠什么的了?"

"嗯……"

男子略带敬意地打量着敬介。

"不过您看上去挺年轻。多大了？"

敬介稍稍迟疑了一下答道："二十五岁。"

"看样子您刚当医生不久吧？我有个亲戚也是医生，叫安田，在静冈开了一家诊所，不知您认不认识？"

虽说都是医生，但他也不可能连在静冈开诊所的医生都认识。

虽然敬介平时是个很随和的人，但他此时不愿搭理眼前这个滔滔不绝的男人，便把视线再次移向了窗外。

野野宫敬介受命去伊豆的富士滨大学医院出差是二月底定下的，算起来是一个月前的事了。

敬介去年三月大学毕业，刚刚通过了国家考试，在医局①里还是个一年级的新雏儿。

虽说进了外科团队就没停下，参加过多台手术，但那几乎都是观摩，偶尔帮一下手也只是拿着持钩钩住创口，即所谓的"拿持钩的"。

这一年里，要说他亲自拿手术刀动刀，也不过是切除瘭疽和臀部上的疖子什么的，而且还是在外来的前辈从旁指导下完成的。

初出茅庐的他突然接到医局长"到富士滨医院去"的这一命令，顿时就懵了。

富士滨位于偏僻的西伊豆，而且是靠近南端海岬的一个滨海小町，人口不过五千。从前海湾里有个深水码头，渔业很发达，现在随着沿岸的渔业衰败逐渐转为农业，以栽培雏菊和经营民宿为

---

① 医局：指日本医学院校附属医院临床科室的医局，它以教授、医科主任为核心，是统一调配科室内医师工作、人事的组织机构。它是日本医学界独有的一个民间机构，既等同于附属医院中的科室又有别于科室。医局的运营、管理需要专职的行政人员，主事者为医局长，多由一名讲师或助教兼任。

主。尽管近年来兴起旅游热,但西伊豆因位置偏僻依然不如东伊豆繁华,仿佛被人们遗忘了一般。

这所町立医院号称是这个町的医疗中心,全称是富士滨町立国保病院。医院建在能够俯瞰大海的小山丘上,有床位五十张,设有内科、外科、整形外科、小儿科、妇产科和牙科。

看上去科室挺齐全,但这都是表面宣传罢了。实际上,院长兼职内科和小儿科,外科医生兼职整形外科、妇产科和牙科,每周只开一次,由东京的大学医院轮流派人来坐诊。

因此,在当地常驻的只有院长和外科主任医师,而且外科医生均是像敬介这样从东京的大学医院派来的,每半年轮换一次。门面上立着的那幅广告牌只是徒有其表虚张声势而已。

就这样的一家乡下医院,也不好说新手医生能否胜任。

医院院长是内科医生,外科医生只有一位。地盘虽小,不过也算是一城之主。来这里出差的外科医生一到,立刻可以冠以外科主任医师头衔,从诊断到治疗都得由一人决断,全权处置到底。

敬介所属的东都大学医学部第一外科医局二十多年来一直往这家医院派医生。可以说,这家医院就是东都大学第一外科的附属医院。

东都大学乃堂堂名校,有必要非得往如此偏僻的地方派遣医生吗?年轻的医生们常常背地里发牢骚,但每次都是在前辈们一通劝慰后不了了之。

还有一种传言说,每次往这家医院派遣医生,教授矢野幸太郎都可以从町里拿到不菲的回扣,所以教授当然不会拒绝。

不过,这位教授五年前就已经到年龄退休了,现在任职的是矶岛教授,那些传说也就随之消失。医务人员中还有人继续揣测说,大概矶岛教授也拿了回扣,疑神疑鬼,无休无止。

不管怎么说,往这家医院派员出差一直持续到今天,其中的一个原因就是,到这里出差比到其他地方的医院出差待遇优厚得多,对收入低的年轻医生来讲还是颇具吸引力的。

众所周知,大学医院的职称排序依次为教授、副教授、讲师、助教,助教级别以上的都有正式的收入。一般来讲,医疗团队的组成由教授一名、副教授一到两名、讲师三到四名、助教四到五名组成,所以拿薪水的从上到下顶多也就不到十个人。

再往下的年轻医生根据大学不同,收入多少有些差别,每个人每月能拿到十四五万日元。不过,这些钱拖家带口的根本不够吃,即使单身手头也紧紧巴巴,所以隔三岔五要到乡下的医院或者东京都内的医院去打下手赚点外快。

比起其他临时打下手的去处,在敬介所在的医局里,富士滨医院的条件算是相对比较好的。

说起来,这家医院是根本不可能盈利赚钱的。就算各科室都挂着牌子,看上去还算齐全,但医生只是从东京的大学医院临时派来充门面的,就凭这一点,患者也不会慕名而来的。

跟很多公立医院一样,这里也有巨额赤字,不过这个窟窿都是由町里来填补。这个町的渔业衰败,百废待兴,若连个像样的町立医院都没有,就更没法生活了,因此町里对医院的运营还是蛮热心的。

而且,这家医院以前因为位置偏僻生活不便,很多人怨声载道,不过对近几年深受城市公害之苦的医生们来说这里倒是别有洞天。

在这里鲣鱼、鲍鱼、大虾等新鲜的海产品应有尽有,可以敞开肚子尽情吃,而且晴空万里的日子还能从海滨正面眺望到富士山。对厌倦了都市喧嚣的人们来说,这里是极好的疗养胜地。

　　薪水高,风光好,而且待遇还是科室主任。这在一般人看来简直犹如乐园,年轻医生们未必不喜欢来这里。受命赴任责无旁贷,不过自告奋勇报名的人还是不多。

　　上了年纪的人另当别论,对那些习惯了都市生活的年轻人来说,太阳一落山耳畔只剩下亘古不变的波涛声,根本没人肯在这样一个毫无娱乐设施的海边小镇待下去。

　　其中也有人不甘寂寞,乘一个多小时的车翻山越岭去找地方玩,不过新鲜过最初的一个月之后也就腻了,心心念念盼着早日回去。大部分的年轻医生每到周末都会跑回东京解放一番。

　　别看薪水高,其实也不划算。本想回大学的时候能攒上一笔钱,结果真到了回去的时候却囊中羞涩,更有甚者回来时还欠了一屁股债。

　　另外一个烦恼就是,虽然自己独当一面,可是学不到什么东西,也很难长进。

　　年轻的时候应该跟着强于自己的前辈,从手术刀的拿法到缝合线的系法,一点一点认真学习,这才是王道。

　　但是到了乡下身不由己全凭自己决断,慢慢也就习惯了。从诊断到手术以及术后处置,身为外科医生除了看书还要从现场观摩,得从前辈那里学到真本事才行。

　　尽管如此,年纪轻轻能来到乡下心里也免不了沾沾自喜,毕竟这跟留在大学里的同辈们已经拉开了差距。

　　在东京,待遇稍差一些,但是占尽了天时地利,跟着经验丰富的前辈们学习,才是收获最大的。

这一切敬介当然烂熟于心,如果有可能,他也想留在大学里跟着前辈好好打打基础。但是医局长一声令下谁也无法抗拒。

"说起来有些仓促,从四月份起,你就到富士滨的医院去,行吧?"

二月底,一场手术结束后,医局长新井把敬介叫到自己的房间,开门见山地说了这一番话。

"本来考虑派坂本君去的,这家伙四月份有个学会要参加,离不开。富士滨那里现在有一位比你大三期的吉井在,他原定待半年,结果延长到了一年,三月必须回来。"

"可是,我是去年才来的,还……"

"当然,我也知道派你去有些勉强,但是实在没有更合适的人选了。另外,跟你同批的松本和斋藤也都会派出去的,你看行吧?"

说来说去敬介被选中似乎是为了让坂本拿出时间准备四月份的外科学会。医局长不肯抽出相关的中坚力量去乡下,但是,外派的人员又必须撤回,当然也就必须要有人顶上去。不得已,只得派刚来不久跟学会也没有直接关系的新兵出马,以解燃眉之急。

"那地方山清水秀,鱼也很好吃。"

"不过……"

事到如今哪里还顾得上景色啦鱼啦,关键是自己能否胜任?敬介对此忧心忡忡。

"我连阑尾炎都……"

说实话,敬介连阑尾炎手术都没有亲自执刀做过,心里根本没有底儿。

"当然,这一点我们正在考虑。你去之前还有一个月,这期间尽量让你参加手术。"

"让我来做吗？"

"不管怎么说，如果连阑尾炎这样的手术都做不了是说不过去的。"

敬介听罢顿时觉得这也未必是坏事。按照正常安排，轮到他主刀做阑尾炎手术要等到今年秋天，最早也得排在夏天。有了上任主任、出差需要的名义，就可以提前执刀手术了。

"怎么样？这样行吧？"

"这太感谢了，不过……就我一个外科医生，整形外科的事也必须由我处置吗？"

"噢，那当然了。"

"要是碰上骨折的病人，该怎么办？"

一种新的不安又向敬介袭来。

"这个我也不是专家，具体说不上来。反正当你断定是骨折的时候，就要在患处打上夹板照 X 光。不管再怎么急，到洗出 X 光片至少也需要二三十分钟，你可以利用这段时间去查书。"

"要是真的骨折了怎么办？"

"简单的打上石膏就可以，复杂的可以跟医局联系，转到下田的医院就可以。总之，骨折之类的事不会人命关天，不太要紧。"

这番话听起来挺粗鲁，但说得也不无道理，是避免纰漏的万全之策。

"总之，只做小创伤和疮疖子之类的小手术。记住，千万别逞能。自己要对自己的水平有个数，千万别头脑发热异想天开，想创造什么奇迹取得什么荣誉。"

"这样能行吗？"

"总比没有医生要强吧。"

这话说得有些过分,但实际情况就是这样,敬介也只好从命。

"那么,要去多长时间?"

"噢,半年吧。很快就到夏天了,是最好的时节。"

医局长说得轻描淡写,果真那么轻轻松松就能应付过去?也许就是辛苦一点,只要别出纰漏就行。

"到了那里,你就了不起了,人家一口一个主任先生、主任先生地称呼你。"

"这种玩笑可开不得。"

"不过,可别忘乎所以玩过了头。那一带的下田和堂之岛一带,温泉街可不少呀。"

"我哪有那份闲情逸致。"

"一句话,你是不可多得的人才,加油干吧。"

医局长用力捶了一下敬介的肩膀,豪爽一笑。

决定派遣后的一个月里,医局长果然信守诺言,让敬介集中做了几台阑尾手术。

在大学医院里一般很少碰到需要阑尾手术的患者。这种手术一般都在私人诊所和公立医院就解决了,很少有人跑到大学医院来就诊。因此,大学医院里操刀的阑尾手术,基本上多为急诊,或是并发了阑尾炎的住院患者。

在这一个月里敬介常常在医院里待到深夜十一二点,有时甚至睡到医院里等待着阑尾炎的患者。

"患者呀,快点来,快点来吧!"他盼望着。

大学医院到了深夜一般各科只留一名当值医生。有重症患者或者做实验到了深夜时,个别的医生也会在这里投宿。

其中有的人没有什么急事嫌回家麻烦,或者喝多了不想花高额的出租车费,深更半夜也会悄悄潜入值班室休息。

总之,年轻的时候最好多待在医院里,哪怕是玩玩麻将或者跟当值的护士聊聊天也好。

因为深夜里人手不足,白天只能充当第三或者第四助手干些拿持钩的角色,这时则可能升任第一助手做些扎血管、缝切口之类的事。有时不仅能遇上阑尾炎,甚至还会遇上急性肠梗阻或者再次开腹之类的手术。

敬介的家住在都内的阿佐谷,离新宿的大学坐电车用不了二十分钟。想回家的话,即使深夜乘出租车也就是两千日元上下的距离,但是每当过了十二点,他几乎都是住在医院里。

敬介家里有三个孩子,一个姐姐一个妹妹,中间是他这个唯一的男孩,因此他从小就受偏爱。

他父亲是T银行的董事,为人规矩。母亲是江户武士的后裔,属于那种典型的大家闺秀,看见敬介最近频频夜不归宿心里颇为担心。

"阿敬,你是不是宿在外头的女人那里了?"

儿子长大成人了,会不会碰上了不好的女人呀?当母亲的心里难免七上八下。

"不是呀,我必须要住在医院,否则学不会手术。"

"学着做手术,干吗非得深更半夜才行?"

母亲当然不知道医院内部的情况。

"总而言之,医生这个职业和那些演员艺人们一样都属于不务正业的营生,是难成大器的,不像银行职员那样早出晚归规规矩矩。"

母亲坚信医生是个稳定靠谱的职业,因而对敬介的这番玩世不恭的说法越发心有不安。

"真是那样的话,半夜里我可要打电话到医院里了。"

"可以,不过我进了手术室不一定能接电话。"

"你到底在干什么?我要给乔司打电话问个究竟……"

中尾乔司是敬介的姐夫,在目黑开了一家诊所。

"姐夫是学内科的,问也白搭。外科不像内科那样埋头读书就能功成名就。"

敬介有些理直气壮。平时父母根本就没把敬介这位医生当回事儿,对他的医术根本就信不过。就连父亲感觉有点高血压,想量一量血压,也要专程到女婿那里去,敬介明明在家里,他们对敬介测的血压似乎不放心。碰上感冒或者腰疼都是到姐夫那里去瞧上一番。

不过正是得益于这阵子住在医院里,甚至都引起了母亲的怀疑,敬介如今已经能够一个人单独完成阑尾手术了。

虽说是一个人完成,但在大学医院做手术,旁边都站着前辈,心里倒是没有压力。有一次他在病人腹腔里翻腾了好几遍也没找到阑尾的突出点,正在束手无策的时候,一旁的前辈突然翻开肠子的内侧轻轻松松就找了出来。

原来自己一时着急光顾着翻腾小肠,偏离了阑尾的部位。

"怎么样,这下有自信了吧?"

出发前医局长问敬介。

"现在只能做普通的阑尾手术……"

"噢,只会做普通的阑尾手术还不行的。因为那里是乡下,经常有耽误了来晚的,有的都化脓了才来。"

"那样的话,我该怎么办?"

"如果不想切除,可以在腹腔内植入排脓管,不停地注射抗生素就可以。过去常引发腹膜炎会死人的,现在有药可治简单多了。"

虽然医局长谈笑风生,可敬介一想起自己要单独手术心里就不禁打鼓。

"噢,我说的是个别病例,只要能做普通的阑尾手术就能想办法应付。不过,这一个月你的确长进不小呀。"

"多亏您的关照。"

"以后会熟能生巧。"

医局长说完,像是突然若有所思:"这有点像特攻队呀。"

"您说什么?特攻队?"

"之前有一种神风特攻队,就是在飞机上装满炸药,直冲军舰撞去的家伙。"

"我在电影里见过。"

"那时候来不及培养飞行员,临时训练上两三个月就让他们出击。反正一去不复返,只教他们如何去撞击敌舰就行。"

"那我也是……"

"不,你会回来的,放心好了。"

虽只是被比喻成特攻队,但年纪轻轻的敬介听上去也总觉得心里有些别扭。

三点四十分,电车准时到达了伊豆下田。

车厢里的人大都走空了,敬介到了站台上一看,下车的观光客很多都是来伊豆春游的。

敬介出了检票口,开始朝停在站前的一排出租车走去。

事先医院说好派车来接站,但到了站并没有看见来人。人家事先说"派车接站",他也就放心了许多,不过仔细想一想,双方彼此谁都不认识谁。也许因为这里是乡下,本地人和东京来的人很容易区别开,但观光客这么多,恐怕自己没被接站的人认出来吧。

敬介提着一个提包,在检票口左边的观光服务亭前停了下来。

伊豆的三月暖意融融,午后微风徐徐。频频舞动的小旗引导着旅游团的人乘上了大巴。

"您是要住宿吗?"

回头一看,一位像在拉客的男子走了过来。

"不,我是要去富士滨的。"

"那可是够辛苦的。"

那人断定拉不到生意,很快就离去了。

一同下车的旅行团已经乘上巴士走了,普通的观光客也纷纷乘上出租车离开了。检票口前一下子静了下来,只有敬介一个人孤零零站在那里。

早知如此真该多说一句约定个碰头的地方,那样就不会落得这般尴尬,现在说什么都晚了,他的心里懊悔不已。

从来也没有这样等过人的敬介一时不知如何是好,他讪讪地从口袋里掏出香烟点上了一支。

万一真的没人来接,自己也只好叫一辆出租车去富士滨了。

不过话又说回来了,他们断不会如此怠慢自己这位专程从东京派来的医生吧。医局长说过,"到了乡下你可就成了大人物了",眼前的情形可完全相反。

不会因为来了个新手而不把我当回事吧?

他觉得不至于有这种差别,但满腔热情而来,没想到却被当头浇了一瓢凉水。

"先生,您这是要到哪里去呀?"

这次过来搭讪的是一位出租车司机模样的人。

"我是要去富士滨。"

"那就上车吧,五千日元就行。"

"不,等会儿有车来接我。"

这不是钱的问题。一个第一次从东京来的人,竟然没人来接,这是面子问题。

怅然若失的敬介抱着双臂,一直这么站着也不是个事儿。看来得给富士滨的医院打个电话责问一番。

敬介拿起提包走到了检票口右侧的公用电话亭旁。此时,电话亭里面站着一个穿着T恤衫的男人正在一边朗声大笑一边说着什么。

有什么好笑的?见此情景敬介心里气不打一处来。

那人终于从电话亭里出来了,敬介赶忙钻了进去。这时他才发现自己不知道医院的电话号码。无奈之下他只得拿起挂在一旁的电话号码簿查找。

当敬介在那本黑乎乎的电话簿上找到富士滨条目的时候,电话亭的门被人敲响了。

他回头一看,外面站着一位年龄在四十岁上下留着整齐的三七开分头的男人。

"您有什么事?"敬介开口问道。

那人慌慌张张地连连点头,一下拉开了门劈头就问:"您是从东京来的野野宫先生吧?"

"是的。"

"实在对不起了。我是富士滨医院的,我叫河田,是来接您的。"

来人穿了件有些皱巴的西服,还打着过了时的宽领带。

"我下了车没见来人接站,正准备给医院打电话来着。"

"实在抱歉。刚才走到坡上,车出了点故障,现在才赶到。"

既然是汽车出了故障,也就不好再说什么。敬介拿起放在地上的提包,走出了电话亭。

"啊,我帮您拿着。"

那人从敬介的手里接过提包,快步走在了前面。

"车就停在对面。"

这下敬介总算放心了。不过,让一个年龄比自己大的人替自己提着提包走在前面,他心里感觉有些局促不安。到了乡下自己就高人一头,也许可以理所当然,不过他总觉得有点儿像是虐待老年人。

"坐了一路电车,让您受累了。"

"不,没什么。"

听一个比自己大十几岁的人用敬语尊称自己,敬介觉得有些难为情,听上去有些肉麻的感觉。

不过,那人来来回回端详了他好几次,他一个人站在检票口前的时候姑且不论,等他进了电话亭才上来问,看来也是够笨的了。

"就在那边不远。"

那人回转身体,穿过出租车的停车场,在食堂前停住了脚步。

"请您在这里稍等片刻,车马上过来。"

他说着话,片刻也没闲着,伸长了脖子左顾右盼,像是在找自己的车。

不一会儿,一辆红色的轿车从右手边开了过来,停在两人的面前。这是 N 公司最近刚推出不久的一款跑车。

"对不起,医院的车出故障了,所以才换了这一辆。"

正在敬介一头雾水的时候,一位年轻女子从驾驶室里探出了头。

"这位是一色有希子小姐。这位是野野宫先生。"

"欢迎。"

那女子嫣然一笑打开了车门。

"我叫野野宫。"

"让您久等了。"

"没……"

女子上身穿了件印花的罩衫,下身穿着一条白色的喇叭裤,头发束在脑后,虽然没有浓妆艳抹,却显得俊俏匀称,即使在东京如此的美女也很少见。

那个叫河田的人抱着提包坐到了副驾驶席上。敬介一个人坐在了后排。

"刚才在坡上出故障的时候,有希子的车正好路过,所以就请她开车来帮忙接您了。"

河田正解释着,那女子开了口:"后排有些窄,请您将就一会儿吧。"

"不,还可以。"

此时的敬介早已经忘记了刚才的怨怒,彬彬有礼地点着头。

"先生,现在就去富士滨,途中游览一下石廊崎吧?"

"不过,这车……"

"这是我的事,您不用操心。反正无聊得很,想兜兜风,也就多跑上那么二三十分钟,围着海岬转一圈。"

有希子说着挂上了档。

车很快穿过了一排排街道,驶上了沿海道路。太阳已经开始朝着连绵的岩石地带西斜了,形成的阴影部分看上去像个无尽的黑洞。

这里的海面也是碧波万顷一望无际,远处海中可以依稀望见几艘渔船。

"先生您是第一次来这里?"坐在前排副驾驶位子上的河田侧过身问道。

"伊豆这一带我只到过伊东。"

"富士滨这地方是农村,景色倒是不错。要论吃的,鲜鱼可是应有尽有。"

敬介点着头,眼睛望着有希子束在脑后的随着微风摇曳着的秀发。

汽车从下田一路驶向石廊崎。寂静的山村景色之中,有些地方的山已经被人挖开,泥土裸露在地面上。

上面竖着的大大的广告牌,上面赫然写着:K不动产分块出售别墅用地。这一带离东京近,大概尚待开发。

过了一会儿,汽车钻进了隧道,在狭窄的道路上与一辆大巴擦肩而过。

"从这里往右拐就是下贺茂温泉。不绕道石廊崎的话,这条路就是到富士滨的近路。"

河田从副驾驶席上朝后侧着身解说着。

"前面那个坡就是我的车出故障的地方。可能是线路出了毛病,这会儿大概已经修好开回去了吧。"

"都怪你开的那辆老破车。从我上中学的时候就有那辆车了吧?"一色有希子握着方向盘说道。

"有五六年了,所以老出毛病。"

"所以我现在早就不是中学生了。"

五六年前还是中学生的话,她现在顶多也就二十刚出头。敬介心里对车的事并不感兴趣,反倒对姑娘留意起来。

"该换辆新车了,在那种坡上抛了锚可就抓瞎了。"

"说的倒也是,不过新车价格都不便宜。"河田略带歉意地说道。

老掉牙的车还在用,说不定医院财政上真的有苦难言。

"医院得有辆好使的车才是呀,出急诊的时候赶不上趟就麻烦了。"

"谁说不是?小姐,您也跟院长说说。"

"我讨厌那个蛐蜒!"

后排还坐着敬介,河田一时间不知如何是好。他故意干咳了一声对敬介说:"我觉得早晚会换新车的,还得再等等。"

"不,我不介意。"

最好是换辆新车,不过正是因为那老爷车抛锚,自己才有幸遇上了眼前的这位美女,敬介心里不仅毫无怨言,反而想感谢那辆老爷车。

不过,眼前的这位美女到底是何许人也?无论从着装品位还是言谈举止上看都有些超凡脱俗。河田称呼她小姐,且从她对河田说话毫无顾忌来看,说不定她是当地哪个大人物府上的千金。

敬介再次端详着有希子白皙的侧脸。她脑后随意束起的秀发随风飘曳着,散发出沁人心脾的清香。

他想搭讪几句。"您住在富士滨吗？""您去过东京吗？"随便只要能搭上话就行，但生来的腼腆使他难以启口。加之旁边坐着河田，更让他畏首畏尾。

过分搭讪让人家以为自己是个好色之徒就麻烦了。从东京到农村就是名士了，一定要注意自己的形象，医局长也这样叮嘱过。

敬介心不在焉地望着车窗外。

峡谷的道路走到了尽头，左手边又见到大海了。小小的峡湾前方都是岩石，上面长满松树。潜水的话轻而易举就能逮到海胆和鲍鱼。

"从这里往前一路全是贴着海岸走。"

河田像导游似的解说着。

"从这里开始，接着是弓之滨、小稻、大濑，都是海水浴场，夏天热闹得很。"

岩石最前面是白色的沙滩，波浪轻轻地涌向岸边。道路并不宽敞但经过了铺装，海风拂面甚是惬意。

要是这会儿是和有希子两人单独兜风就完美无缺了。他心里正想着，河田开口问道："对不起，您和吉井先生是同期的吗？"

吉井五郎是富士滨医院的那位敬介的前辈。

"不，稍有不同。"

吉井比敬介大三期，说了实话备不住会被他们轻视，敬介的回答含糊不清。

"那位先生对患者可好了。这次听说要轮换，一部分患者还搞起了挽留活动。"

"那是怎么一回事？"

"就是给大学递交请愿信，要求他延长任期。"

敬介根本就没有听说过这回事。

"那后来怎么样了?"

"虽说提出了这件事,但吉井先生说自己有些情况无法延期,最后也就作罢了。"

这又是些令人生厌的废话。

自己接替那样受欢迎的前辈去赴任,无疑相形见绌。要是病号们个个都对吉井前辈心服口服,大家能否真心支持我这个新来的年轻人则值得怀疑。

"不过,迎来了您这样优秀的医生就放心了。"

"不,过奖了。"

"东都大学派来的一向都是优秀的医生,真得感谢呀。这些医生们简直就是我们的救命恩人,吉井先生在的那阵子,托他的福医院的收益也很可观。"

他这番话不会是讽刺吧?这样的话自己怎么能跟吉井前辈一一比较。吉井前辈的医术的确不错,而且他还很会跟患者沟通。总而言之,他很擅长跟患者谈话或介绍病情。取得患者的信任很重要,沟通甚至超过医术本身。

在这一点上,敬介没有一点自信。除了医术上缺乏自信之外,天生的腼腆使他愈发寡言少语。

从患者来讲,他们最喜欢态度温和善于沟通的医生。这一点自己也心知肚明,可交流起来心里就是打怵。

"现在外科的住院病号有多少?"

"减少了很多,大概还有十个吧。也有从南伊豆和土肥那边过来的。"

乡下的医院外科住院人数达到十名,算挺多了。一到富士滨接着就要从吉井前辈那里接过这些病号。他越来越担心病号们会以怎样的眼神来迎接自己。

"富士滨还有其他诊所吗？"

"有一家叫山名的，不过是内科。外科只有修善寺那里有一家。"

如此看来自己的责任愈加重大。敬介一言不发默默地凝视着大海。

已经接近五点了，夕阳照耀得前方一片通红。再过一小时太阳就要落山了。

过了一会儿，道路向左画了个大大的弧。汽车爬上了缓坡，左手边可以看见石廊崎的停车场。

"直着走就是灯塔了，走着过去吧。"

敬介按着河田的建议下了车。依旧是河田走在前面，敬介等到有希子下了车才开始迈步。

三月末的傍晚观光的游客并不太多。已经可以看见海岬了，他们和一帮返回停车场乘巴士的女游客打了个照面。

他们三人沿着植物园里细细的小径纵列成一排向灯塔走去。

石廊崎上有一座灯塔和一个神社。三人朝着这个目标走到海岬的尽头，一眼望去脚下的太平洋尽收眼底。

他们伫立在绝壁之上，前方是蔚蓝生辉的大海，海面上有两艘小船正朝着远海驶去，渐行渐远越来越小。右手西面的天空已被映得通红，夕阳映红了半个大海。

"真美呀！"

尽管迄今为止他曾经无数次看大海，但从来没有比这次视野更开阔的了。此时此刻站到这里他才切实体会到地球是个圆圆的球体。

"那边就是蓑挂岩,再往前面是咱们要去的下田。"河田指着左面说道。

眼前展现的全景立体画的远处,星星点点全是岩石。三月的海岬凉风飕飕,河田的西装和有希子的喇叭裤都随着风使劲儿摆动着。

"这里地形险要,过去有很多船只在这里遇了难。"

的确如此,海岬前方的渔船在剧烈的波涛中惨遭蹂躏,小小的船体忽上忽下沉浮不定。从高高的海岬上望去,海上似乎风平浪静,实际上却充满着惊涛骇浪。

没过几分钟,肌肤已经感觉到了晚风的凉意。

"我们回去吧。"

站在海岬上的那二三十位游客看样子也有些受不了凉风的吹拂了,他们左右逡巡着竖起衣领走了。

"这里的夏天倒挺舒服。"

依然是河田走在前面。灯塔跟前是一条很陡的阶梯。拾级而上,便回到了植物园旁边那条平坦的路上。

"先生……"

突闻身后的呼声,敬介回过身望去,有希子正用手挡着被风吹乱的秀发朝自己望着。

"到这样的乡下来,遗憾吗?"

"不,我倒没觉得。"

"待上一星期,就觉出来了!"

"是吗?"

"不说这些了,明天晚上您有空吗?"

"噢,有。"

敬介慌忙地咽了一口唾液。

"那咱们去兜风吧。这次不带别人,就咱俩。"

就在有希子说这番话的时候,河田回过头来。

"先生,去看看植物园吧,离关门还有十分钟。"

敬介正在犹豫,有希子用一只眼朝他眨了眨。

"先生,您累了吧,看样子急着想赶快赶到富士滨吧?"

"是吗?"

河田不再提议,朝着停车的方向走去。

"这个人就喜欢胡乱插嘴,人送外号小茶壶。小茶壶,就是从肚子中间伸出一个小嘴,形象吧?"

已在红跑车前等候的河田根本没听到两人的这番对话。

从石廊崎出发,穿越一片种满了雏菊的地带,到达富士滨的时候已经是下午五点半了。

富士滨是昭和三十五年由附近五个町村合并而成的,因为从海湾的任何地方都能望见富士山,由此得名富士滨。

医院位于这个町里最大的小山岗上,面对着海湾。这是一座乳白色钢筋结构的二层楼。整个镇子上大型建筑很少,医院和新建成的公民会馆成为町里的骄傲。

敬介到达的时候,乳白色的墙壁被落日的余晖照得通红耀眼。

"谢谢,多亏您帮了大忙。"

在医院的前面下了车,河田依然是一番客套。

"不必客气。"

有希子略微盯着敬介说了一句:"那么,再见了,先生!"

话音未落,跑车轰鸣着驶下了坡。

红色的跑车不见了踪影。医院前面远远隔着一片雏菊地,可以望见夕阳余晖照耀下的大海,再往远处便是覆盖着薄雪的富士山。

"景色不错吧?住在这里能多活十年!"

河田说完,把头伸进了医院挂号处的窗口里喊道:"先生来了!从大学来的先生!"

这时才过五点,医院的入口处只有横七竖八摆放着的五六双脱下的鞋子,颇显冷清。

接着,一位女职员手里拎着拖鞋从挂号处里跑了出来。

"欢迎!"

她把拖鞋摆到了敬介脚边,恭恭敬敬地鞠了一躬。看上去她有三十五岁上下。

"事务长呢?"

"刚才回家了。"

"我想他马上就会回来的。先去医局吧。"

在河田引导下,敬介进了走廊。

正面入口旁就是药房,药房的对面是办公室,再往前排列着门诊处置室、内科、外科。

接着沿着走廊向左拐,再前行一百米,右手边挂着"医局"的牌子。约有七八坪①大小的房间中央摆着一张可容十二三人的大会议桌,四周摆着座椅,一侧还立着一块黑板。

写字台四周的座椅后面还有两个沙发,与之正对着的是一排书架。

---

① 1坪约合3.3平方米。后文出现不再标注。

"请您先在这里等一会儿,事务长马上就来。"

"事务长要是有事的话,今晚不见也行呀!"

"不,事务长早就准备好了,今晚和您一起吃饭。新大夫来的时候这是老规矩,吉井先生也一起参加。我这就给您泡茶去。"

手忙脚乱的河田一个劲儿地点头,一路跑去。

房间里只剩下敬介一个人,他点燃一支香烟,站在窗边抽了起来。

左边四角形的山上方斜挂着白色的月亮,海湾多半已经被黑影吞噬了。

从现在起自己就要在这里待上半年吗?

想到这里,一股远离都市的孤苦伶仃的孤独感不知不觉向他袭来。

果真能在这里待上半年?不过那位名叫有希子的小姐倒是长得蛮漂亮。他望着夜色降临的大海心里思忖着。

当天晚上,敬介被请到了一家名叫"一力"的酒馆。一看店名就是响当当的,虽然这家店和京都的那家店同名,但毫无关联。这家店主只是慕其名就信手拈来,欣然命名了。

尽管如此,这家馆子在富士滨算是最好的了。墙壁围绕的入口处闪着红色的"一力"霓虹灯,一层是吧台和包厢,二层有好几个单间。

敬介被领进了单间中最好的"富士厅"。在当地,医院订餐真是给这家餐馆面子。

"请这边。"

事务长站在壁龛前请敬介入席。房间有十张草席大小,中间是一张大餐桌,准备了四个席位。

"院长先生正跟吉井先生谈话,稍晚一步来,您请先入座。"

虽然河田这么说,自己也决不能喧宾夺主去坐院长和自己的前辈吉井大夫的上座。正在敬介犹豫不决的时候,河田解释道:"别介意,先生您今天是主宾。"

看样子今天院长摆的这桌酒席,既是欢迎敬介的又是欢送吉井大夫的。

"那么,我就坐这里了。"

敬介把靠壁龛的主宾席让给了吉井前辈,自己坐在了次宾席上。这时拉门开了,传进来夸张的喧哗声。

"哎哟,欢迎了!田大先生,好久不见了。"

闻听这声招呼,田崎事务长顿时笑容满面。他满头华发黑白参半,年龄有五十出头,看上去满脸憨厚,有些矜持,不擅长跟女人周旋。

"噢,妈妈[①],还好吗?"

"好什么呀,有阵子没看见你来,躲到哪儿去了?"

"天天忙着保险结算什么的,我可是一直想来的。"

事务长一通寒暄之后,转身介绍道:"噢,这位是野野宫先生,这次从东京新来的大夫。"

"啊,这么招人爱的大夫呀。"

"妈妈,怎么用招人爱夸人呀,多让人难为情。"

"啊,别介意。"

妈妈站直身子整好衣领行了个三指点地的大礼。

[①]称呼,相当于中国的"老板娘"。

"我是'一力'的眉子,请您多关照。"

敬介也连忙正襟危坐鞠躬还礼。

"大夫真的好帅气呀。"

"你可别打我们大夫的主意呀。"

"哎呀,田大先生妒忌了?"

这位妈妈看上去有三十五六岁,穿着一身和服,圆圆的脸上长着一双丹凤眼甚是妖艳。平常很少跟半老徐娘打交道的敬介,被妈妈这一通调侃羞了个大红脸。

"大夫,您坐这边吧。"

"不行,那可是院长的席位。"

"没事儿,反正那个蚰蜒喜欢摸旁边小姐的屁股。"

原来院长的这个诨名蚰蜒在这里家喻户晓。

"来,往这边坐一点儿。"

"可是,吉井先生……"

"这您不必介意。那位长得像平家蟹的先生明天就该打道回府了。"

敬介听罢忍不住笑起来。的确,吉井前辈两边的腮骨饱满真有点像螃蟹。他们就这样随便给人家取诨名,还不知将来会把自己叫成什么呢。

"从今儿起,您就是我们这里的贵客。"

这位妈妈真是势利眼。敬介经不住她的一通生拉硬拽,稀里糊涂被拉到了正座上。

"大老远专程从东京来,就得有个东京人的派头!"

妈妈说话间,侍女拿来了啤酒和清酒。

"大夫,您是喝啤酒,还是喝清酒?"

"什么都行。"

"爽快！那么就先来上一杯清酒吧。您真是招人爱呀！"

妈妈像是对待自己的儿子一样，给敬介斟上了一杯酒。

"那么，您远道而来辛苦了！"

妈妈信口来了一句开场白，端起自己的酒杯跟敬介碰了一下。坐在一旁的事务长默不作声地跟着干了一杯。

"先生，您多大了？二十四五？当医生没有这么年轻的。"

"不……"

敬介今年二十五了，这种场合他尽量装作老成持重。

"先生肯定是富家子弟。"

"来，这回您给我也满上一杯。"

两个人一来二去喝得热闹，一旁的事务长倒是有些没趣。

"妈妈，有没有年轻的女孩呀？"

"哎哟，抱歉。田大先生也上了岁数，就喜欢找年轻女孩。"

妈妈一边搪塞着一边回身按下了柱子上的电铃。

"大夫还年轻，正适合我这样的半老徐娘。"

"嗯……"

说是半老徐娘，其实妈妈依然风韵犹存。敬介正看得入迷，这时隔扇拉开，一位侍女端上了生鱼片。

大大的盘子里盛满了大虾和鲍鱼。那侍女看上去比妈妈稍微老一些，根本谈不上年轻。她在桌旁坐下，事务长总算安定了。

过了二十多分钟，院长和吉井前辈出现了。

刚才被妈妈一通劝酒，敬介已经有些兴奋。他慌忙坐正说："我是野野宫敬介。请多关照！"

"啊，我是枥久保。这次您辛苦了！"

院长说罢用锐利的目光瞪了瞪坐在敬介身旁的妈妈,然后在对面落了座。

"啊,您请这边坐。"

"不不,坐在这里就可以。我喜欢从正面欣赏你们这一对儿。"

听人说院长今年五十八岁,圆圆的小脑袋理着平头,看上去像个包工头。他的鼻子下方蓄着鬃刷般的胡子,这大概就是他那蚰蜒绰号的依据吧。

"对不起,这次换班来得有点迟了。"敬介朝着坐在右邻的吉井前辈寒暄道。

"辛苦了。幸亏你来了,我总算可以回东京了!"

在敬介刚刚进医局的时候吉井前辈已经在大学了,之后不久他就被派到了这里,两人之间没什么深交。

"那么,欢迎。"

院长再次端起了酒杯。

"这里是农村,努力加油吧。"

"请多多关照。"

敬介觉得自己就像一位刚出道的歌手一样,向全体点头鞠躬。

"虽说这里地处偏僻的农村,但酒和鱼都应有尽有。"

"还有,这里的女人也不错吧,大夫?"

妈妈一边给敬介斟酒一边插嘴说。

"说什么呢,这么快就盯上新人了?"

"那当然,我们俩是不是很般配呀?"

妈妈又朝着敬介身旁凑了凑。

不知道他们以往喝酒随便到什么地步,当着院长和吉井前辈的面这么打情骂俏真是令人难为情。大家都尴尬地看着他们俩,妈妈却不以为然。

"我说,大夫,最近我经常肚子痛。"

"大概房事过度吧。"

"院长先生总是没个正经。"

妈妈瞪了院长一眼,又把身子靠向敬介。

"下回可得请您仔细给我瞧瞧哟。"

当着院长和吉井前辈的面讲这些话真是让人无地自容。敬介一个劲儿地躲避着。

"喝吧,哥儿!"

"哥儿?"

"是啊,我一碰见大夫这样的纯情小哥儿就情不自禁。"

敬介在众目睽睽之下端起酒杯一饮而尽。年纪轻轻抢风头也许令在座的人都感觉不快,可这一切并非是敬介的责任。他想使自己尽量表现老道,妈妈却不依不饶一个劲儿地嫖着没完没了。

其实被漂亮的妈妈喜欢,敬介心里并不反感。

可这样招待敬介让在场的人都觉得不爽,于是中途加快了喝酒的节奏。

过了一个小时,院长开始唱了起来,这下还真让人见识了蚰蜒爬行似的舞步,大家也忘乎所以跟着闹哄起来。

敬介还记得,这场酒结束之后他们又到街上转悠着去了三家酒吧。

不知睡了多久,敬介一觉醒来觉得口干舌燥,环顾四周发现枕边还有一个台灯,淡淡的灯光照着脚边没有关严的拉门。

敬介总算看清了,这是一间很大的日式房间,他睡在屋中央的被窝里。自己现在到底在哪里？他觉得口渴难耐。

再仔细环顾枕边，那座台灯旁边放着白色的水壶和玻璃杯。

敬介坐起身子倒了一杯水然后一饮而尽。原来喝下去的是冰水，冰凉冰凉的。

自己是什么时候、怎么来到了这里？是谁给自己盖的被子？敬介开始回忆着，很快又一阵睡意袭来，他又昏昏睡去。

不知又过了多久，当他再次醒来的时候，明媚的阳光已经透过拉门射进屋来，走廊上传来了来来往往的脚步声。

再仔细环顾四周，枕头的前方是一个壁龛，左右都是墙壁，右手边挂着一幅画着舞伎的木版画。

"噢，想起来了！"

敬介回忆起来了，这里就是最开始来到的那家"一力"的单间。

自己怎么会睡在这里呢？

他依稀记得，昨晚最后喝的那一家酒吧叫"波"。他还记得事务长和"一力"的妈妈也在。这么说，那以后自己大概是跟着妈妈来到这里的。

不过，怎么又睡下了呢？

再仔细打量自己，身上只穿着背心和短裤，西装和长裤脱到哪儿了呢？大概是丢到右手的拉门里了。

肯定是妈妈铺好被褥让自己睡在这里的。敬介再次坐起身喝了一杯壶里的冰水。

他轻轻抬了抬头，上身摇晃不稳，整个脑袋像是灌了铅一样头痛欲裂。

昨天晚上到底喝了多少？

最初是在"一力"的单间，喝到一半院长带头跳起了舞，接着事务长也跟着跳了起来。记得吉井前辈也伴随着女孩的三弦唱了起来。

接下来到了街上,最初来到一家亮着红灯的柜台式的酒吧,记得院长在那里跟一位三十开外的圆脸女人打情骂俏。

在那里的时候院长和吉井前辈还在一起,到了第三家就记不清楚了。

"一力"的妈妈加入是从第三家开始的,她来之前院长他们已经散伙走了。

啤酒、清酒、威士忌三种酒是混着喝的,本来敬介就不胜酒力,清酒也就能喝二两,威士忌加水也就能喝两杯,喝完马上就满脸通红,再多喝一杯的话就飘飘然了。

尽管如此,昨晚还是被"一力"的妈妈灌了个酩酊大醉。因为喝得太快,再加上空着肚子及初来乍到心里紧张,大家这一闹腾,一下子就喝高了。

院长和事务长都说喝这点儿没事儿,于是自己就忘乎所以了。

再加上,人家又"大夫大夫"的恭维着,记得到了第三家酒吧,一个大眼的姑娘还和"一力"的妈妈吵了起来。

那以后,自己好像就被妈妈带到这里了。

敬介在枕边摸索了一下,放着水壶的托盘上摆着自己的手表。他抓起来一看,顿时跳起来。

十点十分。

医院九点上班,更重要的是,昨天晚上吉井前辈还嘱咐说:"我乘明天十点的巴士去下田回东京,你提前过来交班吧。"

吉井前辈说交班一个小时足够了。敬介回答八点半之前过去。

"这可怎么办?"

吉井前辈大概已经回去了，医院的病号又该怎么办？现在自己又头痛欲裂去不了。

他拉开壁橱的拉门一看，自己的西服裤子整整齐齐挂在衣架上。

敬介穿完裤子的时候，走廊上传来了小步跑动的脚步声，接着拉门开了。

"噢，哥儿，起来了？"

来的是妈妈。她已经梳理整齐穿上了和服，虽然没有浓妆艳抹，但脸蛋儿也蛮清秀。

"刚才，医院来电话说吉井先生回去了，让您赶快过去。"

"他回去了？"

"那您抓紧洗把脸吧，热酱汤已经给您准备好了。"

都这时候了，哪里还顾得上喝什么热酱汤呀。这件事要是传回大学，教授还不得把自己骂上个狗血淋头。

敬介抓起西装奔向了走廊。

敬介飞一般地冲出了"一力"，等他赶到位于山顶上的医院时，已经十点半多了。

第一天就喝得烂醉如泥，十点半才上班，真是岂有此理。他悄么声地顺着昨天有希子开车来的路线进了医院的正门。

这个时间是医院最繁忙的时段，从正门的挂号处到药房前有二三十个人在等候着。

他一时有些发蒙，不知道现在是应该先去办公室，还是直接去门诊部。

一大早就早早来，大摇大摆进办公室，在事务长带领下到外科,再跟护士们见面,那才是正规步骤,现在自己姗姗来迟简直没脸进办公室。

那就直接去外科吧。

可是,从"一力"一路仓皇跑来,自己既没有白大褂也没有听诊器,这些都在医院。

敬介一时不知如何是好。这时,挂号处的窗口里传出了娇媚的女声。

"您挂哪个科?"

"不,我是……没什么。"

不是来就诊的,就是来检查的,对方根本猜不到敬介是新来的医生。

走廊上来回穿梭的护士对敬介视而不见。也难怪,人家怎么会知道他呢?敬介一时间六神无主。

最后,他下定决心朝外科诊室走去。

昨天事务长介绍的时候说,右手最里面是外科。药房的前面是诊疗室,再往前和X光室并排着的房间挂着一块牌子,上有"外科门诊"四个大字。

敬介走近一看,在走廊的左右两侧有近二十位患者或站或坐等在那里。

"哎,还没来呀?"

一位穿着开襟衬衣敞着怀、头上扎着缠头毛巾的男子正在朝门口的护士发牢骚。

"你说,咱的医生啥时候能来?"

那位护士一个劲儿地道歉。这种节骨眼儿上是绝对不能贸然进屋的。

敬介赶紧躲到了一边,等确认那个男的不在以后,又折回身来猫着腰像躲猫猫似的溜进了屋里。

处置室里已经只剩下护士一个人了。看样子已经开始动手处理,但也只是力所能及地简单换绷带涂药。

本来没有医生的医嘱,即使再简单的处理也是不允许的,但现在医生迟迟未来,护士也只好先斩后奏了。

敬介一进屋,正在入口处换绷带的护士抬起头说道:"请您等一下,大夫马上就到。"

病号一个劲儿地催问,圆脸护士的话音里充满着焦虑。敬介还是站在原地未动。

"大夫现在有急病号出诊了,回来以后我会叫您的。"

有急重症出诊了,这真是个再恰当不过的理由了。敬介打心眼儿里佩服不已,这时从里面又出来一位年纪稍大一点儿的护士。

"您是不是大夫?"

"是……"

"对不起,刚才失礼了。"

一到了乡下就被尊称为"大夫",本应该以更好的方式登场才对,现在却只好借坡下驴了。

"我们正在等您。"

年长的护士看上去有三十五岁上下,帽子上带着一条黑条的标志,大概是外科的护士主任。

敬介就这样跟着她走进了外科里面那间挂着"准备室"字样的房间里。

进屋一看,屋子不大也就十平方米,一面靠墙摆着写字台,对面则放置着绷带、纱布、夹板等医疗器材。里面有个旧沙发,大概是护士们累了的时候躲到这里休息的地方。

那位帽子上带黑条的女护士继续自我介绍:"我叫大石,是这里的护士主任。"

"我叫野野宫。"

敬介低头鞠躬的同时,另外两名年轻护士也鞠起了躬并自报姓名。

"我叫久保。"

"我叫清野。"

叫久保的女子年龄有二十二三岁,大眼睛滴溜溜地直转,看上去像是个能干的人。那个叫清野的年龄不大,顶多也就二十岁,大概是来见习的。

"那么,请您开始诊察吧。您的白大褂呢?"

"噢……忘了带了。"

"穿吉井老师的那件,可以吗?"

大石主任打开墙角的衣柜,取出了白大褂。

"这是您的衣柜。"

"知道了。"

敬介就像一名新兵站在老兵面前一样频频点头。

"那么,请您换装吧。我这就去叫病号来。"

"那位吉井大夫呢?"

"半小时前就离开了。这里有一封他留给您的信。"

像是早就准备好了,大石主任从口袋里掏出了一个信封。

"他在这里等了您很久,也没等到您来。"

"真是抱歉……"

"我马上给您拿口罩来,看病人请戴上口罩。"

"戴口罩?"

大石主任点点头,就像干净利落吩咐完下属各就各位一般,走出了准备室。

专门叮嘱戴上口罩,肯定是她已经敏锐地察觉到了敬介嘴里呼出的酒气。敬介这才松了一口气打开了手中的那个信封。

在这里等到了十点仍未见你来,我先回去了。外科有问题的患者都记录在病历卡上了,供你参考。目前住院的患者共有十名,我认为都没有太大的问题。五号病房的细川先生右小腿开放性骨折引发了骨髓炎较为难治。建议暂时观察,如仍无好转则可考虑施刮骨术或骨移植术。

同在五号病房的村井先生是在出海捕鱼时突发的阑尾炎,化脓后引发了腹膜炎,现已施插管引流,如明日脓血止则可考虑拔管。

六号病房的池田老太太患顽固性关节炎,关节变形明显。现每周行穿刺术,清理渗出液注入泼尼松,但难以根治。

另外,该患者患有梅毒,血清反应呈阳性,三个加号。

其他的患者多为创伤、扭伤和阑尾炎术后,具体情况请参见病例记录。

包了三号病房的西冈先生腹部和背部都有刀伤,他是大盛会的黑道人物,请多加注意。

外科的大石护士主任,是在本院任职了十五年之久的老护士,她的经验丰富,有不懂之处不必顾虑可直接找她商量。久保干活干净利落,可协助做简单手术。

追启:今天上午发生的事,在一般单位绝对是犯大忌的。

上午到院之后,赶紧去跟院长和事务长寒暄一下。

吉井

读完这封信,敬介再次长出了一口气。

今天上午真是自作自受出师不利。吉井前辈肯定也很恼火。

信中字迹杂乱,从文中可以感觉出一种难以名状的怒火。即使来晚了,十点钟来见上一面或许还好些。

尽管如此,"在一般单位绝对是犯大忌的"这句话也只有吉井前辈才能说得出口。有火就直接发呗,还这么挖苦人。

"有不懂之处可问护士"更是岂有此理。自己的确是个新手,做不了复杂的手术,这样和盘托出直接去请教一位老护士岂不是颜面尽失。再说,这封信连封都没封,要是让护士们看到了,自己今后还怎么做人。

迟到了是一个原因,昨天晚上自己抢了风头,恐怕更惹得吉井前辈不快。现在也只有自认倒霉。

敬介稍稍调整了一下自己的情绪,穿上了白大褂。

在大学里外科的工作服都是上衣和裤子分开的,但这里的外科医生穿的和内科医生一样,都是穿着一件长长的白大褂。敬介身材高大,平常都是穿专门定做的"特大"号的。而吉井前辈身材矮小,敬介穿上他的白大褂显得格外小。

他使了很大劲儿伸进去胳膊,然而肩头处却卡住了,袖子离肘部很远穿不进去。

这可如何是好,怎么弄也不像个样子,又不能不穿。这样一副打扮去见院长和事务长成何体统。

可是,真的有那个必要非得现在就去寒暄吗?现在这个时候去的话,自己迟到的事岂不是不打自招。

还不如现在就装模作样在外科坐诊,他们来的话,就装出一副忙于诊察的样子寒暄一下不就得了。

病号都在候诊,这时候千万不能让人看出半点手忙脚乱。

敬介自己告诫着自己,送口罩进来的大石一见便笑了起来。

"这身白大褂……"

大概是白大褂小得太滑稽了。单是袖子吊吊着还能蒙混过关,可那白大褂短得简直像一条超短裙。

再戴上足足遮盖住半张脸的那个口罩,愈发滑稽可笑。

但是,不进行诊察是不行的。敬介缩手缩脚地走到了接诊的桌子前,久保和清野两位护士见状也开怀大笑起来。

"这样可笑吗?"

"请您先坐下再说吧。"

站着显得白大褂更短。敬介身不由己坐在了位于屋子中央的诊察桌旁的转椅上。

"现在,可以呼叫患者的姓名了吧?"

"请给我倒杯水来。"

酒还没彻底醒,嗓子里渴得冒烟。他把清野护士递过来的那杯水一饮而尽。

刚想喘口气,患者就一个接一个地进来了。敬介慌忙地戴上口罩,装出一副医生的样子。

"早上好!"

第一个进来的是一位三十岁上下壮工模样的男子。寒暄过后,他立马脱掉鞋子抱起了自己的脚。

再看那男子的脚,脚气严重,五个脚趾像是扑了一层粉一样,白白的。

"已经一个月了,没见半点好转呀。"

男病号一直等着,好像就是为了说这番话。根据病历记载,他患脚气确实有一个月了,一直在涂抹同样的药膏并口服药物。

"这次听说换了新医生,我特地来的。"

虽说病号一大早就满怀希望前来候诊,可敬介能有什么好的治疗办法呢。

一般来说,脚气患者是不去大学医院看外科的。这种简单的小病一般都是去私人医院,即使去医院也是看皮肤科。

但这些常理在这里都不管用,这里所谓的外科就是除内科以外的全部科室。

"没有什么更好的药了吗?"

别说效果了,只要稍微换一下药,也就解了围了。要命的是敬介根本就不知道还有什么其他的药。

"再观察一段时间看看吧。"

"已经观察好久了。去年也是用的这种药,根本就没有任何效果。"

这样的患者有些难对付。敬介回想着关于脚气的讲义,压根儿就没有什么记忆。

当时自己就没打算从事皮肤科,十有八九上课睡觉了。

"下个月要出海,我想登船前治好这个病。"

这不起眼的脚气对患者来说还真是个切身问题。无奈之下,敬介用指尖触了触患者的患处。

"痒吗?"

"那当然,脚气嘛!"

这一问一答纯属多余。

事到如今该如何是好？必须当机立断才行,下一位患者表情痛苦而焦急,在一旁等得都有些不耐烦了。

护士们看上去也有些着急。

"这样的话……"

一瞬间敬介的脑海里浮现出一个好主意。

"今天还是用同样的药,从下个礼拜开始再换新药。"

"从下个礼拜？"

"请过三天再来复诊。"

敬介心里早已经有了自己的打算,可以利用这段时间赶紧查找治疗脚气的办法。

壮工模样的病号之后是一位烫伤的病人。小女孩才两岁,母亲一时没看好弄翻了铁壶烫伤了孩子的四肢。

看样子小孩知道来这里是要痛的,一见到白大褂就哇哇大哭起来。

"小唛,大夫会轻轻地,不会痛的,来吧。"

女孩的母亲一直在哄着她。

这种时候,吉井前辈大概会先笑一笑,然后出个怪声哄哄孩子。但敬介对这些不擅长,不是敬介不想做而是感觉难为情做不出来。

"那,先解开绷带看看吧。"

久保护士开始动手,孩子背着身一个劲儿地冲着她母亲喊着:"我要回家！我要回家！"

就这样硬来也不是办法,最后女孩的母亲和护士两个人一起按住女孩,由另一位护士三下两下地解开了绷带。

到了解开伤口最后一层纱布的瞬间,孩子像被火烧了一样撕心裂肺地哭嚎起来。

看样子护士都已司空见惯,但敬介可是头一次见到这样的场面。他装出看病历的样子,把视线移向创口,终于看清了伤势。

据介绍烫伤已经是第三天了,伤口上全是水泡,一部分已经溃烂出现了渗出液。表皮已经脱落,现在应该是最痛的阶段。

病历上记载:外涂氧化锌软膏,注射消炎药防止化脓。

敬介在病历上填上日期,然后写上了"do"。这是"处方同前"的意思。

自己不明白的时候一定要沿用以前的处方。这句话是离开大学前医局长教给自己的秘诀。

按理说前任比自己老道的情况下,沿用原来处方不会有大问题。只有在自己有绝对把握的时候,才可根据病情的变化改用新的处方。

当然,眼下的敬介根本就没有妄想改换处方。他首先想到的是如何在患者面前维护自己的体面。

敬介装出一副自己对当前处方认同的样子点了点头,把病历递给了护士。

接下来让护士按照处方涂药和注射就万事大吉了。那位母亲抱着一直大哭的孩子,问道:"这次烫伤会不会留下疤痕?"

"…………"

"她可是个女孩子……"

她等了敬介这么长时间,似乎就是为了问清楚这件事。

敬介回想起在大学里学到的烧伤课。

烧伤程度分为三度:第一度表现为皮肤发红,即所谓的因日光照射受热引发的皮肤发红溃烂等;第二度表现为形成水泡;第三度表现为溃疡,热度侵入皮下组织,造成脂肪成分溶解。

这个女孩的症状属于二度烫伤,其中部分部位接近三度,将来会不会留下疤痕呢?

一般医学部授课和考试的内容主要以病状和分类为主,很少涉及治疗方法的问题。只要掌握了症状且诊断方法无误,原则上治疗方法都是由自己确定。

不过现在到了这种乡下,诊断大多一目了然。前面的脚气和烫伤,诊断起来都很简单,根本没必要查找专业书籍。问题是治疗方法。

对刚大学毕业的医生来说这是最薄弱的。烫伤何种程度会引起皮下组织何种变化?脂肪成分又会如何变化?即使弄明白了这些高深的理论,用什么药,需要几天才能治愈,这些现场的具体问题也根本无法搞明白。

虽说下了诊断,接下来的治疗方向也可以查阅书籍,但是当着患者的面也不可能去查书。至于眼前的烫伤到底会不会留下疤痕,这个问题也成了敬介的盲点。

"就目前看,我觉得问题不大。"

"腿上也没事?"

"也许会稍微留下痕迹。"

"上一位大夫说是不要紧。"

既然知道还有必要故意来问?敬介感觉这位母亲有些多此一举。

"那,就没问题。"

"真的不会留下疤痕吗?"

常言道,有病乱求医。病患的心情可以理解,但还是啰里啰唆,令人不爽。

"需要多长时间才能完全看不出痕迹？"

这又是考试里没有出现过的问题。

"吉井大夫是怎么说的？"

这次敬介来了个反问。

"他说,过上半年就会完全好的。"

"小孩的皮肤代谢快,过上六个月会好的。"

"太好啦！"

那位母亲用尊敬的眼神望着敬介。回答是同样的,只不过加上了"皮肤代谢"这句台词,把半年改成了六个月,人家就刮目相看。

"谢谢您。"

就这样,一直啼哭的患者终于获得了解放。

接下来是一位食指瘭疽的患者和一位臀部长了疖子的患者。这都是敬介擅长的外科疾病,实际上他在大学医院里也经常接诊此类病人。虽然谈不上自信满满,但也能够沉着应对。

特别是那位臀部长疖子的患者,化脓部位集中,俗称"冒头了"。他让护士准备好手术刀,做了局部麻醉,三下两下就切除利索了。

"怎么样,我也能做手术！"他心里得意扬扬直想炫耀一番,可护士对这些手术却像是司空见惯,根本没有表现出任何惊奇,面无表情地缠着绷带。

敬介感觉有些自讨没趣,便琢磨着如何挽回自己的面子。

可是接下来的患者可把他难住了。患者是一个六岁的男孩,只见他不停地眨巴着眼睛跟着母亲走了进来。

"他的眼睛里不知弄进去了什么东西。"

母亲介绍着情况,果不其然那男孩揉搓了几次眼睛,只见他的眼睛红红的,不停地流着眼泪。

"刚才在沙坑里玩,大概是弄进沙子了。"

敬介点点头端详着男孩的眼睛,从正面看一点看不出异常。

这种情况是异物在脸皮里面来回移动,只要翻开眼皮进行清洗很容易就能清除干净。对眼科来讲,这是最基本的治疗方法,不过说实话这对敬介来讲却是格外难办的。

在学生时代,敬介曾经到眼科临床实习,当时有好几次试着慢慢翻眼皮,却一次都没有成功。

人家那些机灵的同事只要轻轻压一下眼皮的下端,一下就把眼皮翻过来了,可是到了自己试着操作的时候就不灵了。

在大学医院翻上两三次患者的眼皮还没有翻过来的话,自己就会说声抱歉然后退下。

当时自己心里还在嘀咕,大概患者是眼部肌肉紧张、体质特殊的人。"让我来!"这时有经验的老医生过来,一下子就把患者的眼皮翻起来了。这里面可能有什么窍门,可教科书里根本就没有写。

敬介结束实习回到家里,还拿妹妹和妈妈做试验,试着翻了好几次结果还是不行。

"人家那些老师在耍弄你,所以你才学不会的吧。"最后家人也厌烦不干了。

自己怎么就成不了眼科医生呢?敬介问自己,但始终也没有弄明白。

"再努把力!"

别人是这么鼓励的,可敬介心里一点儿底儿也没有。

他将身体和椅子一起探出去,正好手刚消过毒,他用右手按住男孩的眼皮,根本就翻不过来。

男孩看上去有些紧张似的把脸往后仰着,一个劲儿地不停眨眼,这样就更难进行了。

"你别躲,别乱动……"

敬介吩咐着,可是男孩并没有睁眼,反而像条件反射似的张着嘴。

总之,从一开始就感觉不行,肯定成功不了。到了第四次试翻还是没有成功,最后男孩呼喊起来:"我要回去!"

敬介心里真的不想让男孩就这么回去,当着后面排队候诊的患者和护士们的面,自己也不能说打退堂鼓的话。

"不行呀,孩子,你再放松一些……"

看起来无计可施是患者的缘故,其实真正需要放松的恰恰是敬介本人。

再试一次,还是不行。怎么回事?说不定是自己昨晚的酒还没有彻底醒过来太紧张的缘故,敬介慢慢开始冒汗。

反正是眼里进了灰尘,即使不去管它过一会儿也会被眼泪冲出来。敬介并不是特别担心,可眼下嘴上不能这么讲。

干脆就这么用洗眼液洗一洗打发他们回去吧。最初敬介也想这么做,可那样肯定解决不了男孩当前眼睛的痛苦。如果说上一句"角膜受伤了至少要过两三天才能好"也能勉强蒙混过关,可单就没翻起眼皮这一点,外行人也能看个明白。

敬介束手无策像是求助一般回头看了看护士那边,这时大石主任悄悄说道:"大夫,让他在这里洗一洗眼吧。"

"行吗?"

大石主任点点头,招呼道:"孩子请到这边来。"

真的能行吗? 敬介眼睛一直盯着,心里期盼着别人也会失败。只见大石主任说了声"闭上眼睛",同时用手指按住男孩的眼皮往上一翻,眼皮一下子就翻了过来。

"久保,滴上洗眼液!"

久保护士按照指令把洗眼液滴进了男孩的眼里。男孩并没有躲避,而是一声不吭坐在那里,看上去挺舒服的样子。

"已经好了! 感觉怎么样?"

"嗯,舒服了。"

男孩眨巴眨巴发红的眼睛,点了点头。

"太谢谢了。真的是麻烦您了。"

男孩的母亲有些势利眼,根本就没回头看敬介一眼,而是一个劲儿地朝着大石主任行礼。

这场面太尴尬了。简直是让医生颜面尽失,话虽如此也不能怪罪人家大石主任。

眼下连眼里的灰尘都处理不好,也只好自己认了。人家会说,你是怎么拿到的医师资格证? 在大学里是怎么学的?

敬介一下子感觉自己有些没法在这里立足了,真想现在就打道回府。

可是不少患者还等在那里。于是,敬介打起精神继续拿起了下一个患者的病历。

就这样,上午的患者全部看完的时候,早已过了十二点。

据说,吉井前辈在的时候不管病号有多少,到了十二点也准时结束。可是到了敬介,本身就来迟了,加之一个一个病号处理得又拖泥带水,拖到现在也是事出无奈。

快到下午一点的时候终于忙完了。午饭要到医局去吃,一进门只见院长和事务长正在下围棋。

"啊,这么晚呀。"

搞不清楚他这句话是说自己午饭来晚了,还是指早上来晚了。没想到院长还挺和气,看样子这盘棋快赢了。

"昨晚上,真的不好意思,我喝得有点儿高。"

心虚理亏的敬介一个劲儿地鞠着躬。

"啊,你来了呀。那个'一力'的妈妈怎么样了?"

"这个……"

"不,不,你但说无妨,没必要藏着掖着的。"

院长脸上浮现出狡黠的笑容,介绍旁边正在观战的一位三十多岁的男人。

"啊,这位是放射技师塚本大夫。这是外科新来的野野宫君。"

大概整个医局里,统共就这么几个人进进出出来这里吃饭。

"我吃这些,对吗?"

敬介走到放在屋子中央桌子上尚未启封的饭菜跟前。

"啊,可能饭菜有些凉了,请吧。"事务长从棋盘上抬起头答道。

盆里分别装着米饭和味噌汤,还有金枪鱼和虾做成的生鱼片,配着咖喱烤鱼。旁边还有凉拌蔬菜、咸菜,还有一瓶牛奶,这样的午餐可是够丰盛的。

头一天的酒还没醒利索的敬介先一口气喝完了那瓶牛奶。接着又盛了一碗味噌汤。

汤有点凉了,里面还有蛤蜊,这里不愧是海滨小镇。

"什么什么?"

忽听院长大声叫了起来,好像出了什么大事。

"我的妈呀,这下没有救了。"

看样子这是院长输棋时的口头禅。

"你不会是在开玩笑吧,嗯?"

接下来是沉闷的叫声,再往后便是沉思。虽然口无遮拦,但从这番痴迷劲儿上看这帮人好像都挺朴实。

"喂,有没有办法解呀?"

这次是求助于一旁观战的那位放射技师,看样子他是个高手。

敬介一声不吭地吃着饭,这时传来了敲门声,进来了一位年轻的女职员,是来倒茶的。她给每一位都倒上茶水,恭恭敬敬鞠了一个躬就退出去了。

敬介的心总算平静了下来,他慢慢把目光投向了院长他们的棋盘。

下午,事务长领着敬介到各科室寒暄了一番。

这种例行公事本来应该在上午开诊前进行,因为敬介来晚了,也只好这样了。

敬介首先被带到了办公室。办公室大约有五十平方米大小,里面共有七八名职员正在忙着各自的事。

"这位是新来的野野宫大夫!"

事务长介绍完毕,敬介连忙鞠躬致意:"请多关照!"

即使一个一个单独介绍,那么多的人名也根本就记不住。原来在办公桌前坐着的职员也站起身子恭恭敬敬地回着礼。

这位初出茅庐的小大夫医术能行吗？他们的眼里流露出一种不安和好奇。其实事实也未必如此，这只不过是敬介心里瞎嘀咕罢了。

"昨天真的不好意思……"

其中仅有一位和蔼可亲的职员，就是昨天到下田来接自己的河田。

敬介为了掩饰今天早上来晚了的事，简单应付着点了点头。

忽然他看见，有个女职员在掩口偷笑。她肯定是发现了自己的白大褂太短。敬介慌忙遮住前襟侧过身去。

在办公室介绍完了，事务长又领着他到内科、小儿科、妇产科、放射室、检查室转了一圈。原来听人家说的可不是这样，不是说只有一位内科医生由院长兼任，其余就只有护士了吗？

一圈转完下来，他们来到了二楼病房的值班室。这里是值班护士们聚集的地方。

敬介进门的时候，看见屋里一共有四个护士，其中帽子上带着两条线的是护士长。

"我叫谷口，请多关照！"

她的年龄在四十岁上下，和外科的大石主任不同的是，她长得干瘦干瘦的。

"马上开始查房吧？"

谷口护士长先开了口。

"往常都是上午进行。"

听了这话，敬介只有跟着点头首肯。

"那，我就此告辞了。"

事务长转身准备离开的时候忽地像是想起了什么。

"今晚您回宿舍住吧？"

"那当然。"

"那我回头带您去。"

看样子昨天晚上自己在"一力"住了一晚的事大家已经都知道了。敬介红着脸低头鞠了一个躬。

"目前外科的住院病人一共有十名，要带着病历夹吗？"谷口问道。

"有X光片吗？"

"有。"

"那也一起带上吧。"

为了掩饰迟到的尴尬，敬介略带威严地吩咐了一番。

查房正式开始了。这十名患者就是发起挽留吉井前辈活动的始作俑者，对他们绝不能掉以轻心。

他们会用何种眼神迎接新来的医生呢？敬介惴惴不安，仿佛要踏入"敌阵"一般。

两排病房成U字形展开，值班室夹在中间。其中朝东的三、五、六号病房基本上都是外科的。于是查房就从头上的那个六张床的大病房开始。

"查房了！"

护士长站在门口宣布，接着敬介缓步走了进来，在他后面跟着推着巡诊车的护士。

"请各位回到自己的病床上。"

平常查房都是在早上，所以此刻患者们显得有些慌乱。这些患者赶紧跑回自己原有的固定床位。

"这位是新来的野野宫大夫。"护士长向患者们介绍道。

敬介心里琢磨,这种时候如果自己跟着道声"请多关照",就会降低医生的权威。

果然,患者们个个都躺在床上缩头屏息地望着敬介。

"敌方"不问候,自己也就不要多此一举了。敬介将计就计站到了最靠外的那张床的患者面前。

病历夹上写着:

河村希雄,三十四岁,
病名是:右跟腱撕裂。

敬介从护士长手里接过病历夹,先看了一下吉井医生写下的医嘱。

现在是手术后两周后,即再过一周即可拆除患者膝部上的石膏。

跟腱撕裂过去属于外科,现在属于整形外科领域。如今的外科分为脑外科、胸部外科、以食道以下的内脏为中心的外科,即所谓的腹部外科。

实际上敬介只是在学生时期实习的时候观摩过跟腱撕裂的缝合,根本没有操作过。

"没感觉不舒服吧?"

"嗯……"床上的男子眼睛朝上看着敬介,低声答道。

他看上去个子不高还驼着背,给人一种阴险狡诈的感觉。

"那就再养一周吧。"

敬介根据吉井前辈的医嘱来了个照本宣科,然后继续下一位。

六个人的房间,房门居中,左右各三张床,都是按照头冲床排列的。

右手中间的病床是一位六十五岁的老人。因入浴的时候失足跌倒摔伤了腰不能动弹,但是骨头没发现异常。

当初是因为疼痛难忍住院的,没什么大事。腰疼基本上没事了,可他的家人并不急着让他出院,老人也不想出院回家,就这么拖拖拉拉一直赖着不走。

这位患者也没有特殊问题。

"没感觉不舒服吧?"敬介问道。只要老人一点头就算过关了。

下一位靠窗那张床上的患者名叫西冈安夫。这名字乍看上去让人觉得和蔼安心。不过,这位就是交接事项里特别加注的那位大盛会的黑道人物。

刚才全屋病号就是集中在他床边的。

敬介走近的时候,患者用一种瘆人的目光抬头看着他,真不愧是个黑道人物,让人感觉不寒而栗。

敬介不由自主地点头行礼,那男子也在床上点头"嗯"了一声。

他长得并不是太高,留着平头,身体很结实。

"怎么样?"

"什么呀?"

"伤口……"

"你自己看吧!"

一瞬间病房另一头的患者们都笑了起来。患者在装腔作势。

"换纱布。"

敬介压抑着心中的愠怒吩咐护士。这时那人自己撩起了被子。他身上的刀伤共有两处,一处在腹部,另一处在后背,整个腹部缠着腹带。

　　护士为他解开腹带,露出了里面渗着血水的纱布。敬介用镊子揭开了纱布。

　　只见刀口足有十厘米长,从左上方斜着下来。刀口已经缝合了,但下半部分的皮肤还没有完全愈合。

　　根据吉井医生写的病历得知,他是因与人吵架被刺伤的,伤口不太深。

　　敬介出于泄愤,胡乱地用酒精药棉擦了几下患者的伤口然后敷上了纱布。作为新来的医生,他也只能报复到这种程度了。

　　男子轻轻皱了皱眉,两眼望着天花板。从侧脸看充满了冷峻和刚毅,果然是一条好汉。

　　"请您翻过身来。"处理完腹部之后,护士说道。

　　那人紧闭双唇,然后翻过身去。

　　当他抽出右肩脱掉病号服的时候,露出了满背的文身,图案的中央是一条狂舞的龙。

　　关键的刀口靠近臀部,接近龙尾的那个部位,白色的纱布上贴着胶布。这一刀有点深,纱布都嵌入到了里面。

　　"啊啊,疼……"

　　那人像青蛙一样趴在床上叫唤起来。

　　在刀口上重新敷新纱布的时候,那人趴在床上的手开始乱动起来,整个背上的那条龙也跟着舞动起来。

　　"原先的大夫换药可没有这么疼呀!"

　　那人刚说完,同屋的那帮患者发出了笑声。

　　"换完药了!"

　　尽管护士长说了,那人还像是在怄气一般趴着不动。

"西冈先生,好了!"

说完的一瞬间,护士长瞅准了时机从那人的腰部一下子连人带褥子翻了起来。

"啊……"

那人一下子慌了,像一只蚂蚱一样一下子跳起来想掩盖什么,这时花牌和一千日元的钞票从他的脚下飞舞出来。

"完了!"

病床四周的地上散落下几张一千日元的钞票和花牌。看样子,这人刚才正在跟其他患者玩花牌,突然遇上查房,慌慌张张把这些东西藏到了被褥下。

"怪不得我觉着有些不对劲。"

干瘦的护士长出人意料地狠狠瞪了那人一眼。大概护士长从他翻身的动作和揭开被子的举止中感到了被子底下藏着什么东西。

敬介心里只当是这家伙一个大男人这么懒得动,却并没有去想他脚底的被子底下竟然还会藏着这些东西。

"大夫,这帮人没事就这样赌钱。"

大概是刚才激动的缘故,护士长细细的脖子微微有些震颤。

"这样会影响到其他患者,不是三令五申过这是绝对不允许的?"

护士长似乎在等着敬介训斥一番,但是训斥一个浑身文着巨龙的黑帮人物,确实心里害怕得很。

"下次再这样就让你出院,吉井大夫不是说过吗?你应该知道的吧?"

那人装作听不见似的朝窗外看着。

"屡教不改。"

护士长说完敬介也不得不跟着表态。

"这种事情,下不为例。"

出于无奈的敬介说话的声音很低,像是在祈求一般软弱无力。

"下次再发现,就要去告院长了。听见了吗?"

看见年轻的敬介缺乏魄力,护士长搬出了院长的大名。

"住院期间,赌博的人请给我出院。"

护士长再次怒目环视了一圈。别看她是个瘦弱女子,拿出护士长的威严训斥,患者没一个敢吭声的。

接下来没人再作声,敬介继续查房,进入了下一个房间。

这里住着两位病号:一位是原因不明的骨折后引发的骨髓炎患者,另一位是阑尾炎就诊耽搁腹中插着排脓管的患者,看上去相对都比较严重。

果然如吉井前辈所言,骨髓炎患者的骨折部位愈合不好流脓不止。

"大夫,怎么样呀?"

这位男病号四十多岁,在镇上经营一家餐馆。

"先观察一段时间,看情况,需要的话就得进行骨移植。"

这些都是吉井前辈的意见,敬介胸有成竹地直言相告。

"什么叫骨移植呀?"

"就是在骨头无法愈合之处,植入新骨头。"

"做了之后,不要紧吧?"

"做了后骨头的愈合会更快。"

一时间患者沉默了,等到敬介换完纱布将要离开的时候,他又开口了:"那种手术,在咱这里能做吗?"

本来敬介准备回答可以,但说心里话,他的心里没有把握。

"即使做,也是下一步的事,你不必紧张。"

患者点点头,但他的眼神里充满着怀疑。

旁边那位阑尾炎患者因为常年在南方从事远洋捕鱼,皮肤晒得黝黑。

插入他腹部的排脓管依然排着混着血水的液体,但里面没有脓。

据吉井前辈医嘱,今明两天就可以考虑拔管,但能不能拔管呢?敬介以前压根儿就没见过这种病例,更别谈自信了。

晚拔管总比早拔管要好吧。他心里拿定主意告诉患者明天再说,然后转身准备离开。这时患者叫住了他。

"大夫,对不起,您知道吉井大夫的住址吗?"

"住址我不知道。他回大学了,所以联系东都大学医院的外科就可以。"

"谢谢您。他是我的救命恩人,我想写封信感谢一下。"

的确,救活一位在船上阑尾炎严重化脓的病人,也许已称得上是救命恩人,不过自己的病号与其他医生联系使敬介觉得心里有些不是滋味。

"明天能拔管吗?"

"应该可以……"

"吉井大夫也是这么说的。"

这句话真是画蛇添足。敬介略带愠色默默地走出了病房。

最后的六号病房是女病房,里面住着一位五十五岁患膝关节炎的患者。这就是那位梅毒反应呈阳性三个加号的老太太。

"感觉怎么样?"敬介开口问道。

患者没有回答,两眼直勾勾地望着敬介。

"还痛吗?"

"嗯。"

"湿敷了吗?"

"嗯。"

"曲一下腿我看看。"

"嗯。"

无论问什么,回答都是一个"嗯"字,根本没法当真。膝关节上残留着少许渗出液,用手接触不太好,今天就到此结束为好。

说到底,三个加号的梅毒他是不想去触碰的。

"那么,再观察看看吧。"

敬介转身准备离开,这时老太太满脸痴迷地说:"不过,真帅气呀。"

"什么?"

"不,我说大夫您长得帅气。"

敬介的脸一下子红了。

"真的,跟我死去的老头子长得一模一样……"

她的老头子? 和她一起的老头儿肯定也得了梅毒。

"大夫,请握一下我的手!"

"我还有事要去忙。"

敬介甩下这句话,逃也似的冲到了走廊上。

谢天谢地,至此从看门诊到查房这一整天的活儿总算结束了。

回到了值班室,敬介再次长出了一口气,然后点燃了一支香烟。

潮　骚

医院为敬介准备的宿舍在医院后面的小山丘上。四周圈着围墙的一角上，一字排开的是包括院长家在内的五栋独门独户的小楼。

这当然是医院为职员配备的公房，其中面积大的两栋是为医生修建的，现在一栋住着事务长，另一栋空着。

从东都大学派来的医生们只要提出需求就可以入住这栋空着的小楼，加上开放式厨房、餐厅在内共四个房间，对单身来讲实在是太宽敞了，所以几乎没人入住。

当然，小一点的还有三室的，对单身来讲再合适不过了，吉井前辈也是一直住的这种房子。敬介自然也不例外，同吉井前辈一样选择了这种小户型的房子。

建筑是平房，外墙涂成了乳白色，外观很雅致。单身一人住独门独户的房子心里多少有些害怕，不过这附近住的邻居都相互认识，即使大白天忘记锁门，也不会进来小偷。

敬介学着吉井前辈那样，把靠近门口的那一间当成餐厅，左边的那间当成卧室。右边那间可以当成书房，不过目前是把不用的东西都堆到了里面，临时当成了储物间。

床、沙发和桌子这些简单的生活用具都一应俱全，没必要再添置。茶壶、茶杯等餐饮用具也一样不缺，如果想自己开伙，完全可以。

再者作为出差医生，伙食由医院免费提供。普通的病号餐都是一个或两个菜，不讲究奢华的话，这已经足够了。

敬介从一开始就没有打算自己开伙，在宿舍顶多也就喝点咖啡或者茶。一茬一茬都是男单身住，可想而知宿舍里简单得不能再简单了。

卧室和餐厅的墙上没有画像或者壁挂之类的装饰物。屋里仅有的一个衣橱也已经破旧不堪。沙发、桌子和床铺这些生活必需品也是最低配置，一眼望去可以说是非常简陋。

入住之后，敬介首先添置的是一个闹钟。

一入职就因为睡过头栽了跟头，他到镇上的钟表店买了一个铃声最响的闹钟，把它放在枕边，即使头天晚上烂醉如泥，第二天早上也不会睡过头。

吸尘器和擦皮鞋的刷子都是以前的前辈们留下的。

还有印着制药公司名称的烟灰缸，一共有五个，还有一台不知是谁买来的小彩电。

餐厅有十五六平方米大小，中央只有沙发和桌子，看上去空荡荡的有些不协调，但打开窗户便可以越过墙头看到大海。虽然有些凑合，但对敬介来说，也算是个心情舒畅的家。

第一位到访的客人是一色有希子。落脚后的第三天傍晚，她照例开着那辆红色的跑车来到了这里。

那时在医院里吃完晚饭的敬介刚回到宿舍。他到伊豆才三天,在当地又没有亲朋好友,眺望夕阳下的大海,不禁感到寂寞无聊,所以敬介当然是热烈欢迎有希子的。

"这是之前我们约好的。"

从下田到富士滨的途中,在石廊崎被问到"明晚有空吗?"的时候,敬介点头答应了,但是昨晚她没有出现。没想到这会儿她真的来了。虽然敬介心里想着她,但见她没联系自己,敬介心里凉了一半。

"可以进房间吗?"

敬介慌忙拿出破旧的拖鞋,有希子缩着脖子点点头。

"没给您添麻烦吧?"

今天的有希子穿着一身针织的连衣裙,腰间还系着一条金环腰带,比上次见她时更显贤淑。

"您喜欢吃水果吗?"

有希子从手中拿着的袋子里取出来两个甜瓜,放在桌子上。

"哈,你住的地方好大呀。感觉很清爽呀。"

有希子如此评价了一番敬介那空洞无物的房间。

"这房间谁来打扫?"

"有需要的话,医院里负责保洁的大妈会过来打扫。不过就这点活儿我自己就打扫了。"

"今天呢?"

"还没有开始。"

"那,咱们动手好吗?"

哪能让初次来访的女孩做这种事。敬介谢绝了她的好意,有希子毫不在乎地挽起了连衣裙的袖子。

"吸尘器呢?"

"噢,你真的能行吗?"

"打扫干净了,心情更好。"

的确这三天里自己一次也没动手打扫,所以到处落满灰尘。敬介不好意思地从壁橱底下取出了吸尘器。

"插口在哪里?请你把窗子打开。"

敬介按照她的吩咐,先告诉她插口的位置,然后打开了窗户。

三月春夜,徐徐海风略带春寒。对兴奋不已的敬介来讲,此时的寒意正相宜。

有希子打开开关,吸尘器响了一下立刻就停了。

"哇,真是的,里面的垃圾都挤满了怎么行!"

也难怪,敬介住进来还没有打扫过房间,吸尘器里的垃圾都是吉井前辈留下的。

"有报纸没有?"

敬介慌忙拿来今天的早报来接垃圾。

有希子从房间的角落开始用吸尘器依次打扫起来。最初见到她时感觉她是个疯丫头,不可能自己去干打扫卫生之类的事,实际上她还真是上得了厅堂下得了厨房。

敬介望着有希子手持吸尘器的背影,心里蓦然生出和她一起居家过日子的错觉。

才第二次见面就如此想入非非,的确有些难以启齿,但敬介心里并不反感。

"瞧,这下干净了吧。其他房间也打扫一下吧。"

再继续的话,卧室和书房兼储物间里脏兮兮的样子让人看了个底朝天,会被别人笑话死的。敬介恭恭敬敬说了声谢谢,就收起了吸尘器。

这时外面的天已经完全黑了,遥望海岬,前方有一处灯火,大概是一条夜钓的渔船。敬介打开了煤气灶开始烧水。

"咖啡,我来冲吧。"

"不,这点事儿我会。"

他把放在水池前的隔板上的速溶咖啡、砂糖和杯子移到了桌子上。

五个咖啡杯个个都有豁口,挑不出一个完好无损的。咖啡垫盘也各种各样,不过倒是不影响喝。

不一会儿水就烧开了,敬介把水壶搁到了桌上。

"我看,还是让我来吧。"

大概是觉得敬介笨手笨脚,有希子自己把咖啡和砂糖倒进了杯子。

"怎么样?"

"很香。"

"这里真静呀。"

"嗯。"

刚才还能看见的在海岬前方钓鱼的船的灯火已经不见了,窗外是一片漆黑的大海。

敬介渐渐觉得两人间的沉默越来越令人窒息。

房间虽大,但空空荡荡,灯光下的两人相对无言气氛微妙。

如果是个情场老手,这种时候正好说些儿女情长的悄悄话,可是敬介根本就没有想到过这种场面。

"听说,你是本地町会议长的千金?"

"你听谁说的?"

昨天敬介从到下田接他的河田那里无意间打听到了有希子的情况。得知有希子原来是町会议长一色亮太郎的女儿,在东京上大学,现在是放春假回来的。

"在哪所大学?"

"知道了又能怎么样,K大的法律系。"

K大是有名的私立大学,女孩子学法律更是非同一般。

"现在上大几了?"

"马上就大三了。法律系听上去很奇怪吧?我最初是想当法官的,将来要运用法律治一治那些狂妄自大的男人们,可是后来得知司法考试不是那么容易通过的,于是就把学业当成了一场游戏。"

"你呀,还是不学为好。"

敬介听有希子说想当法官,便全无了兴趣。

"要是像医生的国家考试那么容易就好了。"

话虽如此,但说得这么直白还是让人听了有些不舒服。

"学医的学生要是考试不过关的话可是什么也干不了,很要命的。"

"所以,才容易?"

"也不能说容易。"

"我说这话可没有别的意思,你别往心里去呀。"

有希子接着说:"大夫,前天你在'一力'住下过?"

"…………"

"这里是小地方,有丁点儿事儿立马就满城风雨。你可得注意呀。"

她是听谁说的呢?真没想到,就连有希子都对此了如指掌。

"这下无人不知您是好色之徒了。我觉得您可能只是喝高了在那里睡了一晚而已,可是人言可畏呀。"

"可,这是谁说出去的呢?"

"你想想当时都有谁跟你们一起喝酒就知道了。"

当时喝酒的有院长、事务长、吉井前辈,不过吉井前辈和院长好像提前撤退回去了。

"是事务长?"

"那个人是这个镇上有名的小喇叭,以后你要留心才好。"

那个看上去心直口快的人背地里竟然干出这种勾当,真是人不可貌相。

"你喜欢'一力'的妈妈吗?"

"不……"

"那人可不简单,是个本事人,你必须要留心。"

"本事人?"

"过几天你就会领教了。"

别看这个地方不大,但庙小妖风大,人际关系之错综复杂还真是非同一般。

敬介一时呆若木鸡。这时餐厅的电话响了,这是入住以来的第一个电话。

他和有希子对视了一眼,然后拿起了话筒,里面传来了年轻女子的声音。

"是野野宫大夫吗?这边是医院,现在有个受伤的病人,您能出诊吗?"

院里的值班是院长和敬介轮流担任的,所以时间一长也就约定俗成,只要知道值班人的去向,有事随叫随到就行。

虽说是值班,但因为这个町不大,一般很少需要出诊。所谓的有事,也就是些询问服药方法之类的事,在电话里指示一下也就足够了。

"在哪里?"

"说是在海岬前方的矶崎。有位患者喝醉了,从楼梯上摔了下来,好像骨折了。"

这下,敬介心里哪还有那么多的自信。

"患者六十七岁,名叫片冈幸太郎……现在马上准备出车,请您做好准备。"

护士看样子也很着急,说完匆匆挂断了电话。

"现在在矶崎那个地方,有位六十七岁的老人从楼梯上摔下,摔断了腿。"

"叫什么名字?"

"说是叫片冈幸太郎。"

"矶崎的片冈幸太郎,这个人是当地的町长呀。那位町长嗜酒如命,现在得赶紧去才行。"

有希子站起身。正和美女谈到兴头上,出了这事虽然遗憾,却也只能暂时告一段落。

自己真能处理得了吗?说实话,第一次出诊又赶上町长摔断了腿,这可是非同小可呀。

"那,我回去了。回头给你打电话。"

敬介点点头,一心只惦记着病号受伤的事。

目送走了有希子,敬介回到里屋,取出了一本《简易门诊骨科》。书里肯定有骨折的简易治疗方法。

翻开这本书的时候,外面传来了救护车的声音,响起了警笛。

敬介赶忙合上了刚刚翻开的医学书，走出家门，这时大石主任已经站在那里等着了。

"今晚是你值班？"

"说是有急诊把我叫过来的。"

有大石主任跟着出诊敬介就放心了。敬介一下子如释重负，穿上了鞋子。

"止痛药和夹板已经带上了。"

说心里话，敬介此前从来没有处理过紧急的骨折患者，根本就不知道该带什么。

说起来，骨折名义上叫作外科，实际上属于整形外科领域。不过事到如今说啥都无济于事。既然大石主任都做了准备，应该万无一失。

"白大褂呢？"

"带来了。"

身着衬衣的敬介穿白大褂走出来的工夫，医院的车已经停在了他的家门口。白色面包车的车窗下印着"富士滨町立国保医院"的字样。敬介坐在了副驾驶席上，大石主任也并排坐在旁边。

"矶崎这个地方在哪儿？"

"从这里往南两公里。"司机答道。

往南两公里的话，从石廊崎来的时候肯定路过过。

"片冈幸太郎这个人听说是町长？"

"是的，他是这一带的大地主。"

救护车很快穿过富士滨的街区，驶入黑暗的国道。左手边是山，右手边隔着小片田地就是大海。

而且，车前的灯光只能使想象更加模糊，看不出清楚轮廓。

敬介两眼直直地望着黑暗的前方，脑子里翻腾的全是患者的事。

万一是骨折，要先确认此前是否骨折过。

骨折的处置办法……最简单的就是拍X光片。那样的话，就连以前骨折的痕迹也能一目了然。

可是现在现场没有X光机。这种情况下的处置办法，记得以前在考试题里曾经出现过，属于骨科异常活动，就是原来不能活动的地方出现了活动。

但是，这种情况就像脚趾骨一样，是由多个骨骼汇集而成的。在这种情况下很难做出判断，只有通过是否肿胀、是否疼痛来判断。

敬介想到这里的时候，救护车向左拐了一个大弯儿。海岸线向左弯曲，道路也随之蜿蜒。

一瞬间车灯的前方浮起了崖头，过了一会儿又冲下了缓坡。又过了不久，前方出现了灯火人家。

"那就是矶崎。"

虽然晚上看不清，但依稀可见那里是一处不大的入海口。救护车拐下国道沿着田间的小路朝海边行驶了大约二百米停了下来。

下了车，眼前是一棵茂盛的松树，再往前是绵延的白墙。

不愧是町长的宅邸，好气派呀。

进了门往里走了五十多米才到玄关。按了门铃立刻就有了人影过来，从里面打开了大门。

出来的是町长夫人，她的年纪看上去有六十岁上下。

"是大夫呀。大晚上的,真的谢谢你们。不好意思,屋里乱七八糟的,是在这边。"

夫人领着往里走,走廊上哪是乱七八糟,简直就像刚擦过一样干净得一尘不染。

沿着走廊往右拐,最尽头的房间便是病室。

夫人摆出一副平时罕见的做派,恭恭敬敬地拉开了隔扇,这时才看见里面中央的羽绒被上仰卧着一位五大三粗的男人。

"孩子他爹,大夫来了。"

听见夫人呼唤,患者坐起身来。

尽管町长已经年近古稀,但虎背熊腰体格仍旧硬朗。

"我是本町的町长片冈幸太郎。"

"我是外科的野野宫。"

"原来是你呀。"

"嗯?"

"不,没什么。刚才喝高了,在楼梯上摔了一跤。"

町长尴尬不已地用手挠了挠头说:"本来以为没什么,结果肿起来了。"

町长穿着浴衣,两条腿胡乱地伸着搭在褥子上。他的右脚脖子上缠着厚厚的毛巾。

大石护士上前一步开始解患者脚脖子上的毛巾。

"真是的,上了年纪,尽是麻烦事儿。"

町长刚说完,就大叫起来:"啊,痛!"原来大石护士为了解开毛巾轻轻地抬起了他的右脚内侧。

"小点儿声,别嚷嚷!"

"请您稍微忍一忍。"

敬介闻声看去,不知什么时候房间里除了夫人又进来了三个男人。只见他们个个西装革履,好奇地盯着町长的脚脖子。

看样子他们是听闻町长受伤后赶来的心腹部下。

"啊,痛……"

町长再次叫唤起来,毛巾解了下来。脚脖子因敷过湿布有些泛白,但是肿得挺厉害。敬介慢慢地摸着町长的脚脖子问道:"痛吗?"

"嗯,不……"

"这里呢?"

"啊,痛……"

町长不顾一切像孩子一样大声嚎叫起来。

"是这里吗?"

"痛、痛、痛、痛!"

惨叫声犹如机关炮。偌大的个头,经不得一点痛。敬介也不是个硬心肠的人,看到这种情况也就罢了手。

"骨折了吗?"

敬介一时拿不定主意。伤处的确在脚脖子上,搞不清楚到底是骨折了还是只是扭伤。不管怎么说,是踝关节出了问题,真是棘手。

"不要紧吧?"町长又问了一遍。

大石护士安慰道:"即使您再怎么问,没有拍片检查,也很难下得出明确的结论。"

大石护士说完又问敬介:"大夫,现在打夹板吗?"

"嗯。"

敬介点头首肯后大石护士麻利地组装起夹板,对着町长粗壮的大腿比画着。

"痛,痛、痛、痛!"

"请再忍耐一下。"

再触到町长的脚,他也没再叫唤,只是一个劲儿地龇牙咧嘴。

"在这里湿敷吗?"

"嗯。"

敬介依然点头同意。大石护士从出诊药箱里取出纱布然后用消毒液浸湿,敷在了肿起来的部位。

"非得住院不可吗?"站在右后方留着满脸胡须的男子询问道。

经验丰富的大石护士答道:"不拍片子是不行的。大夫,得住院吧?"

也只有如此,这次敬介又同意了。

"在家里养不行吗?"

"不行。"

大石护士一口回绝了。

"被子医院里都有,只准备洗漱用具和换洗衣服就可以。腿已经用夹板进行了固定,即使活动也不要紧。其他还有哪里摔伤了?"

町长按着右肘和腰部。

滚了楼梯肯定是多处受伤,即使患者不说医生也应该问。

敬介继续查看,他的右肘擦伤了有些发红,腰部出现了轻微的淤青,是否骨折则必须拍片后才能确诊。

"这些部位也都要湿敷。"

"嗯。"

"马上要乘车,路上可能要颠簸,给患者打一针诺布伦止痛吧。"

"嗯。"

敬介同意后,大石很快从急救药箱里取出了安瓿瓶。

"穿着浴衣去可以吗?"

突然决定住院,夫人来向大石询问该带哪些东西。

"睡衣、洗漱用具和毛巾,还有什么需要的话隔得近回来取也来得及的。"

一听说町长要住院,家里人还有那些手下们一下子乱作了一团。走廊上来来往往全是脚步声,甚至还能听见有人用电话大声通报町长住院的喊声。

"非得住院不可吗?"

町长两眼盯着止痛针,不死心地念叨着。

"在家里,人来人往不可能安静休养。再说,打上石膏躺在床上就万事大吉了。"

"还要打石膏呀?"

"是这样吧,大夫?"

"嗯。"

敬介心里也认为基本如此。

"痛!"

町长又叫唤起来。河马般的屁股上就扎进五毫升的注射针头,他就如此大呼小叫。

"好,这下就不痛了。"

大石护士用酒精棉揉着町长毛茸茸的臀部对周围的几个人说:"来,请你们把町长背到救护车上吧。"

站在右边的那位彪形大汉受命蹲到了町长面前。

"好,大家用力抬起来。"

就在大石一声令下的瞬间,"啊,痛!你们不能轻点儿吗?"町长怒吼起来,大概他平时对部下横行霸道惯了。

这几个四十好几的大男人看样子在町政府里至少也是个部长或者科长级的吧,被别人背着还要朝人家怒吼,足见这是一位多么专横跋扈的主儿。

背着町长的那个人,脖子被町长的两只大手紧紧搂着,上气不接下气地挪着步。后面跟着抱着睡衣的夫人和好几个町政府的职员。

好容易才走到了后门打开的救护车前,有几个职员先钻进了车里,连拉带拽好容易才把町长塞进了车厢里。

敬介和大石护士坐到了前排的副驾驶席上。

驾驶室和后面的车厢中间被玻璃墙壁隔着几乎听不到后面的声音。

"病房怎么安排?"

"十号病房的双人间空着,安排到那里怎么样?"

"嗯。"

敬介再次点头应允。

表面上看是护士提议医生许可,实际上却是医生照护士说的囫囵吞枣。

总之,只要按照大石主任的说法办就没错。没错,要论临床经验,她的确技高一筹。

聪明的大石主任对这些事也心知肚明,也许她是借此机会在抬高自己。

但在敬介眼里,旁边坐着的这位大石护士简直就是一位救世主。

救护车抵达医院的时候已经九点多了。

此时已经过了熄灯时间,医院里恢复了寂静。大概是走廊上出现了不寻常的脚步声,引得四五个病号从门缝里向外窥探动静。

"这边,这边。"

几个人喊喊喳喳一通忙碌之后,町长终于被安顿到了二楼的十号病房。

这是一间坐北朝南能观海景的双人间,是全院里最好的一间病房,理应让町长一人享用。

"简单的换洗衣服和日用品请放到上面的架子上,洗漱用具放到床下。"

大石主任向随行的几个人交代着。床单和被子医院里都备有现成的,无须从家里自带。

"电视机搁到哪里好呀?"

"搁在窗边的那个架子上怎么样?"

这些人根本就没忙正经事儿,当务之急不是电视机,而是患者用于垫高脚部的枕头、喝水用的杯子和暖水瓶。

大石主任干净利落地下完一通指示后对敬介说:"应该通知塚本大夫马上来一下。"

塚本就是那位放射室的技师。一般情况下,这种普通的病号住院之后都是第二天拍片检查,可现在必须要争分夺秒尽早确诊是否骨折。

"那,就照你说的办吧。"

"京子,你去通知事务部当值的河田先生,让塚本大夫马上来一趟。"

大石主任吩咐完小护士,又回病房去了。

值班室里只剩下敬介一个人,他不禁自言自语起来。

"怎么这种事儿都让我赶上了。"

刚才一通忙碌,幸亏大石主任在一旁支招,才总算渡过了紧急处置这一关,马上拍片确认了骨折的话,事情就更麻烦了。

是否应该手术?还有,自己能否完成这台手术?敬介越想心里越不安。

当初医局长告诉自己拍片之前先查书,不知现在是否还来得及。眼下当务之急得马上回宿舍查阅骨折方面的书。

想到这里敬介站起身来,但此时值班室的电话却响了起来。

这会儿护士们都到病房里忙去了。敬介迟疑了片刻拿起了话筒,里面一下子传来了一阵娇滴滴的女声。

"町长先生摔得怎么样呀?"

"怎么?"

"是骨折,还是重伤?"

大概是自己过于紧张,只觉得耳边嗡嗡作响。

"这……"

"你是哪一位呀?请让大夫听电话!"

"我就是大夫。"

"你是大夫?原来是那位帅哥大夫。"

"啊?"

"连我的声音都没听出来?是我呀,'一力'的妈妈呀!"

"噢,上次谢谢了……"

075

敬介慌忙举着电话鞠了一躬。刚来富士滨的第一天晚上就喝断了片醉宿在店里,从那次失态以后,敬介觉得没面子再也没有在'一力'露过面。

"那件事别往心里去,眼下爸爸怎么样了?"

"爸爸?"

"不,我是说町长先生呀。摔得轻重?"

"那还要等拍完片才能知道。"

"您看一眼就略知一二了吧?"

"啊,很有可能是骨折。"

"那么说,是瘸了吗?"

"不,还没那么严重。"

"那么,等明了了给我打电话,好吗?"

妈妈告诉了店里的电话号码之后,又叮嘱说:"响铃之后,我就会接听的。你可千万别称呼'一力'的妈妈什么的,你就什么也别问直接把情况告诉我就可以了。"

"好的。"

"一言为定呀。我爱你,大夫!"

"啾!"话筒里传出了一声接吻的响声,然后就挂断了。

真是越忙越乱,"爸爸"又是怎么一回事儿?看她那慌慌张张急于打听的样子,莫非"一力"的妈妈是町长的相好?

出诊的时候,町长见到敬介说的那句"原来你就是那位外科大夫呀"意味深长。有希子说起"一力"的妈妈时也说过"你可千万要当心呀"。

"原来如此……"

敬介大声自语,自己真是愚昧无知,这方面必须小心。

不过,既然如此,当时妈妈为什么要让自己留宿呢？一旦有这种事,这样巴掌大的地方岂不是一下子搞得满城风雨。大概消息不胫而走最后传到了町长的耳朵里,他才说那番话的。

"真是难以捉摸。"

敬介正在琢磨着,这时大石护士回来了。

"现在塚本大夫来了,可以用手提机拍摄。"

"啊。"

所谓手提机就是无须患者移动可以躺在病床上拍片的仪器。像町长这样的大体格再挪到放射室的话不知又要费多大的劲儿。

"怎么拍呢？"

"什么怎么？"

"那就拍两面的踝关节,再拍一下小腿和脚吧。"

"嗯。"

大石主任迅速在拍片申请单上填上了患者的姓名和拍摄部位。尽管其貌不扬,但大石做一名护士倒是挺出色的。

不过,光佩服没有用,得赶紧回宿舍查阅脚部骨折相关的内容。

"我现在要回宿舍一下。"

在比自己技高一筹的护士面前,他的用词也变得客气多了。

"我忘带东西了。"

"好,等片子出来马上叫你。"

真不愧是个老护士,仿佛对一切都了如指掌。大石主任心领神会地点了点头。

敬介穿着白大褂从夜间专用的出口一路小跑了三百来米,奔回了自己的宿舍。

不管大石心里如何想,眼下得赶紧查书。

打开房门进到里面,房间里冷冷清清空无一人。既然是单身,这都不足为奇。敬介每次回到宿舍都感到一种莫名的孤寂。他穿过起居间,来到了里面的书房兼储物间里。

他再次翻开了刚才出诊前准备读的那本《简易门诊骨科》。

一目十行地浏览了一番,感觉踝关节骨折还真不是那么简单。如果是与关节无关的部位,即使骨折了,错位不大的情况下只要打上石膏就可以了。如果骨折部位与关节有关,那就必须实施手术,用金属固定住。

书上说,如果不实施手术,脱落的骨片就会导致关节变形,有可能落下残疾。

另外,即使没有骨折,只是由扭伤造成的连接关节的韧带撕裂,治疗起来也颇费时间。

总而言之,脚骨在全身最下端,承载着全身的重量,一旦受了伤治疗起来难度颇大。

敬介刚读到这里,大石的电话就来了。

"片子出来了。"

"怎么样?"

"是内侧脚踝骨折。"

踝骨是组成关节的重要部分。

"看样子得手术。"

"那……"

大石果然老道,话也只能说到这一步。

"不,我马上过去。"

敬介合上书,连灯都没关就出了门。

到了医院一看,值班室门口已经聚集了十来个人。敬介一走近,大家一下就围拢上来。

町长的家人和手下都聚在这里,焦急不安地等待着拍片的结果。

敬介分开人墙来到桌前,老旧的桌子上放着一个方形的托盘,里面放着刚刚冲洗出来仍然浸在水里的 X 光片。

"贴上去吧?"

大石主任甩干了胶片上的水,然后把它贴到了灯箱上面。围着的人一下子就变得鸦雀无声,所有的目光都集中到了荧光板上的那张胶片上。

这些人当中能够读懂这张胶片的恐怕只有自己和大石主任。敬介心里思忖着,不觉一阵震颤。

"怎么了?"刚才背着町长来的那个大汉问道。

敬介出诊的时候,他全程跑步跟在身后,看得出他是町长的心腹。

敬介默默地琢磨着。没错,胫骨缺了一块,碎片掉落到关节里去了。

这块骨头错位了的话,就非得做手术了。

"这里骨折了,对吗?"刚才的那个大汉端详着胶片问道。

那个地方骨折了,连外行也都能看明白。

片刻之后,敬介点了点头。尽管他说的没错,当时马上就点头的话会显得自己太没有权威。

"骨折的部分不是太大,但在关节里,挺麻烦的。"

敬介复述着刚从书中读来的内容。

"那么说,要做手术?"

"非常遗憾,得做。"

一瞬间人群里传出一片长吁短叹。

这里只是个拥有五千人的小町,町长住院做手术的话,可是头等大事。围观的人们一个个面面相觑。

"要做手术,在这里?"刚才那个壮汉翻眼向上望着敬介问道。

"那当然。"

敬介当场点了点头。这样普通的手术做不了的话,他这个外科医生的面子还能往哪里搁。

"难道就没有别的办法了吗?"

"不要紧的。"

十分钟之后,敬介来到病房,这时町长已经从手下人的嘴里听说了自己骨折和要做手术的事。

"非得做手术?"

"是,这样好得要快一些。"

町长听罢,那张虎头狗一般的大脸显出一脸的不高兴。

解释完读片结果,敬介回到了值班室,从白大褂的口袋里掏出了香烟。

"手术什么时候做?"大石主任把烟灰缸递到了他的面前问道。

骨折手术当然是越快越好,要手术的话,眼下当务之急是赶紧查阅有关这种手术的书。不过即使是临阵磨枪查了书,手术本身的情况跟书本上讲的也相去甚远。单就这一方面,即便是再查书心里也没底儿。

"明天下午做吧。"

"好的。"

明天下午做手术的话,明天上午就必须消毒那些要用的医疗器械。

大石主任走了,值班室里只剩下了敬介一个人。

自己能胜任这台手术吗?现在是骑虎难下,敬介心里七上八下。

要不赶紧回宿舍给医局长打个电话问问?敬介正在冥思苦想,这时候刚才的那位町长的心腹和另一位伙伴一起来了。

"有件事想拜托您,可以吗?"

"请吧。"

敬介指了指空着的沙发,三个人就像站在同一根电线上的鸟儿并排正襟危坐着。

"恕我直言,我们有一个不成熟的想法……"那位心腹搓着两只手说道,"我们想把町长转到其他医院,不知行不行?"

"转院,不在这里住院了?"

"噢,我说话太直率,就是这个意思。"

"转到哪儿?"

"沼津那边有一家我们熟悉的医院挺不错。"

"请等等。"

他们说的这叫什么话?这不是明摆着瞧不起自己的医术吗?敬介觉得自己简直怒不可遏。

"那么说,你们认为这里不好?"

"这不是我们的意思,是町长说的。他说,这里是小医院,设备也差一些,怕让您为难。"

"瞧不起人也要适可而止。这里是你们建的,你们的医院!"

"您所言极是,我们是考虑到您初来乍到不想让您太劳累。"

"我没事,我来做。"

敬介一时难以自控地脱口而出,气氛立马紧张起来。

不管是什么町长,入院当天就提出转院,也太目中无人了吧?

有别的特殊理由另当别论,可这简直在说因为不信任敬介的医术想另请高明。

敬介心知肚明,他们嘴上说这里是乡下医院设备简陋、医生刚来不想让医生太劳累云云,可实际上都是托词而已。

既然信不过医生,还不如直截了当挑明了更好。

尽管如此,身为町长把自己建起来的医院说成是乡下医院设备落后,未免也太口无遮拦,简直把这座町立医院说得一无是处。

这种现状下,医生又都不肯来,医院也很难经营。

总之,病人是否需要转院应该由医生来判断,不能由患者自行决定。

他们瞧不起自己的医术,令敬介愤愤不平。

说句心里话,碰上町长这样的大人物要做手术,自己内心又没有多大把握,心情沉重是可想而知的。要是可能,将其转到别的医院,何乐而不为。

可是,转院的话,也非万事大吉。那样自己作为大夫将威信扫地颜面尽失。

"那位大夫初出茅庐连给町长做个手术都不敢,临阵脱逃了。"

这样的谣言传出去,自己可就没有立足之地了。

别看敬介年纪轻轻,但也是取得了医师证书,而且是出自东都大学那样的名校的外科医生。

对敬介的蔑视就是对大学医院的蔑视。

町长一般到了大学医院里的教授们面前都是很客套的："从贵处这样的大医院派出优秀的医生到我们那里真是无上荣光。全体町民从心里表示感谢。"可是，一旦轮到他本人得了病，却想逃之夭夭。即使是为了招到医生而言不由衷一味说好话，也太会阿谀逢迎了。

不，善于逢迎的不只是町长。还有町政府那些职员和医院里的员工，嘴上一口一个"大夫大夫"的，背地里恐怕根本就没把敬介放在眼里。

反正是到了这个穷乡僻壤的农村，也许他们只把敬介当个初出茅庐的雏子。

就这样，当医生的也没有干劲儿。首先，这种状态下就没法干。

"这帮浑蛋……"

迄今为止自己一帆风顺当上了医生，来到乡下被一口一个"大夫大夫"地捧着，心里得意扬扬。再看看现实，这个打击真是太大了。本来自己想好成为一名出人头地的外科医生，可如今连这些农村的外行都瞧不起自己，一想到这些岂止是懊悔简直是无地自容。

"不行，绝对不行。"

敬介自言自语，然后叫来了大石护士。

"您要做什么？"

敬介为了掩饰心中的尴尬用手不停地搓着自己的下颚说道："刚才町长的那帮喽啰来说，这里是乡下，设备不全，想明天转院到沼津的医院去。"

"那您是怎么答复他们的？"

"我说先考虑考虑再说。"

"您是说同意转院？"

"患者提出这种要求，你不觉得有些失礼吗？"

"说的倒也是。"

本以为大石护士听罢也会愤愤不平，没想到她却异常冷静。

"不过，既然町长发话了，还是同意为好。"

"但是，那样的话……"

"要是不同意，弊多利少，既然是町长主动要求的，何不做个顺水人情，还可以趁机要求添置一些设备，岂不一举两得？"

大石护士言之有理。一句话，这才叫顾全大局舍生取义。

"这种手术，在哪里做都一样。"

"的确如此。"

"明天的手术取消吗？"

"嗯……"

这样不会露出自己的破绽也算息事宁人了。

"不过，这也太随便了。"

"这样吧，等他出院的时候我们冷处理一下。"

"冷处理？"

"即使在那边的医院做手术，因为是脚部骨折，肯定要做按摩康复。町长日理万机肯定不会在沼津长住，肯定会回到咱们医院做按摩。到时候您就告诉他，这里的设备缺乏，请他到沼津去做。这样如何？"

"是这样……"

别看眼前的女人外表文文弱弱其实满肚子心眼。

"那么，今天这里就没有什么事可干了。"

患者明天就要自行出院了，院方也只好冷淡处之。

"那么,我就先回去了。"

"原来今天不是你值班呀。"

"町长受了伤,才把我叫来的。先生,您也去休息吧。"

"嗯。"

手术取消了,肩上的担子也一下没了,这时才十点,敬介根本就没有睡意。

"那么,不介意的话,到我屋里去坐一会儿吧。"

"嗯。"

敬介倒吸了一口凉气思考着。

大石主任住在医院左边的护士宿舍里。名义上叫宿舍,实际上不过是两栋二层的简易房。她单独住在右侧的一个房间里。

三十五岁的老护士,不愿跟年轻的小护士同住,所以没有室友。

"您感觉饿不?"

"不。"

此刻他肚子也不是不饿,马上要到女生的房间里去,他担心不知会发生什么事。

本来只要敬介把持住自己是不会有什么事的,但此刻大石主任的眸子看上去有些润泽柔情。

又或者是敬介多虑了,眼前的她既算不上美人,年龄也老大不小了,算得上是个老姑娘了。

"今天当值,只要事先告诉护士自己的去处就没问题。"

"不过,今天町长还在住院。"

这个节骨眼儿上搬出了町长,敬介显然是在婉言推辞。

"那么说,您是不肯赏光了?"

"抱歉……"

大石护士点点头准备离开,这时她好像突然想起了什么似的停住了脚步。

"和一色小姐走得不要太近为好。"

她突然冒出这一句话,着实令敬介措手不及。

"我只是忠告而已。"

说完,大石护士咔咔地迈步出了房间。

值班室里只剩下了敬介一个人,他呆呆地眺望着大石护士消失的走廊。

肯定是今天晚上救护车来的时候她看见了一色有希子开着红色的跑车离开敬介的宿舍。她是在讽刺?不过,她为什么要说这番话呢?

问题是这会儿没有上大石这个重要搭档的圈套,今后不会遭到她的报复吧。今天不能顺从地去吗?眼下敬介担心的不是患者的情况而是自己惹得大石主任不高兴了。

第二天上午八点醒来,在医局吃早饭的时候,外科的久保护士来了。

"院长来电话,让您到他的屋里去一下。"

"是。"

院长派人来叫,这还是第一次。

敬介本来早上就没太有食欲,于是吃了一半放下饭碗就到院长室去了。

还不到八点半,院长一大早就到医院来了。院长不像个工作狂,早早来院里,大概是在家里拌了嘴?还是上了年纪起得早?

院长家到医院步行也用不了五分钟,简直就是近在咫尺。

敬介走到院长室门前,整理了一下领带,然后敲响了挂着"在室"字样牌子的门。

"请进!"

顺着传出的声音望去,院长正坐在圆桌旁的转椅上,嘴里叼着名贵的木烟斗,眺望着大海。

"来,坐吧。"

院长把转椅往回一转,站起身来到门旁的沙发前。

"怎么样,都熟悉了吧?"

"是的,差不多了。"

院长仍然叼着烟斗,大模大样地点点头,然后咳嗽了一声说:"不过,町长的情况,到底如何?"

"您问的是什么情况?"

"那么说,非手术不可了?"

听上去院长的口音时常夹杂着大阪方言,大概他是大阪出身吧。

"他的右脚胫骨的踝关节受伤,在关节内落入了骨片,现在应该做手术将骨片恢复原位。"

"今天早上听当值的护士说,他要转院到沼津的医院去?"

"是的,说这里是乡下设备不全。真没想到,那是町长亲口说的。我觉得,这种态度对医生来讲有些失礼。"

"不,他说得没错。"

院长使劲儿点了点头,然后叼着烟斗盯着天花板待了片刻。

"这种伤,打上石膏不行吗?"

"也不是说绝对不行,但是因为是在关节内。"

"所以,我想问你,这样的手术你做不了吗?"

"做不了?"

"不,失敬了,我不是这个意思。怎么说呢?大夫您一个人做这台手术有困难吗?是这个意思。"

町长转院到沼津的决心和敬介对手术没有把握,大概院长也都看明白了。

"也不是这样……"

"这么说吧,我本人认为,这次难得町长受了伤却要转到别的医院,无论是我这个院长还是医院都没有面子。"

"我明白。"

难得受伤,这句话真是奇妙。院长说这话的心情也是可以理解的。

"问句失礼的话,你做过这种手术吗?"

"没正式做过。"

院长像是在等这句话似的点了点头。

"因此,我想商量一下,能不能从大学那边请一位能做这种手术的大夫来呢?"

"可是,町长那边……"

"你不用担心,町长那边我去说。如果能从大学请来专家大夫,我去说服町长。"

"…………"

"劳驾你,给大学那边打个电话联系一下。"

打个电话小事一桩。这不就是说,你小子的水平不行,再另找一位高手来吗?

院长刚才还在为敬介的愤慨呐喊助威,原来是为了引出这个话题做的铺垫。

"能来一位教授最好,要是不行来位副教授也行,职位越高越好,当然从东京前来的专家医院和町长本人都会以礼厚待的。"

"可是,这样简单的手术那些大大夫恐怕不会来的。"垂头丧气的敬介冷冷地说道。

"你想想办法,看你的面子了。"

看面子？对敬介来说教授高高在上根本就说不上话。

"矶岛教授已经有段时间没来了,这次正好是个机会。"

町长受伤成了好机会,这位院长也真是个老滑头。

"总之,就这样让町长转院到沼津,医院定颜面尽失。"

"不过,那位町长也太跋扈了吧。"

"尽管你这么说,但社会上的事不是那么简单的。"

看样子在町长面前院长也有些惧怕。

"怎么样,你去请请看如何？"

"…………"

"如果您实在不好开口,我可以直接去请。"

"嗯？"

"町长也见过你们教授,所以说不定会痛痛快快答应下来的。"

院长用锐利的眼光瞪了敬介一眼。

说不定院长和町长跟教授都是老相识。敬介盯着院长那双与他的脸不相称的小眼睛,想起了原来曾经耳闻的教授从这里拿好处的那回事儿。

请教授会带来各种各样的麻烦。

怎么说人家也是高高在上,首先必须到下田去迎接,当天还要宴请,还必须住最高级的酒店。

不过这些事医院和町里自会安排的,敬介最惦挂的是那台重要的手术如何来做。

在大学里虽然见习过手术,但敬介和教授同台做过的手术只有三次。而且,自己被安排在团队的最后一名,任务就是手持钢钩钩住创口。

当上教授一周只做一两台手术,刚参加工作的新手参加手术担任助手是一件无上荣光的事,因此全神贯注很费体力。

从钢钩的拿法,到创口的拉伸,最后到站立的位置,全神贯注高度紧张,稍有疏忽就会被骂个狗血淋头。

周围的助手们个个都战战兢兢,这种提心吊胆的紧张感自然也传给了新手。

外科的人一般都很粗野,手术中稍有疏忽或迟钝,立马就会被怒骂成"笨蛋""浑蛋"。

有时他们会用手术刀背敲打助手的手,边敲边骂:"真是些没用的废物,你算什么东西!"

当然,真升到了教授这个级别自然不会那么粗暴,不过矶岛教授的习惯是咋舌。

只要听到他嘴里发出"啧啧啧"的声音,就说明教授不高兴了,这种时刻稍有闪失,就会被呵斥"不行",最后是"换人"。

到了这一步,助手就只好鞠上一躬退出手术室。

在医局里也有因为手术过程延长耽误了约会时间而故意造成失误被斥退"换人"的愣头青。不过,一般人遭到这一声呵斥都会垂头丧气两三天吃不下饭。

医局里待四五年以上的这帮人都有过被"换人"的遭遇,其中有的还以被换四次五次的名目分批组织联谊会,借机聚伙喝酒。

敬介很幸运,没尝过"换人"的滋味。塞翁失马焉知非福,因为位置无关轻重而没被教授呵斥过,并不能说明自己不会犯错。

可这次他要作为教授的第一助手同台手术。

当然敬介是主刀教授的首席助手,就必须动手进行血管结扎和刀口缝合。

"缝合!"一声令下之后,一旦中途手忙脚乱、动作迟缓就会听到"啧啧啧"的声音,患者出血增多就会听到"不行",接下来就是"换人"。

然而,这里可不是大学,即使想"换人"也无人可换。

来这里之前敬介根本没想到还会遇上这种事,要面对咋舌和"不行"之类的埋怨,还需要做好充分的精神准备。

他的心里的确忐忑不安,不过一想到这次也是自己能够亲自接受教授指教的一个好机会,也就没有什么好抱怨的了。

在大学医院里,教授的第一助手根本就轮不到自己,这次真是千载难逢的好机会。

敬介打定主意之后回答院长道:"那,我联系一下试试。"

"那,你现在就赶快打电话,有结果就告诉我。"

敬介出了院长室回到自己的宿舍,拨通了东京那所大学医院的电话。往东京打电话没必要回宿舍,可是办公室和门诊室有旁人在场,这种事他不愿让人听到。

大学的总机拨通了,并且立马就转接到了第一外科的值班室。

今天是星期四,是大查房的日子,一大早医生们就会齐聚在值班室。

接通了值班室,敬介首先叫来了新井医局长。

"我是野野宫……"

敬介一开口,对方立刻"嗯"了一声。

"怎么样,一切顺利吧?"

"是,我努力做好……"

听到医局长的声音,敬介顿觉松了一口气。

"其实,这里有一位挺麻烦的患者。"

敬介三句并两句地简要汇报了町长骨折的情况和想请教授来做手术的愿望。

"这些人真是太天真了。"

本以为会博得同情,没想到医局长根本没把这当回事儿。

"不过这种想法也不是没道理,换作我是患者也不想让你来做。那位町长看大夫很有眼力。"

"不过,既然如此,我在想……"

"这件事你别往心里去。町长受了重伤从大学里请个好大夫,并不会影响你的权威。"

"是这样呀。"

"要是你把手术做坏了,把町长搞瘫了,那可真的要威信扫地了。"

这番话说的是事实。

"那么,能派教授来吗?"

"派教授去的话,那个手术实在太小,我问问看吧。"

"不行的话,派其他副教授或者讲师来也行。"

"其实比起那些年过半百的教授,派我们这样年轻的新手做那种手术也没有问题,但是町长非要请教授来做无非就是图一个心安。"

"我也这么想。"

"可是,请教授的话花费可是不小的。"

"是他们提出的邀请,花高价应该不在话下的吧?"

如此一来敬介也有些自暴自弃。

"派教授去的话,也得是明后天的事了。"

"因为是骨折,还是越快越好。"

"你等一下,我用其他电话跟教授商量一下。"

教授本人真的愿意来这样的穷乡僻壤吗?即使教授请不来,医局长这个级别的来也能交代过去。正等待的时候,医局长回话了。

"喂,OK啦!"

"教授同意来了?"

"明天白天从东京出发,乘去伊豆的快车到下田,然后换乘汽车,到那边也就四五个小时吧。然后开始手术。"

"那要到晚上了?"

"不用,傍晚就到了。教授一到立即手术,告诉他们准备好手术室和全部器材。"

"都需要做哪些准备呢?"

"这个部位的骨折,一般都是用螺栓固定,所以要准备专用螺栓和螺丝刀,再就是普通的手术器械。对了,那里有位叫大石的护士吧?你可以去问她。"

"是。"

"另外还需要石膏。还有……"

这时医局长突然压低了嗓音说道:"告诉院长,礼品要准备五份!"

"五份？"

"我说的，你听明白了？还有，当天晚上教授要住在那里。"

"那就订房间。"

"是的，不过富士滨那里没有像样的宾馆，离那里不远有一个土肥温泉，在西伊豆有最好的宾馆，订那里的房间！"

"是。"

"啊，还有……"

医局长再次压低声音说道："房间要双人的。"

"双人？"

"总之，要住两个人，让他们预定好！"

"明白了。"

说实话，他只是嘴上答应着，心里并没有完全搞明白。

"那么，好了。"

马上就要挂电话了，敬介心里一下子慌了神。

"可，我还没有当着教授的面做过缝合呢……"

"那位教授出差在外不会怎么发火的。而且，他也非常了解你的水平。"

"原来是这样。"

"你要先说上一句'我是新手，请多关照！'。"

"新手？"

"就是初学者的意思。关键是，教授喝酒的时候你一定要在旁边伺候好。要随机应变！"

"随机应变？"

"总之，一定要有眼色！"

"是。"

"大查房开始了,就这样吧。"

敬介呆呆地攥着已经挂断、里面嘟嘟直响的听筒,嘴里嘟囔道:"真是件麻烦事呀。"

敬介赶紧把教授来的消息告诉了院长。院长听罢很高兴。

"那边说礼品要准备五份。"

"噢,好。"

五份是五万日元吗?要么是五十万?大教授专程从东京来伊豆这个穷乡僻壤,五万恐怕拿不出手吧?应该是五十万吧?

不过,五十万可不是个小数呀。

相比之下……

敬介什么也得不着,这个自己也得认账。眼下只能从这里领工资,毕竟自己的技术跟人家没法比。

话又说回来了,虽然是同样的手术,但专家教授是老手,敬介只是初出茅庐,拿同样的手术费也的确说不过去。

要是敬介来做,第一次失败了再做一次的话,岂不成了一种多赚钱的好途径。

手术一把刀的收入高,水平差的人收入低。这么说来,从东京来拿五十万也是理所应当的。

"而且还说想住在土肥那边。"

"本来准备安排住在这里的,既然教授提出要求,那就照办吧。"

"还有,住的房间要双人间。"

"明白,明白。"

院长笑着点了点头。

"这次就住新开张的桂川宾馆,让他满意!"

乾坤已定,敬介出了院长室回到办公室。他要在这里和事务长商量准备明天的接车和手术后的宴会等细节问题。

手术需要一个小时,结束后院长、事务长、敬介还有其他助手们出席宴会。当晚的宴会安排在"一力"。

"教授先生喝酒吗?"

"应该是喝的。"

刚进医院工作的时候,教授出席了欢迎宴会,坐在上座跟敬介离得很远,敬介根本不知道教授的酒量。

"他很难伺候吗?"

"教授一般都是不好伺候的。"

"那就拜托您了。"

"岂敢,我只不过是打下手的而已。"

"那事情就难办了,这里面只有您跟教授最熟悉。"

"可是……"

在大学里自己几乎没跟教授搭过话,又不好开口对人直说,敬介心里有苦难言。

"那么我们也按预定计划做准备。"

事务长听说有宴会一下子就来劲儿了。敬介出了办公室径直来到町长的病房,告知了教授要来的消息。

"这事儿,谢谢了。"

町长轻轻点点头,然后说:"昨天,我的手下不懂世故说话粗鲁冒犯了您,请多包涵。"

明明是自己授意让他们说的,却装作若无其事说成是部下所为,真是厚颜无耻到家了。看样子,町长在他的地盘上一手遮天说一不二。

"这样的话连沼津也不用去了,真是太高兴了。今后也请多关照。"

敬介装作没听见的样子看着病历夹。今天早上病房里依然聚集着三个职员模样的人,窗旁的架子上摆满了果篮和花束,几乎都要搁不下了。

"医生,这么说,手术要到明天傍晚了?"

"基本上是这样。"

"那么,在这之前呢?"

"维持现状。"

"现在关节里一扎一扎地刺痛呀。"

"因为里面骨折了,多少是会痛的。"

对这样一位没把自己看在眼里的患者,敬介冷冷地敷衍完之后就走出了病房。

看来敬介今天一整天的工作无非就是来回跑跑当一名跑腿者。

第二天下午四点教授到达了下田车站。去车站迎接的是事务长田崎还有町政府的一名总务科长,用的车是町长那辆黑色的专车。

上次接敬介用的是那辆破车,中途还出了故障。这次接教授阵势可就完全不一样了。

"教授到下田了,现在我们马上前往富士滨。教授说,一到马上就开始手术,请做好准备。"

教授一到下田,事务长的电话就打过来了。

从下田到富士滨翻山越岭大约需要一个小时。所以,接下来应该把患者推进手术室开始消毒。

虽然是教授主刀,但教授亲自动手做手术只是很少的一部分。

比如说胃部手术,助手们就要事先进手术室,消完毒,对患者实施麻醉,切开表皮,剥开腹膜露出胃部,只待最后动刀切胃。

因此表面上来看只是教授干净利落地动刀切胃,然后托着切除部位就走。

"那么,剩下的看你们了。"

说完这句就大摇大摆地走出了手术室。胃切除手术从麻醉开始整个下来要两个小时,实际上教授在手术室顶多待上一半时间,有时甚至待不了三分之一的时间。

虽说最关键的就是动上那么一刀,但能拿到近五十万的酬金也真让人眼馋。

其实助手们心里巴不得教授早些离开。

"你们来吧!"教授一走出手术室,助手们提着的心一下子就放下了,开口杂谈起来。

总之,教授在场助手们的心个个都提到了嗓子眼。甚至有些平常十拿九稳的事,也因为提心吊胆而搞砸了。

即使做血管结扎这一环节时,教授问"不要紧吧?",也不能回答"请您再等一下",因为这就如同对教授说"做得不好呀",所以最后回答均是"不要紧"。

由这种原因引起继续出血手术重做的例子也有过,主刀教授也未必就是那么十拿九稳。

其实这种事屡见不鲜,这种教授主刀的患者术后需特别留心,管床的医生可就要劳心费神了。

在普通的医生来看,比起那些炫耀自己认识教授请教授来做手术的患者,信任自己、依靠自己的患者会更令人心里踏实。

这次町长就令人反感。

一过四点护士到病房来接町长的时候,町长似乎对来探望的客人炫耀说:"从东京的大学专程来的教授到了呀!"

事到如今,敬介对町长的态度并不是特别反感。町长不认可敬介已经是不争的事实。

"患者已经进入手术室了。"

四点二十分接到久保护士的报告,敬介合起正在阅读的手术方案,站起身来。

眼下他绞尽脑汁回忆那些书本上学过的东西,但实际上切开皮肤以后会是什么情况,和书本上讲的是否一致,还是个未知数。

接着敬介穿着白大褂走进手术室,准备取下捆在町长腿上的夹板。

"医生,拜托您了。"

在无影灯下,町长的脸色显得有些苍白。

"啊……"

敬介冷冷地点了点头。因为是虚情假意,所以到了手术这一步,敬介心里依然没有好气,不满难免溢于言表。不过,这会儿町长根本没心体察这些。

解下了夹板之后,敬介来到手术室隔壁的更衣室脱掉了白大褂,换上了一条裤子,然后又穿上了手术专用的汗衫,开始洗手。

他先用肥皂洗,然后又用消毒肥皂洗了两遍,洗完之后穿上了手术服。

从这一刻起,递衣服系衣带都必须由其他人代劳。不然的话消过毒的手又会被污染。

"喂。"

敬介招呼护士,不知什么时候大石主任已经站在了他的身后。

"请吧。"

敬介按照她的提示将双臂穿了进去。

"这样可以了吗?"

等敬介的双臂穿进袖子,大石护士从背后系上了衣带。

穿手术服的时候,在身后协助的护士和医生之间往往流露出些许微妙的感情。

在敬介他们的医局里有位细野副教授,当年曾是个大帅哥,据说想帮他穿手术服的护士都排成了队。

细野副教授一开始洗手,护士们就自发地在附近蠢蠢欲动,想争得帮着他穿衣系带的机会。

在里面只穿着一件汗衫的后背上系上纽带,然后还要整理好手术服的衣襟,整个过程中能感受到身体亲近的触感。

护士利用这个机会故意抚摸医生的背部,有的还趁机悄悄说上句:"今晚六点新宿见。"

当然细野副教授是极端的个例,那些长得猥琐不讨人喜欢的就没有那么多帮着穿衣服的了。

"喂,谁来帮我个忙?"

尽管喊了,那些护士也一个个装作忙碌不肯过来。

没有办法,那位医生就只好用脚蹬开旁边护士室的房门,到那里去请护士帮忙系上,才算化解了这场尴尬。前辈进入手术室后半天才姗姗来迟的医生可就惨了,常被骂得狗血淋头,恨不得当场找个地缝钻进去。

迄今为止,敬介既不是特别受宠也没被人讨厌。一般说一声

"谁过来帮个忙？"就会有人过来帮忙。

不过,刚才大石的出现有些不寻常。也许是敬介想得太多,她提前等在那里准备帮忙的神态以及整理衣襟的动作,处处都充满着一种柔情。

这些都很微妙,使穿衣服的人从中感觉出一种好意或者说一种亲切。单就从背后系上手术服的纽带然后又整理好衣襟这些细节中也感觉出微妙的差异。

"还有一名助手就是久保小姐,我负责递器械。"

大石主任在他背后悄悄地说。

"我对器械不怎么熟悉,教授也许会说三道四,全靠你了！"

"没事儿,放心吧。"

大石护士莞尔一笑。

手术室里的钟表指向了四点五十分。敬介和负责器械的大石还有第二助手久保护士都到齐了,只等教授到来。

患者的腹部以下都消过了毒,身上盖着绿色的被子。

敬介只是准备实施麻醉。

"痛……"

町长依旧是一通夸张地乱叫,敬介在踝部周围注入了麻醉液。局部麻醉敬介还是有把握的。三十毫升药液注射完正好到了五点。

"从下田过来要一个小时吧？"

"马上就会到了。"大石回答道。

此时窗外几乎全都黑了下来。

突然,手术室的门开了,院长出现在门口。

"各位辛苦了。"

院长穿着普通的白大褂大摇大摆地走了进来。

"刚才来电话说,教授现在已经过了猿岛,马上就到。"

原来教授的行程就像列车上报站那样随时都有报告。

"没有什么大事,您安心睡一觉就是。"

院长朝着仰卧在手术床上的町长安慰了一番,又装模作样地给他测了个血压,然后就走了。

这时候,敬介忽觉尿意袭来。这些都应该在洗手前完成,穿上手术服之后是不能上厕所的。

"这可怎么办?"

"您怎么了?"

大石主任这一问,敬介慌忙地干咳了一声。事到如今只好自己忍着了。

"吭。"町长也干咳了一声。看样子躺在手术台上的町长也紧张得要命。

过了一会儿,传来了一阵杂乱的脚步声。大门再次打开,事务长走进来像军人一样喊起了报告:"教授先生已经抵达,马上就到!"

过了大约十分钟,矶岛教授身穿手术服走进了手术室。一瞬间,敬介来了个立正接着鞠了一躬。

"噢。"

教授用口罩上方露出的眼睛示意点头,然后径直来到町长面前。

"我是矶岛,让您久等了。"

"教授先生,真是有劳您了,大老远的专程赶来。"

"不,不,那么马上开始,请您放心休息就是。"

教授说完,看了看贴在窗边的 X 光片,嘴里自言自语着。

接着他回到手术台前确认了一下骨折的部位,然后说:"那么,开始吧。麻醉怎么做的?"

"已经做了局部麻醉。"

"好,拿手术刀来!"

大石主任按照指令刀刃朝下把手术刀递给了教授。

"嗯,这刀很好使呀。"

教授在无影灯下晃了晃刀刃,点了点头。看样子他心情不错。

"那么开始!"

大家相互施了一礼之后便开始下刀了。

因为骨折部位位于右脚内侧踝关节处,刀口须从上下四厘米处切开。

事先敬介进行了充分的麻醉注射,町长很安静。

踝关节处没有肌肉,切开皮肤一下就露出了覆盖在关节上的关节囊。教授对这种手术真是轻车熟路,一下就切到了位。瞬间,关节中积存的黑血一涌而出。

"擦拭,擦拭。"

敬介按照提示用纱布擦着。

"擦拭的时候要用镊子夹住纱布。这些都是淤血,别急别慌。"

"是。"

敬介隔着口罩回答着,改用镊子夹住纱布。

"纱布要从上面轻轻压迫。左右擦的话皮下组织会疼痛,会引起出血。"

"是。"

敬介照着提示轻轻压下去,很快纱布上就吸满了黑血。

这些都是手术的基础,敬介也是学过的,可不知为什么当着教授的面老做不好。

"喂,用钩子拉开关节。"

大概今天教授是为了照顾敬介才特意放慢了速度。

"筋钩。"

敬介话音未落,大石立刻递上了一把两厘米长的小钩子。

敬介看了一眼,改口说:"要双爪钩。"因为他觉得关节囊薄而坚韧,用叉子那样的双头开叉内侧带弯钩的双爪钩更顺手。但是教授却说:"不,用前一种就可以。因为双钩容易损伤皮肤和血管,关节手术用前面的那种才对。"

"抱歉。"

敬介慌忙换回原来的钩子。自己的所作所为简直是画蛇添足,要是照大石主任说的做就没事了。敬介又拿起原来的钩子将关节左右拉开。

教授再次看了看X光片,用手指在关节中掏找。

"嗯,找到了。"

真不愧是教授,一下子就找到了碎骨片。

"骨折的时候,脚踝扭得不轻呀。"

教授一边将骨片复位,一边同手术台上的町长搭话。

"反正一脚踩空滚了楼梯……"

"当时喝醉了?"

"让您见笑。"

"不,不,这是常有的事。"

教授兴高采烈地点点头,对大石主任说:"螺栓备齐了?"

"准备了三、四、五厘米三种规格的。"

"很好。现在你和她换换,用单钩尖儿压住骨头。"

敬介把钩着关节的钩子递给了久保,又用鹰嘴样弯弯的钩尖儿压住了骨头,把骨折部分和原来的骨头牢牢地固定在一起。

剩下的就是在骨片上打个小眼儿用螺栓固定住就可以了。

教授先用锥子在骨片上钻了一个眼儿。

"现在把四厘米的螺栓穿进去。"

大石主任像是早有准备,立刻把嵌着螺栓的筒状螺丝刀递给了教授。

"拧紧,别让它松动。"

这时候要是骨片活动就会前功尽弃。敬介用钩子和手紧紧地按着骨片。

"好。"

教授再次确认骨头完全吻合之后,将螺丝钉打了进去。这一番忙活哪像是外科手术,简直像是木匠在做工。

"用力,用力。"

最后猛拧两下,螺丝钉拧入了骨头,表面上已经看不见痕迹了。

"好了,松开看看。"

敬介轻轻松开了钩子。骨片丝毫也没有松脱,成功了。

"好,拿针和线。"

最大的难关已经过了,其后将关节和皮肤缝合即可大功告成。

从手术开始到现在还不到二十分钟,真不愧是教授呀。

敬介如释重负地松了一口气,这时候他才猛然意识到自己已经憋了半天的尿。

也不知何故，敬介原本有个毛病，一紧张就容易催生尿意。

这个毛病并不是最近才有的，从中学和高中时就有，可称之为沉疴顽疾。

考试前本来认为没必要去厕所，可他反而更想去。

进了大学之后，大概是安心放松了的缘故，即使考试的时候，预先上了厕所的话，中途也不会有尿意。

后来旧病复发是从医学系毕业进了医局以后的事。

最初是跟患者独处一室的时候，敬介就会感觉自己的下半身如虫乱爬一般，搞得他心神不定。

这种情况对敬介来说，也谈不上是第一次，大概因为患者是一位二十二岁有些无精打采的漂亮小姐。她按照敬介的要求不声不响闭上双眼暴露出白白的腹部。

实际上这一时刻，触摸她腹部的敬介内心远比被触摸腹部的女患者要紧张得多。

敬介检查起来心不在焉，他想赶紧去上厕所，但是他还是打消了这些杂念，按照要求做完了检查。

还有一次让敬介心里不安是第一次拿起手术刀处置瘭疽的时候。一旦手握着手术刀，他的手指头就身不由己地微微颤抖，就想去上厕所。

这种现象应该称作庸医怯场？还是临阵来个精神抖擞的亮相？

不知为什么，一想起眼前的这个指尖就要被自己这样一位毫无经验的小大夫下刀切割，心里总怀有一种深深的愧疚。

"冷静些！"站在一旁的前辈已经看出来他很紧张，但是他根本不可能知道敬介有个一紧张就想上厕所的毛病。

不过这种情况时间一长也就慢慢习惯,感觉不出来了。给美女诊察或者做个瘰疬手术就如此紧张的话,恐怕这一行就干不成了。

但是,敬介的这个毛病曾经导致了一次大的失误。万幸的是,他对谁也没说,谁也没有发现。虽然表面上未露端倪,但对敬介本人来讲确实刻骨铭心。

那是去年秋天,敬介刚当医生半年时发生的事。

手术是一台难度极大的胆囊癌摘除术,由教授主刀,医局长新井为首的三位助手参加,敬介还是位列最末。

名义上是助手,实际上依旧是两手持钩拽着创口的配角。

手术依然是教授和新井等人主持,敬介并不十分了解手术的内容。

自己手持拉钩的手按照"往这边拉""右侧再使点劲儿"之类的指示用力或松开,换句话说不过是替代拉着创口的器械而已。

器械的确也有力量,但不可能做到"稍微""轻点儿"之类的微妙调节,用人来拉拽就有这个好处。

这种手术一般时间都很长。敬介预先从前辈那里打听得知,快的话要一个半小时,慢的话可能需要两个到两个半小时。

胆囊位于肝脏内侧,到达这个部位既要剥离与周围组织的粘连,还要避开肝脏,谈何容易。

敬介参加手术前都要先去一趟厕所。不光是敬介,所有的外科医生都心知肚明,手术一旦开始何时结束、会突发什么事故都是未知数。手术过程中不可能有任何一个人说句"抱歉"就能去上厕所。

要是去一趟厕所就必须重新消毒,而且这期间这个人的角色缺失必须由别人来填补。

以前敬介他们的大学里有一位患有前列腺肥大症的教授,在做大手术的时候常常说声"抱歉"就去上厕所了。但人家是教授,可以做这种事,一个末尾的助手敢这么干的话肯定当场被骂个狗血淋头。

实际上,在遇到难关全神贯注的时候,一听到"我去趟厕所"之类的话,手术节奏一下子就乱了。不过这对缓解紧张气氛倒是非常有效。

要是主刀医生估算好手术的一个间歇去上趟厕所也未尝不可,但是助手是绝对不允许的。

那位教授的情况说到底也是特殊情况,一般来说即使是教授,手术中上厕所也是不允许的。

敬介只见过一次助手因为内急中途退出手术室。

当时敬介还不是手术参加者,只是站在外围观看手术的见习生。突然担任第二助手的川崎前辈哭唧唧地从口罩里嘟哝了一句:"医生,对不起,请允许我去趟厕所。"

一瞬间,矶岛教授狠狠地瞪了川崎助手一眼。当时手术正进行到在侧腹部做人造肛门的关键时刻。

"我有点拉肚子。"

果然,川崎助手口罩上方露出的额头上一片苍白,眼里含着泪,一脸的可怜相。到了这样的关键时刻,看样子真是一忍再忍,到了实在忍无可忍的地步了。

教授到底是教授,一听是痢疾也没有厉声呵斥。

要是说一声"不行",川崎当场拉到裤子里就更麻烦了。

矶岛教授一脸无奈冷眼点了点头。

川崎助手像一个松了绑的囚犯一样一溜烟奔出了手术室,只见他使劲儿憋着,两膝夹紧,一只手捂着臀部。

看着他的背影,教授微微一笑,瞬间又恢复了满脸的严肃,冲着担任第一助手的医局长发问道:"事先知道得了痢疾,为什么还让他来参加手术?"

"他本人没有提出请假。"

"得了痢疾进手术室,简直是岂有此理!这是外科医生应该引以为戒的常识,确定手术班子的人必须注意到这一点!"

因为川崎助手拉肚子,新井医局长挨了一通训斥才算收场。

不过由这件事形成了一个新规矩,从那以后矶岛教授看见助手里有川崎的时候肯定要问:"肚子没问题吧?"

本来这正说明矶岛教授心情不错才半开玩笑,但是每当这种时候川崎助手总是满脸通红地回答:"是的,没问题。"

敬介目睹了这件事以后,每次手术前都要先去厕所。小便自不必说,有时间的话连大便也要勉强自己事先打理利索。

有手术的时候必须特别注意,早上喝冰牛奶容易突发腹痛引发痢疾。

敬介曾经亲身经历过一次,幸亏那是一个简单的手术,总算憋住忍了过去。要是手术时间延长,自己就会重蹈川崎助手的覆辙,被冠以"痢疾先生"的诨名。

正因如此,敬介对尿意格外注意。可单单就是这一台胆囊手术的时候,鬼使神差竟然忘记上厕所这件事了。

也非如此,当时的确想到该去趟厕所。但那会儿又没有明显的尿意,恰巧进更衣室又比往常迟些,也就匆匆忙忙上台了。

还有一个原因是,迄今为止敬介在教授主刀那样的紧张手术时,中途想去厕所只是一种感觉而已,实际上一次也没有尿出来过。因为是精神作用,只要周围的情况稍有变化,也就把这件事儿忘到脑后了。

本来他认为这次也跟往常一样能熬过去,但他大错特错了。这台手术应验了前辈最倒霉的预言,整整耗时两个半钟头之久。

更倒霉的是,因为前一天喝多了酒感觉喉咙发干,早上他在站台上喝了两瓶饮料。

就这样,从早上九点开始手术,过了一小时到了十点的时候,他已经频频感觉到了明显的尿意。过了第二个小时到了十一点的时候,他已经到了下腹部只要一碰到手术台就会爆出尿来的地步。

敬介将身子微微扭动摆了个前倾的姿势忍耐着,但是这一招没有一点效果。

屋漏偏逢连夜雨,胆囊周围粘连严重,好容易剥离完毕找出胆囊也一刀完成,却为了防止癌细胞转移须彻底清理周围的淋巴结。

这个节骨眼上他无论如何也不能提出"我憋不住了先停一会儿"。对他本人只是去不去厕所的问题,可对病人则是性命交关的大事儿。

由于过分憋尿,敬介感到头晕目眩甚至想吐,他似乎感觉到了自己尿液的臊味儿。

不过,教授和其他的助手都在全力以赴清理着淋巴结,根本就没有人注意到他的事。

直到如今敬介还清楚地记得当时的事。手术室的时钟正好指向十一点二十分,敬介终于忍无可忍喷涌而下。

特别是最后的那几分钟,他已经知道憋不住了,一心在想怎样才能不让人看出自己尿了裤子。

尽管是憋到最后忍无可忍,但在神圣的手术室里尿在了裤子里,让人看到了的话也是很难为情的。

考虑再三,敬介将身子稍稍靠前让自己的腹部贴在了手术台的边缘上,使手术服和里面的衬衫紧贴在身上,这样即使尿在裤子里也不会撒到前方。

就这样刚确定好了身体的位置,敬介立刻把两条腿从上到下绷成一条,屁股紧紧地抵住了手术台,将所有精力集中在了自己的裆中。

此刻万事俱备,敬介只待一泄如注。

温热的液体沿着敬介的双腿滑落,又从脚尖流到了地砖上。

敬介赤脚穿着拖鞋,根本不怕弄湿。瓷砖铺成的地面设计有轻微的坡度,尿水混合着血水一起流入了手术台下正中间的那个下水道里了。

这一点毫无问题,敬介担心的是声音。

手术室里只有教授和助手们"止血钳""挪开那根血管"的声音,剩下的就是全身麻醉设备一张一合的声音。

虽说只是尿液顺腿而下又从拖鞋滴落下去,到达地面瓷砖的时候还是会发出滴滴答答的声音。

对话和机器响声间隔的当口儿里,滴答滴答的声音尤为明显。

敬介轻轻干咳着前后挪动着拖鞋。长时间保持一个姿势持钩手就会麻痹,身体也会难受,因此须活动下半身。

即使被人误认为是个多动的家伙,事到如今为了掩盖撒尿发出的响声也别无他法。

不过敬介没有想到的是这泡尿撒得那样漫长。因为要半憋半撒,温温的尿液不断地沿着敬介的腿传到了脚上。

平常这样撒尿会感觉很难受,这次却心情舒畅。

"野野宫君,右手拿持钩使劲儿点儿。"

第一助手拽了一下敬介的右手。

竟然没有一个人看出来敬介是在一边撒着尿一边拉着创口。

但是就在敬介右手用力身体轻轻移动的瞬间,他忽然闻到了一股尿的臊味。这股味道自下而上突如其来地掠过了敬介的鼻子。

与此同时,站在旁边的第一助手突然"嗯"了一声皱起了眉头。他发现什么了吗？敬介心里一慌手上的持钩松了下来。

"拉紧点儿,不行吗？"

第一助手吼了一声。

"对不起。"

一边撒着尿一边道歉,敬介真是难受得够呛。不过,这一个动作之后,这位前辈似乎瞬间忘记了掠过鼻子的那股臊味儿。

不管怎么说,用了好几分钟敬介终于如释重负。反正撒一滴和全撒完都是一回事。

虽然这是完全消毒的手术台,但从台子上自上而下撒尿是没有问题的。手术中有患者导出的尿,有时还有腹中清理出来的肮脏脓水,相比之下敬介的尿还是干净的。

手术室里大家全神贯注的是患者,没有人会注意手术台下面发生的事。

手术完后,敬介悄悄观察了一下手术台下,只见从脚下到下水道,全流淌着黄色的液体。

黄色的液体与那些从手术台上流下的红色血水混合起来,流到下水道入口处,画了个圈之后流了进去。

过了十分钟手术结束了。敬介如释重负,心想,这下好了,再延长几个小时也没问题。可正在这时,教授已经开始缝合刀口了,弄得敬介哭笑不得。

手术结束的时候,敬介的手术服前面湿漉漉的,沾满了血水和汗水,并不怎么显眼。

敬介赶紧把手术台附近的血水用手术服擦了两把,匆匆走出了手术室。

途中有个护士惊叹道:"搞得这么脏呀。"敬介说了声:"是大手术。"做出一副自己也执刀才沾了一身血的样子。

就这样一进手术室,敬介不由分说立刻三下两下脱去了手术服和衬衫,冲进了手术室的淋浴间。

手术服和衬衫洗净消毒之后就没有问题了。

但内裤就不行了,敬介这天是光着身子直接穿的裤子。谢天谢地这事就这么过去了,但从此以后敬介就落下了尿意恐惧症这一毛病。

缝合皮肤手术结束的时候,手术室的时钟显示为五点五十分。教授到场开始动刀正好是五点,实际只用了二十分钟。

最后一针缝完。教授点点头,然后对盖着被单的町长说道:"结束了。"

"嗯,已经结束了吗?"

手术台上的町长半信半疑地反问了一句。

"骨头都接好了,放心吧。"

"谢谢您。不过,真的已经结束了吗?"

町长又问了一遍,但在敬介听来这声音有些讽刺。

"因为是教授亲手做才这么快,要是让年轻大夫做,还不知要用多长时间。"

这句话听起来让人感觉充满了偏见。

"那么,野野宫君,剩下就是缠绷带和打石膏了,你来吧。"

"谢谢您。"

敬介亲历了这台手术,连忙鞠躬致谢。

"辛苦了!"

教授看上去兴致颇高,跟护士们也打了个招呼,然后神情自若地走出了手术室。

"不过,真是快呀。"

教授走了之后,町长依然感叹不已。

"接下来还要打石膏,还没完呢。"

手术一完教授便早早退了场,但敬介他们还不能结束。接下来要把创口清理干净缠上绷带,还得用石膏卷起来。

当助手的在教授离开以后还得忙上一阵子。他真想发上一通牢骚,但是要是真的说出了口,可就难堪了。

尽管如此,手术还是平平安安地结束了。当初一听说教授要来,搞得敬介手足无措的,谢天谢地总算大面上过去了。

敬介松了一口气,开始给町长的脚卷石膏。久保抬起町长的脚,大石立刻递过来用热水烫过的石膏。

看样子町长也是第一次打石膏,他躺在床上好奇地看着几个人往自己的脚上打石膏。

敬介打完石膏走出手术室的时候已经六点十分多了。

"您辛苦了。"

大石主任追到了更衣室迅速解开了敬介手术服背后的节扣。

"您累了吧?"

"哪里,受累的是你。"

"没什么。"

一瞬间,大石主任现出了一丝妩媚的羞涩。

"待会儿您还要去陪教授喝酒呀。"

"我是不想去,可是身不由己呀!"

"不过,您不去可不行啊。"

眼下大石的这番话俨然像个善解人意的贤内助的忠告。

"是啊,肚子饿了吧,去吃点寿司吧。我事先跟他们吩咐好送到外科门诊了,久保小姐、清野君和你一共三份,够了吧?"

"您没必要这么费心。"

"那,这样?"

护士们接着还要收拾手术器具,打扫手术室也需要三十分钟。等换完衣服去吃饭就要将近七点了。

此刻敬介要到"一力"去陪教授和院长吃饭,他的心里总觉得有些过意不去。再说,来这里出差之前医局长还专门叮嘱过:"偶尔手术超时或者到远处出诊,最好请请那些护士。"

这一招足以收买人心,一旦有事护士们就会全力以赴在方方面面帮助自己。

"因为护士说上两句'那位大夫手术水平绝顶好''是位好大夫',患者就会深信不疑。一位医生的口碑至关重要,所以千万不能小看这些护士和护理员。"

他回想起此前自己听到的这些忠告。

大石他们对敬介究竟是如何评价的呢?不管怎么说从帮着穿手术服时的感觉上看,至少大石主任没有说对敬介不利的话。

"那么,我这就换衣服然后去'一力',有什么事的话请跟那里联系。"

"大夫,今晚可别再那么一醉方休了呀。"

"当着教授的面,就是让我喝我也不喝。"

"'一力'的妈妈好像把你当目标了。那个女人名声在外,所有来出差的大夫一个一个都没逃过她的诱惑。"

"原来如此。"

"总之吉井大夫也曾醉宿在那里。"

"这是真的吗?"

所以对敬介刚来的第二天迟到,还醉宿睡在了"一力"这件事,吉井先生根本就没有理由提出责难。

"我觉得那个妈妈是个狐狸精。"

"为什么?"

"你不知道吧,她是町长的相好。"

"不过町长怕老婆可是远近闻名的。所以,她一和町长吵架立马就找小伙子留宿。"

"那么说,她是用这个办法来向町长示威吧?"

"我觉得大概是。"

这么说自己上次醉宿在那里也是被人家算计了?想到这里敬介有些尴尬,他换下手术服穿上白大褂的时候,田崎事务长跑了过来。

"先生,教授先生在院长室等着呢。"

敬介慌忙穿上衬衣,洗了洗手。

教授先离开了手术室,在院长室坐着聊天。虽说手术后少不了要收拾一番,可是身为助手来得太晚也不好看。

"那我去了。"

"你去吧。"

大石主任又像一位妻子那样点点头鞠了一躬。

那天晚上教授的接风宴会是在"一力"二楼上的"富士"单间举行的。

这个房间是整个"一力"最大的,也是最好的一间,因为拉开左手的拉门,从屋里隔海可以眺望富士山。

教授坐在背对壁龛能眺望到富士山的正座。矶岛教授戴着眼镜体态清瘦,加之坐在主位更显得威风凛凛。

其实,夜幕降临已经望不见富士山了,坐在哪里都是一样的。

教授居中,左侧是院长,右侧是敬介。对面中间是町里的副町长,两旁是总务部长还有医院的事务长。

本来应该是町长出席,因为受伤了,只好由副手代行出席。

开席之际首先是院长致欢迎辞,接着副町长起身致辞,欢迎教授为此次手术远道而来。随后,院长提议共同干杯,过后便正式开席了。

虽说教授是从东京专程而来,但也不至于这么大肆声张,这都是乡下的特有的做派。

干杯一结束,早就等在后面的侍女们一拥而入坐到了男人们的中间。她们穿着和服,个个都是漂亮的美人。

上次敬介来的时候可没这些侍女,接待教授的规格就是不一样。

一圈儿的酒喝下来,"一力"的妈妈终于现身了。

"教授先生,欢迎您今天远道而来光临鄙店,非常感谢。"

妈妈毫无造作恰到好处地寒暄着,迅速来到教授身旁斟满了酒杯。

"先生,请再来一杯。"

"承蒙您对町长的关照,非常感谢。"

不知道的人听了这番话还以为这是町长老婆在发言,不过也有可能是妈妈为了显示她跟町长的暧昧关系故意这么说的。

"院长先生,请。"

院长今天也没跟着开玩笑,毕恭毕敬地接受了。

别看他贵为一院之长,但实际上连任免医生的人事权都没有。往富士滨医院的外科派哪位大夫都是由教授来决定的,院长管理派来的医生只是一种形式而已。

总而言之,院长到了大学医院就是要请求派大夫去他们的町里,所以在教授面前他必须俯首贴耳。

这种关系也适用于敬介,形式上他在院长之下,但是这只限于在这家医院出差期间,一旦回到了大学就没有半点关系了。因此,敬介惧怕的也不是院长而是捏着医局人事权的教授。

"还有您,大夫。"

这次"一力"的妈妈该给敬介斟酒了。当着教授的面敬介毕恭毕敬地递上了酒杯。

"教授先生,这位帅哥大夫,蛮纯情的哟。"

"帅哥?"

教授转眼瞪着敬介,妈妈却是一副满不在乎的样子。

"这位大夫,年纪轻轻还是帅哥呀。"

不知道接下来她会讲些什么,敬介心里怯怯,躲躲闪闪。

"记得这之前初次见面的时候……"

"不,我……"

敬介慌忙使了个眼色,想封住妈妈的口。

"他喝了很多,但是没有半点失态。附近的患者们都说别看他年纪轻轻但人很亲切,很有人气的哟!"

"原来是这样。"

矶岛教授满意地点点头。

敬介一时感觉羞得无地自容。妈妈真是会夸人,但在场的院长和事务长他们可是目睹过自己当初的醉态,这让他简直无颜面对。

实际上,此刻院长正面朝着别的地方,事务长在一旁闷着头只顾自斟自饮。副町长他们对这些似乎也没什么兴趣,这只是逢场作戏罢了。

"您派这样优秀的学生来这里,我们打心眼里满意。"

敬介真想上去喝止,但当着教授的面又不敢造次。

"承蒙妈妈夸奖,你以后还要加油才是。"

教授大概察觉到了周围的这种氛围,勉励了敬介一句之后就转头跟副町长聊了起来。

"土肥这个地方过去真的有金山吗?"

"嗯,您说的没错,现在还有。明天方便的话,我带您去。"

副町长像接受了一个大任务似的一口应承下来。

"我想下午一点返回东京,这之前可以去参观。"

"一点钟回东京的话,十二点之前送到三岛就能赶上新干线,那么明天早上八点半我来宾馆接您,陪您去好好玩玩。"

"能看见金山?"

"现在挖掘的地点已经改了,只剩下过去挖掘的坑道了,另外还有点有关的神社和木雕观音。"

"八点半能起来。"

"那么,明天早上我来接您。我找一位熟悉当地情况的人陪您去。"

副町长当场就给身旁的总务部长下了指示。

"您放心吧。明天您在土肥好好逛逛,然后浏览一下西伊豆的观光风景线,最后送您到三岛。"

"西伊豆也有观光风景线?"

"那里的景色很美的,从西伊豆的海岸线可以望见富士山。"

教授点点头,然后问敬介:"你去过吗?"

"我还没去过。"

"那就等下次和女朋友一起去看看好了。"

一向不苟言笑的教授,破天荒开起了玩笑。

"不过,町长的脚要多长时间才能痊愈?"

副町长话题一转询问起来。

"一般来说一个月就可以,但町长的年龄偏大,一个半月痊愈是没问题的。"

"那么说,这期间要一直住在医院里?"

"不,没必要非得住院。已经打上了石膏,过半个月就可以出院。"

"可是上班的话恐怕还不行吧?"

"上班的话,脚不要老朝下,注意抬高就没问题。看样子町长是个大忙人哪。"

"实不相瞒,下个月町长要选举。"

"噢,选举呀,那肯定是要出马的了。"

"嗯,我们也希望他一定参加。还有不到两个月的时间了。"

町长面临选举,这个时刻要是手术失败那还得了。敬介一只手端着酒杯,另一只手悄悄抚按自己的胸膛。

矶岛教授并不是不能喝。妈妈和侍女给他斟酒,他也喝一些。不过他喝的速度不是很快,看样子也就半斤左右的酒量。

喝到四五杯的时候他开始双颊泛红,但并没有醉意,依然像个教授,镇定自若静静地倾听着副町长他们聊天。

大概是教授稳住了全场的气氛,院长和事务长也不像以往那么随心所欲了。敬介刚来那次,喝到二三十分钟的时候就又唱又跳热闹起来了,今天完全没那么热闹。

"这样新鲜的在东京很少见到。"

教授说着,拿起筷子从船型的容器里夹起了一块生鱼片。看上去教授对海鲜的关心远远胜过饮酒。

不过每道菜吃完之后,教授总要看看时钟,看样子有些心神不定。

"先生,时间还长着呢。请您慢慢喝。"

"一力"的妈妈不失时机地斟着酒,教授显得有些心不在焉。

"这里有的是美女,来唱首歌热闹热闹吧?"

"不,我已经不行了,该退席了。"

"哪里,喝了还不到一小时,接下来才是正式的呢。"

"感谢盛情,我有点累了。"

教授这么一说,妈妈也不好继续勉强。

"真遗憾,今天本想让您在这里好好享受一下富士滨的良宵的。"

"我还会再来的,因为这里的生鱼片太好吃了。"

"大夫,真的呀。那么一言为定,咱们拉钩。"

教授将自己的小指跟妈妈的小指拉在一起,看着有些难为情。

"不,真的很开心。"

"我可一直等您,要是说谎我可要亲自到大学医院去请您的。伊豆的女人可是重情重义的。"

"野野宫君,你也要小心才好呀。"

敬介听了这番突如其来的话,一时不知如何是好。

"那么,大夫您的车已经准备好了。"

副町长早就准备好了车,随时都可以送教授回去。

"今天真的非常感谢。"

副町长再次致谢,院长和总务部长也跟着一起鞠躬。

"今后还请多多关照。"

"哪里哪里,本町对我们派来的大夫关怀备至,还请您多关照。"

平时寡言少语的教授简直破天荒了,一面寒暄一面站起身来。敬介紧随其后,问院长是怎么安排的。

"接下来,教授要去土肥的宾馆吗?"

"原定由副町长去送。"

"那我干什么?"

"您是教授的部下,当然要去送了。"

"那好,就这样。"

敬介也没搞明白,反正只要跟着他们就行。

町长那辆黑色的专车早已等在了"一力"大门口。

从院长到侍女全部都出来送行,先是教授上了车,其次是副町长。敬介准备坐在前排的副驾驶席上,但已经坐在车里的副町长慌忙弯起腰说道："先生,请您坐后排。"

"不,我坐前面就行。"

"您别那么客气,您二位在一起也好说话。"

副町长下了车,连拉带拽地把敬介拖到了后排。

"这是干什么,兴师动众的。"

教授苦笑了一下,敬介无可奈何地坐到了后排,车门被人关上了。

"您多保重!"

"晚安!"

院长和事务长挥着手,汽车缓缓启动了。

从富士滨到土肥沿着西伊豆海岸行驶也就二十分钟。敬介毕恭毕敬地坐在教授身旁。

一位是将军,一位是新兵,平常在大学医院很少能见到面,现在坐在一起肯定心里异常紧张。

"这里的人真是热情好客呀。"

车子一开起来,教授就开始发话了。

"这样你的工作也好干。"

"是的。"

其实也有些难办的事,当着前排副町长的面也不好如实说。

"趁着年轻多学点东西。要好好干。"

"是。"

真是大开眼界了,既领教了轻视医生的患者,又体验了不懂装懂在手术中蒙混过关的辛苦,还卷入了微妙暧昧的男女关系,这都是到了这里才学到的。这些都是书本上没有的,只有身临其境才能体会到。

"町长的脚要多加注意,慎重起见明天隔着石膏再拍一张片子看看。"

"我明白。"

"一周以后解开石膏拆线,然后再重新打上石膏,特别要注意没松弛的话,要原封不动保持三个星期。"

"是。"

"整个要一个月才能拆除石膏,实际上下地行走最好再延迟一两个星期。还有打石膏的时候,脚朝下容易造成血流不畅引起水肿,所以必须注意保持脚尖朝上。"

"是。"

这一番具体而细微的教导被前排的副町长听到会使敬介的权威大打折扣,但实际上敬介的确一无所知只有洗耳恭听。

"患者上了岁数,别太勉强,要慢慢来。"

"我明白。"

车子穿过富士滨的街道,驶上了沿海道路。

敬介还是第一次沿着这条路一路向北从富士滨到土肥。白天从正面能望见富士山,现在是夜晚只能从黑魆魆的松树之间望见月光照耀下的海面。

"现在町长是第几次参选?"

教授像是一下想起了什么似的,问前排的副町长。

"第四次。"

"看来这次参选实力雄厚呀。"

"只是这次町会议长也参选……"

"就是说,是町长和町会议长之间的竞争了?"

"是这样,因此町里也分成了两派。"

"请问……"敬介在一旁轻轻插问道。

"那位町会议长是不是叫一色?"

"是的,就是那位一色亮一郎。"

"这个名字蛮有意思,你认识他?"

教授这一问,敬介慌忙搪塞:"不,我只是听说过这个名字……"

"那位町会议长实力很强吗?"

"这个,怎么说呢?有点像开发派和保守派之争一样,现在的町长为了发展镇上的经济引进了很多宾馆,还改善了道路,扭转了荒凉的局面,而一色先生则主张保存原有状态。"

"原来如此。"

"我们开发也不是漫无目标的,只是想让町里更繁华一些,保护自然是时下的潮流,我们当然也要顺应喽。"

"不过,这个时候受伤真是不凑巧呀。"

"嗯,各种小道消息都有。有的人甚至举杯庆贺说町会议长肯定因此获胜。总之,这地方太小了,流言蜚语搞得满城风雨。"

"我明白了。"

看起来,町长和一色有希子的父亲是竞选对手。

"这事儿得小心表态才好,稍有疏忽就会卷进竞选的漩涡。"

敬介暗暗告诫自己。

过了十分钟车子进了土肥温泉。

这里不愧是西伊豆最大的温泉街,霓虹灯光芒四射,高层宾馆灯火通明倒映在海面上。

好久没看见霓虹灯了,敬介的心一下子兴奋起来。

"大夫,您是直接去宾馆,还是我陪您在土肥的街上逛逛?"副町长回过头问道。

教授若有所思地望着昏暗的车窗。

"很难得,但明天还要早起,今天就免了吧。"

"也好,那就直接去宾馆。"

副町长给司机下了指令之后又说:"那么,大夫,明天八点半我来接您。"

"明白了。"

"那么,我也……"

敬介一开口,教授就举手制止了。

"不,你明天还要上班,专程来送就足够了。"

车子沿着国道左拐下了坡。

教授下榻的桂川宾馆是这条街上最现代化的宾馆。建筑高六层,位于入海口的海岬中,面海而建。晴天的话肯定能隔海望见富士山,不过此时此刻只能看到黑暗的天空。

"那么,我们就送到这里了。今天非常感谢!"

到了宾馆入口,副町长又跟教授客套了一番。

"房间已经给您订好了。"

"谢谢。你也要好好干呀。"

"是。"

敬介鼓足精神回答着,同时鞠了一躬。

"那,我告辞了。"

副町长和敬介再次鞠了一躬,目送教授,直至其身影消失在大堂尽头,然后他们回到了车上。

"大夫,您也累了吧?"

"不……"

敬介嘴上是说不,但不累是假的。从一大早接诊患者,接着准备手术,随后参加教授的手术,最后又到"一力"陪酒。这通忙碌下来,自己体力上倒还能挺得过去,但是因为是第一次碰到这种事,加上心里没底儿,精神上的确有些受不了。

"接下来,您打算去哪儿?"

"什么去哪儿?"

"院长和事务长他们还在'一力'喝酒,愿意的话您也去参加吧。"

教授离席的时候,他们满脸的遗憾,其实后面的才是正事儿,自己人开怀畅饮才是他们的真正目的。

"副町长,您要去那儿?"

"我得回去露上一面。"

敬介内心里也想再跟"一力"的妈妈见上一面,但是总觉得自己是个局外人。

"那,您去还有什么话要谈?"

"没有那事儿。例行公事,只是去喝酒助兴。"

"那我就先告辞了。"

副町长听到这里也没有再挽留。

敬介觉得人家也是有意摆脱自己,不去正中他们的下怀,眼下走为上计。

以手术答谢的名义举办的宴会,实则是一帮无关的人员大吃大喝,这真让人觉得不可思议。

车子沿着来的道路原路返回了。

才晚上九点。刚天黑,教授就想睡觉了?即使明天要早起,这个点儿睡得也有点太早了些。

正在纳闷,敬介忽地想起了医局长的那句准备双人间的话。

"教授一个人来的?"

"嗯,是的。"

"听说房间住了两个人。"

"还有个女的一起来的,说是累了要休息,手术之前就先来宾馆了。"

"那么说,教授夫人一起来了。"

"这个我不太清楚。"

"那,是个女的吧?"

"是的,大概是他夫人吧。"

"四十五岁上下,个子高高的很有气质?"

敬介刚进医局的时候,去过矶岛教授家,见过夫人一面。

"不太清楚,不过我觉得那女的挺年轻的。"

"年轻……"

敬介恍然大悟,自己真是迂腐透顶、不谙世事。教授先把女伴安排到了宾馆里等着,因此连"一力"的宴会也顾不上,匆匆忙忙就赶回宾馆了。

"看来不学习是不行呀。"

"您说什么?"

"不,我想起别的事了。"

敬介坐在车里一面拍着自己的脑袋,一面望着夜色中的大海。

阳 春

四月的伊豆,海面风平浪静。

"春海碧波漾,悠悠终日闲。"

这是芜村先生著名的俳句,描写春天的大海终日里泛着细微的波光。

冬日里清晰可见的富士山也被春霞缭绕变得模糊不清,甚至连眼前的清水海岸也被光轮笼罩着,看上去摇摆不定。

医院四周的田地里种着一片片雏菊,黄色的花朵竞相开放,其间夹杂着淡红色的樱花,宛若一幅水彩画一般美不胜收。

"真是个好天气呀!"

早上起床,敬介凭窗望海。这时隔着一户传来了事务长的喊声。

"您出去吗?"

"不,这天气太好了,我想在海边散散步。"

事务长身着毛衣沿着通往海边的斜坡走去。敬介目送着他的背影伸了个懒腰。

春满大地气候宜人,和煦的阳光洒满大地,新绿的山上传来了布谷鸟的歌声。虽然刚刚起床,但放眼望去又见海面上春霞笼罩,不由得又产生了睡意。

"这春色真美呀。"

敬介口中轻叹一声,面前如此盎然的春意反而使他感觉些许的不安。

在这春光明媚的海边小町里生活的确悠然自得。这里丝毫也感觉不到东京那种公害严重、物价高昂的喧嚣。通货膨胀导致日用品价格不断上涨,也未引起什么波澜。

"肉价上涨,吃鱼不就得了。"说起来也是一个不错的对策。

大概气候温和的地方,连人都变得的悠然自得了。

敬介以前听人说过"日向出懒人",大概眼下这一带也可以称得上"西伊豆出懒人"了。

如此说来,也许都市的人都想到这种世外桃源放松上一番,但此刻的敬介心情却有点儿复杂。

住在景色宜人生活悠然的地方当然很好,但长此以往心里就会产生被世人遗忘的不安。

每天都要从二百米外的宿舍走到医院去看病人。自己一个人担责看病还是头一回,虽说这也算是一种学习,可完全不像在大学医院里那样可以随时得到陌生前辈们的言传身教。自己只能在此前所学的知识范围内尽情发挥。

人就是这么不可思议,一旦离开才意识到原来地方的优点。在大医院的时候,自己老觉得无法忍受打下手的工作,来到乡下才意识到以前大学医院里的工作还是很有意义的。

去年和敬介一起进入医局的同期生共有七人,其中有三人被派遣到地方出差。

留在医局的四人虽然是一如既往在给人打下手,但每天都能学到新的东西。

另外的那两位虽说也是派到了地方医院,但都有前辈主任医师在那里,肯定也会学到东西。

与之相比,敬介则是独当一面,几乎得不到任何来自他人的指教。

在这个气候宜人的地方,自己俨然可以摆出主任医师的派头耀武扬威,但是年纪轻轻沾沾自喜总感觉对自己的前途不是什么好事儿。

大凡医科生大学毕业后都必须进医局或优秀前辈云集的大医院严格修炼一番。

毕业之后,只要通过了国家考试就能拿到医师资格证书,但这些离成为名医还差十万八千里。其后,必须花上四五年时间积累临床经验加深理论学习。

如果是内科医生的话,即使到了乡下,靠读医书学习检查的数据,在一定程度上也能应付过去,不过外科方面就很难自学了。

手术和术后的处理全凭经验,如果没有前辈当场手把手教是不可能学会的。

"所谓的手术不是凭头脑记忆的,要用身体来体验才行。"

医局长新井经常把这句话挂在嘴边,不过也确实有一定的道理。

"就像烹制鱼、做寿司,单凭看书是做不到极致的。"

新井做此比喻,引得大家哄堂大笑。这话没错,手术的技术未必取决于脑子聪明与否,在努力打好基础的情况下更要积累经验。

说白了,敬介现在还处于打基础的第一阶段。首先必须从基础开始,一步一步学会诸如何种手术从何处下刀、如何切开之类的技术。

尽管这个过程很辛苦,但还是应紧跟经验丰富的前辈刻苦学习。万事重在基础,如果我行我素就会放任自流,终将一事无成。这就跟打高尔夫不遵循套路的人一样,会永无长进。

不管怎么说,敬介当前正处在关键的时期。

来到伊豆以后,天天欣赏着恬静的美景,听人一口一个"大夫大夫"地恭维着,沉浸在伊豆的慵懒之中,再回大学的时候大概就会和同期的同仁们拉开不小的差距。

"不能这样无所事事呀。"

初来乍到其实也没必要这么忧心忡忡,但眼前充满阳气的盎然春意反而使敬介有些心神不定。

其后町长的脚恢复得十分顺利。一切如教授的预言,第一周解开石膏夹板检查创口,只见创口缝合处愈合良好,周围的肿也消了。

敬介小心翼翼地抽了线,然后用纱布轻轻拭干净周围薄薄的渗血。

石膏夹板的石膏是和夹板卷在一起的,留出的一点空间刚好容下了轻微的肿胀。不过,这次没有再用夹板,而是将整个脚用石膏紧紧地缠了起来。

膝盖以下只缠着石膏,町长的脚显出了原来的轮廓。

脚下垂就会引起肿胀,只能挂着腋拐上厕所,和人谈话的时候他也得尽量把脚在床上垫高。

町长的病房原来是能观海景的双人间,现在那个空着的床被抬了出去,取而代之的是从他家运来的沙发和桌子,摆在他病床的对面位置。

来客坐在那个沙发上就可以隔着桌子和躺在病床上的町长谈话。

町长就是町长,来客果然是多。之前的那位副町长和总务部长每天都来嘀嘀咕咕谈上一番。

敬介去查房的时候,他们就会停下谈话,所以具体谈的什么不得而知,但无非是官场上的那些事情。好像话题都是未来选举对策和形势分析之类的。

町长夫人也会来病房,不过最近几天一直没见到她。

町长刚入院那几天夫人日夜陪伴着,然而到了第五天她却因轻度贫血倒下了,院长诊断说是低血压,此后就一直在家静养。

这段时间取而代之频频露脸的是"一力"的妈妈。

看来她消息灵通得很,之前从未在病房现身的她好像早就等待町长夫人病倒一样,第二天就英姿飒爽地来了。

不过她来的时间是在晚上八点过后到熄灯之前。一整天都人来人往的町长病房这时候也会寂静下来。

实际上,敬介也不知道"一力"妈妈来的消息,这都是第二天值班的护士告诉他的。

"她拿着寿司和水果,我们每人也都分了一份儿。"

可能"一力"的妈妈原本是为了堵住护士们的嘴才施以小恩小惠,但护士们吃完了却开始喋喋不休地津津乐道起来。

"当时要是夫人来了会咋样?"

"根本没事儿。之前町长早往家打过电话,知道夫人已经睡下了。"

凑到一起叽叽喳喳的时候,护士们个个眉飞色舞。在这种偏僻的乡下,这种事情可以算是头等绯闻了。

敬介并不想参与这种事儿的议论,也没人关心晚上九点钟熄灯前的空儿来个访客之类的事儿。

医院的入口处白纸黑字写着:探视时间为下午二时到五时。

可是规定归规定,这里是个小地方,抬头不见低头见的,只要不是重危病人执行起来也不是那么严格。

受了伤应该静养,但町长乃一方父母官,公务缠身,故而管得相对宽松。但晚上超过八点还是有些晚了。

倒不是说宽松一些会影响伤口恢复,主要是这样一来便没法要求其他住院的患者了。

"来得太晚的话,还是要注意一下为好。"

敬介跟护士们吩咐过一句,但"一力"的妈妈依然每天来病房,而且时间也仍旧是八点多。

"昨天,都熄灯了人也没走。"

值夜班的大石主任表示不满是在町长换了石膏绷带的三天后。

"我去敲门喊熄灯,里面回答'对不起,马上就走',我还以为她真的马上就走了,结果根本就没走……"

"那,她什么时候走的?"

"十点多。"

"可是,十点以后大门就关闭了呀。"

"好像是院里值班的小西给她开的。"

"连她也被收买了?"

"我看,您不发话大家都难办。"

"可是,我根本就没有遇到过。"

"下次她来的时候,我去叫您。其实我觉得跟町长认真说说最好。"

话虽如此,町长也好,"一力"的妈妈也好,对敬介来说都不是好惹的。

两天后的晚上九点多,大石主任再次打来了电话。

"现在'一力'的妈妈又来了,大家都希望趁今天这机会您能亲自发话说一说。"

不知何故,大石主任的声音听上去充满活力。也许独身的她本身就对这种事情有激情。

"大概她马上就会走了吧?"

"不知道,好像他们正在屋里做什么,传出的动静也不对头。"

"原来是这样……"

按理脚上打着石膏根本做不了那种事,不过每天晚上如此就不得不想办法提醒他们了。

"总之,请您马上过来。我们等着。"

现在看来,自己是非出面不可了。听说此前私下收了人家寿司和水果的护士们,现在对这种厚颜行径也忍无可忍了。

敬介慢慢地站起身,穿着衬衣来到了医院。他按下了急诊专用的门铃,叫开大门走了进去。

到了夜间门诊静悄悄的,走廊上只有荧光灯昏暗的亮光。敬介径直朝值班室走去,这时只见大石主任和久保护士面带愠色沉默不语。

"怎么了?"

"人还在里面,请您去看吧。"大石主任冷冷地说。

他看看表,已经十点了。敬介无可奈何地顺着走廊登上了台阶。

二楼上大小共有八间病房,现在都熄了灯,一片寂静。町长的房间在楼上最右边。敬介走到门口,但真没有勇气推开这扇门。

里面发生了什么?他驻足倾听,但里面没有一点动静。

人大概是走了吧……思忖间他准备打道回府,再次走回了门前。

他在入口处想了一会儿决定上趟厕所。一紧张就想跑厕所是敬介的老毛病。

等他上完厕所出来,"一力"的妈妈已经站在那里了。

"咦,这不是大夫吗?这个时候您来干什么?"

"不,我是有点事……"

虽然问心无愧,可敬介一时还是手足无措不敢直视。此刻妈妈却莞尔一笑。

"我来探望一下町长,本想早点回去的,可他缠着不让我走,真烦人。"

说着,她往前靠近敬介。

"哎,大夫,亲亲我!"

"这个……"

"快,亲我!"

说时迟那时快,妈妈轻轻伸直腰,主动把自己柔润的朱唇压到了敬介的嘴上。

"我爱你!"

她用举动代表了语言,但嘴上没有说。等敬介回过身来,妈妈早已挪开了嘴唇。

"再见了,我的帅哥!"

她说了一句,三步并两步地下了阶梯。

四月第一个周日的上午,敬介宿舍的铃声响了起来。

前一天的晚上,他和久违的事务长到"一力"去喝了一场,现在睡得正香,被叫醒心里多少有些不快。

睡梦之中听见门铃响,他依然蜷曲在毛毯里,可铃声一直响个不停,无奈他只好起身看个究竟,原来是大石主任。

"早上好。按了这么久还没起床……一直在睡觉吗?"

大石主任大概是正在值班,只见她身着白衣,左手抱着一个用白纸覆盖着的平平的盆子。

"已经十二点多了呀。我给你送午饭来了。"

说着,她迅速进到屋里。

"还是这么脏乱呀。"

"我还没睡醒哪。"

"那,您先去睡吧。我帮您打扫一下。"

睡得正香被人一下叫醒,敬介心里多少有些不快。

反正是她自己愿意帮着打扫,敬介说了句"那就随便吧",就又上床睡了,可是大石护士打开了电动吸尘器,嗡嗡的噪声吵得他根本无法入睡。

睡到一半他起床一看,大石已经打扫完毕,沙发前的桌子上摆着从医院带来的午饭。

"昨天晚上又去喝酒了吧?"

"…………"

"我早就知道了,还知道你是和事务长一起去的。"

昨天下了班,敬介和事务长先是一起下了三盘将棋,其后还是觉得百无聊赖不想回家,就一起去喝酒了。

本来是想去喝上两口就马上回来的,可妈妈一出场就来了劲儿,敬介想着反正明天是周日便放开了,最后就成了今天早上这种场面。

"那种地方,还是少去为好。"

自己花钱喝酒,到哪里去喝谁也无权指指点点。敬介心里思忖着一言不发,默默地看着报纸,这时他猛然听见大石大喝一声:"大夫!"

敬介抬起头,只见大石护士满脸愤怒地站在自己面前。

"大夫您有些误解了吧。对'一力'的那位妈妈我既不嫉妒也不憎恨,我只想为了您忠告一句。"

大石看上去有些歇斯底里。她激愤起来双眉紧皱人中苍白。

"您也知道,那位妈妈是町长的相好,她趁着町长夫人身体虚弱,每天像个偷腥的猫一样跑到医院来。到那种人的地方去喝酒,会使您威信扫地的!"

"可是,连院长都去喝酒的……"

"所以,院长先生被妈妈拿下成了町长派的人了。"

以前听说过这个町里有町长派和议长派,可是院长成了町长派的人还是头一回听说。

"我认为,至少身为医生不应该搅到这些派系里去。"

"言之有理,可我根本没有……"

"即使您觉得没有什么关系,常到那里去喝酒就会拉扯不清,会给您惹麻烦的。"

"不会的,我们只是喝酒玩乐而已,又没有干什么见不得人的事。"

"可您真的只喝酒就完事了?"

"那当然!难道喝酒就一定有别的事吗?"

"那,我问您,您为什么没跟她讲清楚夜里不允许来医院?"

这句话击中了敬介的要害。本来是想去告诫人家,结果被人家亲了个嘴就打道回府了,这些事根本拿不到桌面上。

"从那以后,那位妈妈不是照样大摇大摆进进出出吗?"

敬介一时理屈词穷,把手伸向桌子前的沙拉。

"不行!您还没洗脸吗?我去给您调好热水。"

大石护士麻利地来到洗面盆前调好了热水。面对这些无微不至的关照,敬介感觉简直有些受不了。

大石究竟从何时开始这样随便出入敬介家的呢?

这话要从敬介刚来的第一周的周日说起。那天敬介懒得到医院去就餐,就拜托正在值班的大石帮着把饭端了回来,此后就习惯成自然了。

虽说从宿舍到医院也就二百米的距离,周日或夜晚还是懒得为吃几口饭来回跑。话又说回来了,这里地处偏僻之乡,根本就没有外卖之类的,无奈还得老老实实地去食堂吃饭。

每次请大石帮忙,她都会高高兴兴地把饭送过来,一来二去不知不觉中对方也就开始随意进出敬介的家门了。

味噌汤从医院端回来的途中也就凉了,大石进门马上就会用煤气炉加热,一时让敬介心怀感激。后来大石又是沏茶又是帮着打扫屋子,敬介甚感方便。

然而,现在看来这一切都是自作自受。当时只图一时方便就麻烦人家,不知不觉吃人家的嘴短,事到如今她俨然成了敬介的妻子一般。

这段时间,不光是打扫房间,甚至还催着敬介把内裤换下她帮着洗。

敬介一般每隔半个月回一次东京。当时回去,包里都要塞着短裤,自从大石来了,就再也没那个必要了。

大石每三天就来问一次,有没有衣服需要放进她的洗衣机里一起洗。

要说方便的确是方便,这样一来那些年轻的小护士们也就不往上凑近乎了。后来稀里糊涂发展到又给敬介送饭又登堂入室打扫房间,等到敬介回过神来才意识到事情没有那么简单。

大石身为主任护士,是外科的顶梁柱,所以在小护士们的眼里她可是母老虎。

最近敬介追悔莫及,不该让自己和大石的关系发展到这一步的,这次真是大意失荆州。眼下自己就像被置于老婆监视之下,连出去尽情喝场酒都要受限。

要是自己的女朋友从东京来,肯定就要引起一场轩然大波。图一时之便,作茧自缚没了自由。

说心里话,敬介心里真的不愿意让大石再这样来家里。

他真想警告大石:以后没我的允许,请你别这样说来就来。

可是,这句话敬介无论如何也说不出口。这个星期,直到今天他心里还在纠结,但是最终也没能说出口。一方面,敬介天生胆怯心软;另一方面,他担心一旦说出口惹得大石不高兴后果不堪设想。

不说已经习以为常,毕竟敬介目前有求于大石。就说昨天,来了一位急诊女患者,自述想吐、胸闷,匆匆忙忙来到医院要求住院打点滴,可是经过大石的指点确认其为妊娠。

眼下如果得罪了大石,自己将寸步难行。

不过,大石最近的态度也令人忍无可忍,她一步一步地束缚着敬介的生活。

医院里似乎也已经传出了敬介和大石的绯闻。别看护士们表面上装作毫不关心,背地里却津津乐道。有的人甚至猜测他们已经有了肌肤之亲。

可实际上敬介和大石护士之间清清白白。要是敬介有那种心思,可以说机会太多了。比如,晚上她来送饭的时候可是天赐良机。

敬介到这里后对女性也是渴望肌肤之亲的,但是他实在没有勇气拿下大石主任。不,与其说是没有勇气,不如说是没有兴趣更为恰当。

大石护士的确善于察言观色,头脑反应也灵敏,但是长相有些稍逊风骚。年龄三十五岁倒也可以将就,可那身风风火火的男人气让人不敢恭维。

医院里的职员们似乎对两人的传闻也有所耳闻,大概是出于善意没人公开谈论。敬介身为医生,大石主任也是主任护士,身份令人望而生畏。更重要的是,也许人们默许了那个狼入羊群趁势下手的潜规则。

事实上昨天喝酒的时候事务长还跟他说过:"先生,喜欢大石就下手好了!她工作很能干,也讨人喜欢。"

一般来说,地方医院都讨厌从东京来的医生对自己手下的女护士下手,主动推荐更是异乎寻常。

利用这个机会俩人先好上,说不定将来还真能结婚呢。这岂非是个好主意?

就算心里再渴望女人,敬介也不想上那个当。如果真的成了事,敬介个人的名誉受损是小,东都大学也会因此名声扫地。

首先,敬介要是把前任的前辈都没下手的女人纳入囊中会被同僚当作笑柄:"你小子,真是爱好怪异呀。"

关键是为了自己的名誉再也不能跟大石这样纠缠下去。现在已经搞得满城风雨,再这样下去,即使没发生任何事自己也有口莫辩,跳进黄河也洗不清。

敬介一边思忖着一边洗着脸,这时大石正兴致勃勃地往面包上抹着黄油。

医院的午餐是吐司配蔬菜沙拉、火腿鸡蛋和一盒牛奶。

"要咖啡吗?"

"想喝,不过你正值着班不早点儿回去能行吗?"

"我说了到你这里来,有急诊她们会联系的。"

如此这般,简直像在宣称自己跟敬介关系亲密。

"什么事都推给别人干不好吧?"

"今天是周日,没事的。"

看样子,她一时半会儿不会走了。敬介翻眼望了望餐具架上的那台座钟。本来快三十分钟的分针已经指向一点二十分了,马上就快到一点了。

昨天,一色有希子来电话约好今天一点来这里。

下周她就要回东京了,此前早就约好要出去兜兜风。

此时此刻有希子开着跑车来访的确是节外生枝。

"我想出去一下。"

敬介匆匆忙忙吃罢午饭准备起身。

"去哪儿?"

"外面天这么好,想去散散步。"

"那,你等我到四点好吗?我值班到四点结束。"

"四点的话太晚了。"

敬介进了卧室换上裤子和毛背心,还整了整发型。

"现在天长,四点开始也没问题的。好久没去土肥温泉了,去看看好吗?"

"不过,有些太晚了。"

敬介心神不定地又是梳头又是刮胡子,可大石根本就没有回去的意思。

"先生,咱们下一盘将棋吧。我正跟事务长学习呢。"

座钟指向了一点半。好容易找了个机会能跟一色有希子出去兜风,可面前这个女人真是碍事儿。

和大石可以随时见面,可有希子今天错过了,就不知何时才能再见面了。

初次见面后敬介又见过有希子两次,但只是在咖啡馆喝了杯茶。大概是选举临近的原因,看上去她为了给父亲拉票也忙得不可开交。

这次是三天前刚刚打电话约好见面的。有希子不仅人长得美,而且跟各类男士谈笑游玩时也落落大方放得开。

"不早了,现在你回医院去吧。"

敬介焦躁不安地把那几个餐盘推给了大石。

"好了,先放在这里吧,回头再来拿。"

大石悠然自得地望着窗外。

"那么,我现在就回医院,四点半再见吧。"

"真的……"

大石回过头莞尔一笑。

"真的要一起去吗?"

"那当然。"

此时此刻说什么都行,总比下逐客令要好。

"我也想去学习一下。"

"要不要再来一杯咖啡?"

"不,好了。"

"要不再来点儿水果?"

"不要了。"

"这棵花太旧了,回头我拿棵新的过来。"

"知道了。"

"那么,四点见。"

大石终于站起了身。

"我老老实实地学习一下。"

敬介漫不经心地回答着,这时候门铃响了。

"是谁呀?"

敬介下意识地转过头,这时大石已经快步来到门口。

"啊……"

两个女人在门口碰面了。敬介屏住呼吸观察着门口的动静。

"我是来邀请野野宫先生的,您是……?"

听得出是有希子的声音。

"我是,来送饭打扫的。"

"先生,在吗?"

"请。他好像准备学习。"

"那,我就先进去了。"

有希子像是硬要往门里闯了,而大石的声音像是在劝阻一般。

"先生,好像正在忙着。"

"可这是先生给我打的电话呀。野野宫先生,您在吗?"

这次传来的是有希子洪亮的声音。

一时间敬介不知如何回答才好,只得一个劲儿地在屋子里徘徊。

两个女人你来我去僵持不下,自己总不能躲在屋里逃避。

敬介心一横悄悄来到门口。这时候大石护士回过头说道:"这位小姐说是找您有事。"

有希子听罢也毫不示弱:"您的事就这么算了吗?"

"不,你们听我说……"

敬介无可奈何地挤到了两人之间。大石倒无所谓,有希子要是转身走了那可就鸡飞蛋打了。

"噢,总之……"

"先生,您想让她进去的话,那就明说好了。"

"…………"

"咖啡杯都洗好了,还要我给你们冲咖啡吗?"

"你少说两句吧!"

敬介忍不住责备了一句,这下大石怒目而视恨恨地瞪着敬介:"那好,今晚再说。"

话中有话,甩完这一句,大石咣当一声关门走了。敬介呆呆地望着房门,一旁的有希子抱着双臂。

"岂有此理。她算什么呀,先生跟她有关系吗?"

"没那回事儿,只是她随便进来的……"

"可这是你的家呀。不喜欢,明说不更好吗? 真让人扫兴!"

"抱歉。请,请进。"

敬介一个劲儿地点头哈腰。

有希子像是进魔窟探险一般小心翼翼一步一步进了屋子。

她穿着白色的连衣裙,脖子上围着绿色的纱巾,还没到初夏就早早地穿上了半袖,那种风采是大石无法相比的。

敬介一下子看傻了眼,一色有希子在屋子里转着,巡视了一圈之后才说:"不过,先生这么有女人缘,真是艳福不浅呀。"

听得出有希子是在有意讽刺眼前这位被"一力"的妈妈和大石护士宠坏了的敬介,不过说实话这些并非敬介所愿。虽然只是随随便便接受了对方的示好,可结果却事与愿违帮了自己倒忙。

应该说,敬介是那种颇受大姐喜欢的类型。在大学医院的时候,有一次他没有求人,护士长就把白大褂的口袋破洞给补好了。他身材高大有时还有些木讷,也许正是这一点唤起了女人们母性的本能。

不过,每当这种时候,他总不好意思,当面拒绝也许更好些,可他又担心这样会伤害到对方,最后依旧默默接受了。

他也知道自己的这一弱点,但他还是改不了那种与生俱来的温文尔雅。

敬介唯一的妹妹,今年二十一岁,是个大学生。但她的性格与敬介恰恰相反,个性十分强。

就算是男朋友来电话,她也会开门见山地说:"讨厌!我现在不想见你!"

"你和你妹妹的性格掉个个儿就好了。"父亲也曾这样说过。

这是千真万确的事实。

有的伙伴说"这是后天养成的"。但是,比起后天的环境因素,更多的还是从娘胎里带来的。

不过,今天可糟糕了。大石愤愤而去,要是她怀恨在心伺机报复就麻烦了。

这里毕竟是医院,估计她是不会在这里发作的,但万一发作那可够人受的。

只好回头再给她赔不是……

敬介心里盘算着,这时有希子站在窗前说:"在这里让人心烦。我要去兜风了,你怎么办?"

"我也……"

敬介心里早就在等这句话。两人待在家里,说不定什么时候大石又会来杀个回马枪。

"您学习完了吗?"

"哪有那回事。"

"那,我先上车了。"

敬介连忙揣上香烟和打火机,关上房门跟了出去。

房前空地上那辆已经发动起来的红色跑车正等在那里。敬介在副驾驶席上刚刚坐定,跑车便如离弦之箭飞奔起来。

大概是刚才憋了一肚子气的缘故,有希子车开得非常狂野。

车子猛然向右拐了一个大弯,疾速从医院的高台顺坡冲向了街区。

周日的下午街上静悄悄的。也许此刻医院和职员宿舍里的人们都从窗口里看到了坐在红色跑车里的两人。

本来就不大的海边小町,有点事立刻便会家喻户晓,何况有希子那辆红色跑车本就扎眼。

然而有希子对这一切全然不顾。整个町里背地里将她冠以疯丫头、野小姐之类的雅号,现在指望她出落成一位文雅闺秀恐怕为时已晚。实际上,有希子本人也根本就没打算将来回这个穷乡僻壤来。

车子下了大坡,很快驶上了国道。

"喂,咱们往左,还是往右?右行穿过土肥温泉是西伊豆山景线,往左穿过雏菊线就是石廊崎,咱们初次见面那次走的就是这条线。"

"前些日子去过一次土肥,不过那次是夜晚……"

"那就走右线好了。到修善寺去的话,到那里正好是傍晚。"

有希子往右猛打了一把方向盘。她依然开得很猛。

四月的午后,海面风平浪静波光粼粼。

道路沿着海岸,离海岸线时近时远。途中沿岸有一大片樱花树林,车子穿过的时候,海上吹来的微风将樱花吹得落英缤纷。

伊豆的樱花,在四月的第一周已经凋谢了。

随后道路经过宇久须便到了富士见台。这里是西伊豆的中间地带,从正面可以隔海眺望富士山。

敬介所在的富士滨也是名副其实的能眺望到富士山的景点,但是不及这里观赏富士山效果好。

午后的春霞之中,火山堆积的旷野上隐约可见富士山漂浮在骏河湾的尽头。

两人在这里下车眺望了一会儿富士山之后又上了车。

"你觉得日本还有这样美的地方吗?"

敬介正在思索的时候,有希子做出了判断。

"我去过很多地方,觉得还是西伊豆最美!"

这里是有希子的出生地,当然觉得什么地方也比不上自己的家乡美。敬介也觉得这里很美,但是否是日本最美的地方自己不敢妄加判断。至少他心里没有有希子那种下断言的勇气。

"夕阳西下观富士,真是太美了!"

敬介点头同意,其实他哪里还有心赏景,他更欣赏有希子的风姿。

"明天,你回东京住在哪里?"

"原宿。"

在东京,原宿可算是最好的地段,那里环境幽静,交通便利。

"住公寓吗?"

"是的,爸爸给我买的,不过我和弟弟两人一起住。他在预科学校上学,我是他的监护人。"

听说她是和弟弟同住,敬介一下子如释重负。

"在哪一带?"

"明治大街的东乡神社往右一拐就是。"

车子一下子驶出山道来到了海边。缓缓的弯道尽头是一片密集的楼房,那里无疑就是土肥。

"我说……"

敬介冷不丁问了一句:"那公寓的电话,能告诉我吗?"

"当然可以。"

出乎意料,有希子脱口而出:"四〇五……"

"下次,回东京我想去登门拜访,行吗?"

"可以打电话,不过电话太频弟弟会不高兴的。"

"还有这规矩呀?"

"常有烦人的电话纠缠不休。不过您是个正人君子,我并不担心。"

看样子她早有防备,有希子说完微微一笑。

不管怎么说,知道电话号码就放心了。

车子很快就开进了土肥温泉。送教授来的那天是晚上,到处都是霓虹灯,其实白天的温泉街也非常漂亮。西伊豆是历史悠久的温泉胜地,旅馆也都宽敞气派,显得古朴悠然。

"前些日子,我们教授来过这里。"

"我知道,是为町长做手术的那位吧。"

"听说令尊,也就是町会议长先生,这次要出马竞选町长,是吗?"

"是的。你听谁说的?"

"这个……"

"谁说的没关系,不过这一切都是我鼓动的。"

"你?"

"爸爸对竞选没什么兴趣,但眼下的形势的确山雨欲来。"

"你说什么?什么叫形势?"

"町长呀。这个没一句实话的老狐狸,就知道造谣惑众。"

敬介对这位町长患者并不抱什么好感,所以他很赞成有希子的意见。

"院长这个蛐蛐也是町长派的,你得注意呀。"

"我知道,我并不太喜欢这帮人。"

"可您的确不是町长派的。"

听敬介说不喜欢町长,有希子似乎一下子增加了对他的好感。当敬介准备抽烟的时候,她不失时机地按下了车上的点烟器。

"我想打听一下,听说町长是开发促进派?"

"开发促进派是骗人的,应该是环境破坏派。你听说过游艇码头的事吗?"

"不,没听说过。"

"你知道富士滨矶崎前面的那块空地吧?那里原来是町里的土地,建有旧仓库。他们打着拟建一座像土肥那样的松林公园的旗号将其铲平了,背地里准备卖给西伊豆观光开发游艇码头。"

"为什么?"

"町长与他们串通一气企图大捞一笔,还借发展町经济之名,行卑鄙勾当之实。"

开发派和保守派之间的内幕,自己还是第一次耳闻。

"可是,院长怎么成了町长派呢?"

"反正,他们都是一丘之貉,都是利欲熏心的家伙。"

车子穿过土肥的街道,进入了山道,接着朝着西伊豆的盘山道路一路驶去。

"不过,町长的脚怎么样?能治好?"

"过上半个月就可以解开石膏了。"

"恢复得这么快呀。真是报应。"

这种情况下早痊愈未必是好事。

"选举的时候我也要回来助威。"

"从东京回来?"

"是呀,因为这是我家乡的一场危机。"

大概是兴奋的缘故吧,有希子的眼眶周围微微泛出了红晕。

"可是,在这里建一座码头不是件好事吗?"

"大夫,您也这么认为?"

"不,我只是有点儿……"

自己在乡下这个地方闲得无聊,不小心说漏了嘴,甚至被有希子瞪了一眼,其实敬介心里并无意固守这种意见。

"我,是发自内心希望永远保持西伊豆美丽的大海和自然的空气。像东伊豆那样开发了就会前功尽弃。永远享有'看海唯有西伊豆'这句金字招牌,该多好呀。"

敬介听罢心服口服。的确,这一带的海水清澈湛蓝而且鱼类丰富。

"故乡这座恬静的海滨小镇是我的骄傲。选举的时候,也请大夫来助威。"

"说我吗?"

"您来助威的话,大家都会高兴。哎,行吗?"

有希子喜欢的话当然应欣然答应。可从医生的立场,和院长对立会成何种结果?敬介心里没有底。这一点有希子很快就察觉到了。

"院长他们不会把您怎么着的。"

"不过……"

"总之一句话,请您考虑。"

有希子说着猛踩了一脚油门,车子轰然加速,先是一个接一个地爬坡,然后很快又画起了激荡的弧线。

西伊豆的盘山道路从船原岭到户田岭全长十点四公里,全是适合兜风的飙车道。从这条路线上的任何角度都能眺望到富士山,特别是从达摩山登顶眺望富士山更是令人叹美叫绝。从这里一眼望去,富士山稳居其中,左手边是西伊豆的深深嵌入的海岸线,右手边可以遥见郁郁葱葱的天城连峰。静谧的山顶周围生长着茂密的大叶竹,微风吹过飒飒作响。

这里名不虚传,真乃"君临天下"之壮美绝境。

有希子和敬介乘坐车子来到达摩山观景台的时候已是下午三点。暮色尚早,太阳西斜,新绿的山脊上云烟缭绕。骏河之海一片青青,充满春色的富士山浮于其上。

"真美呀!"

有希子挺直上身,伸展双臂。

"不愧是日本第一呀。"

的确,从山顶俯视海面,再仰望富士山,真的令人心旷神怡。此绝色,足以使人叹为观止,在日本恐无出其右。

但是,此刻在敬介来看,有希子在侧,富士山相得益彰。如果缺了有希子,即使见了富士山恐怕也不会如此感慨。

"从这里下山就是修善寺了。去看看吧!"

此时时间已经过了三点,现在直接返回富士滨,四点之前也赶不回去。

出发前发生了变故,和大石主任约好的是四点。

"噢,和那个歇斯底里的护士已经约好了吧?"

"没那回事儿。"

有希子果然看得一清二楚。尽管敬介矢口否认,有希子还是轻轻一笑。

"你让人家捏住什么把柄了吧?"

"没有那回事儿。"

"那你为什么战战兢兢的?"

"你搞错了。咱们去修善寺吧。"

就这样,敬介蒙混了过去。若说有希子和大石之间非得选其一,当然要首选有希子。

"那么,今天就到此为止。改天再来吧。"

说是再来,明天有希子就要回东京了,下次何时再出来兜风还是个未知数。

"我什么地方让你不高兴了?"

"噢,那倒没有,我只是不想去了而已。"

有希子迅速上了车。再说多了也没用,此时此刻,大户小姐的任性淋漓尽致。

有希子加大油门,车子呼啦转了一个大圈,回到了来路上。

太阳尚高,眼下的户田港看上去犹如一座盆景。敬介一面观景一面思忖着。

他觉得,从这里去修善寺的话,恰是夕阳西下两人独行,真是绝妙的路线。

伊豆、天城、修善寺,听了这串地名就顿觉浪漫无比。更何况是两个人兜风。

这是和有希子亲近的绝好机会,可自己却做了傻事。

有希子说去的时候,自己看手表一下子坏了事。要是当时不看手表……

然而,失败的根本原因是今天的偶遇。大石来了,两人发生了争吵是栽跟头的原因。

只要她不来就没事,不过事到如今扯这些都没用,世界上没有后悔药。

车子下了盘山路到土肥的时候已经四点多了。原本明亮的大海已经渐渐泛黑,富士山在暮霭中泛着紫光。

"咱们一起去吃饭吧。"

敬介发出邀请,可有希子摇头拒绝了。

"时间不早了,直接回去吧。"

虽然遗憾,落了个自讨没趣,却也无可奈何。此刻,海边已是万家灯火,春宵浓浓,暖意融融。

此情此景,要是能与有希子徜徉散步,该是多么惬意呀?敬介想入非非,然而有希子依然显得若无其事。

踏着落日暮情驰过土肥海岸,车子一路奔回富士滨。

"我送你回家。"

有希子脖子上围着的围脖随着车窗外涌入的风摇曳着。绿色的围脖搭在细细的脖颈上简直是珠联璧合。

敬介突然生出想拥抱她的冲动。

对方正手握方向盘,出手行动易如反掌。可是方向失控就麻烦了,敬介也缺乏付诸行动的勇气。

一个外科医生可以有勇气在别人的身体上动刀,却没有勇气对一个女人下手。

在同期生里,有的人就能跟街上行走的女人搭讪并轻易得手,敬介却不谙此道。心里想亲近,但时机来了又无以应对。

畏首畏尾举棋不定的过程中,好姑娘都跟着朋友走了,自己身边剩下的都是些无人问津的"老大难"。

大石主任就是典型的范例。

尽管如此,敬介在那些女强人中似有人缘。在大学医院里对自己关照的护士长、大石主任还有有希子,都属女强人。

自己主动追求的女人也好,被动地接受女人示好也好,反正无论哪一类都是些比敬介强的女人。

说心里话,虽说敬介现在有些招惹了大石,但是见了她的面也并不反感。容貌和体形另当别论,那种争强好胜的性格倒是也挺吸引人的。他欣赏这种自己所不具备的强势。

也许对有希子的好感更接近这种心情。当然,外表靓丽吸引人,美貌里又透着强势,更具魅力。

敬介喜欢那种温柔有加而又直爽能干的女人,总觉得那种女人可信赖,有安全感。

也有希望被照顾的原因,他心里渴望女人那种母亲般的包容。

"对不起,强拉着你去兜风。"

有希子冷不防冒出一句,敬介慌忙摇头。

"哪里哪里,很开心。"

"我这个人属于性情中人,一旦激情受挫就会心灰意冷,难以恢复。所以,等下次激情高涨的时候再去吧。"

"请一定带我去修善寺。"

"下月吧。"

女人的心恰如六月的天,说变就变难以捉摸,因为刚才这番话而心灰意冷的敬介如今依然意犹未尽。

"有空的话,往东京给你打电话可以吗?"

"当然可以,我等着。"

敬介越发来了勇气,不禁再次陷入了沉思:今天这一整天收获颇丰,太幸福了。

第二天从早上就开始下雨。说是下雨,也就是春天特有的那种毛毛细雨,若是不远的地方,不打伞跑着也就去了。

这场雨后,樱花完全凋谢了。

早上八点半，敬介来到了外科门诊。

医院的工作时间一般是上午八点到下午四点。都市里的医院的工作时间很多是上午九点到下午五点。但是，富士滨是个半农半渔的町镇，人都起得很早，所以医院的工作时间成了八点到四点。

医院的职员和护士们按照要求八点之前就到位了。医生一般要晚将近三十分钟才到。本来这里所谓的医生也就只有院长和敬介，关键都看院长的。

院长上了年纪起得早，天好的日子在家附近的菜地里转一转，也许是为了显示院长的权威，他总是晚十分钟才到。

敬介晚到可不是为了显示权威。因为第一天上班就晚来了两个小时，一段时间内他都是八点到位，但是后来发现自己来得太早，护士们陆陆续续不断换班，一时也无事可做。最多可以到办公室闲聊一会儿，最主要的话题无非是昨天的职业棒球和大相扑的赛况结果，不过是打发时间而已，还不如在宿舍多睡上十分钟好。

总之来这里之后，敬介更贪睡了。恰似那句诗句：春眠不觉晓。

敬介自己也想多睡一会儿，但绝对不能比院长晚去。即使不去，来了急诊患者医院也会来叫，其实也是一样。话虽如此，这些理由也根本不能成立。

这里的乡下人大多生性倔强，常常私下发牢骚，"小大夫年纪轻轻的，架子可挺会摆"，但这对敬介没影响。

一般晚到十分钟到二十分钟正好，历任的前辈也都是这么约定俗成的。

到了医院，敬介都是直接到外科门诊里间的小屋里，从衣橱里取出白大褂换上,然后到住院病房楼的值班室,开始上午的查房。

今天也是一如既往,到了八点半左右接完班之后,护士们就开始忙碌起来。眼下住院病人为九个人,查一遍房大约需要三十分钟。

从吉井前辈那里交接之后,患盲肠炎的患者和腿部扭伤的患者已出院,除了町长入院,别的没有什么变化。

查房结束大约到了九点。

到了这个时候,门诊的患者也开始增多了。

今天早上敬介来到门诊的时候悄无声息,当然是因为心中惦记着昨天的事。

昨天和有希子回到富士滨是下午五点。敬介一直也没有给大石主任打电话。

约好四点回来结果迟了。回来马上打个电话的话,也还好,可不知什么原因,敬介一直没有心思打这个电话。

肯定她又要来这里,即使和大石和好,她也免不了会质问自己此前跟有希子去了哪里。

其实也没什么大不了的,敬介懒得分辩这些。干脆置之不理,看她怎么办。

昨天晚上不知哪儿来的胆量,可一夜过后,他又开始担心起来。

有希子只是女性朋友而已,但是只要自己在富士滨混,大石便是需要倚仗的护士。

医生倚仗护士,听起来有些令人费解。可是论经验,一名刚刚出道的小大夫还真比不上一名经验丰富的老护士。这种关系同大学刚毕业的新职员比不上经验丰富的女文员是一个道理。

还不知诊察的时候,当着患者的面她会使什么坏。

想着想着敬介来到了门诊室,大石护士正跟几个小护士说着什么。

大石眼尖地发现了敬介,说道:"早上好。"她的声音不温不火,和平常一样。于是,敬介稍稍安心了些,进了门诊。

看样子,昨天的事她并没太介意。

想到这里,敬介跟往常一样查完房来到了门诊,这时已九点了。

今天候诊的患者将近十人。

这些患者并没有疑难杂症,无非都是些手脚割伤、背上长疮、腰部扭伤之类的病。

给这些人敷湿巾、换纱布、打针。基本像往常一样,并没有特别费神的事。

大石护士像往常一样站在敬介身旁。

看完一位接着喊下一位,然后让病人坐在圆凳子上。久保和清野两位护士在后面准备湿巾卷绷带。

看完十来位,诊察到了接近尾声的时候,却来了一位四十岁上下微胖的妇人。这人是第一次见,一眼就知道是新患者,病历上写着内科。

"这是怎么回事?"

敬介问大石主任。

"刚才院长去政府开会了,不在院里。"

"开会?"

"听说是公害对策会议。"

上午门诊最忙,这个时候就不能不开会?既然去了也没办法。

"您怎么了?"

敬介问那妇人。

"这两天稍好了些,可是今天早上突然呼吸困难。"

病历上写的诊断结果是"心脏瓣膜症"。

内科方面敬介没有把握,但又不能不接诊。

说实话,敬介对听诊器都使不惯。从医学部毕业选专业的时候,他第一项否决的就是内科专业。

从敬介天生胆小的性格来说,最适合选内科或小儿科,可是干的话就必须得使用听诊器。

当然干外科也需要听诊器,但只限于初诊时使用。

若在内科就不是那么简单了。说起心脏听诊,就必须听出心脏是舒张还是收缩?位置是在三尖瓣膜还是二尖瓣膜?是狭窄还是闭塞不全?

在外行听来,自己能听到"咕咚咕咚"的声音,其实其中隐藏着各种各样的病情。

遗憾的是,敬介从小就是音痴。也不知什么原因,父亲就是那种唱歌像读书的音痴,母亲也好不到哪里去。大概是遗传吧。可是妹妹唱歌没问题,亲戚里也没有多少音痴。细察起来,也许是从小缺乏自信所致。

小学二年级的时候,敬介在教室唱歌,有朋友跟他说:"你的歌唱得太差,就别唱了。"那个人是班里的明星,歌唱得好,颇有女生人缘。

从那以后,音乐课唱歌的时候他就会跑调,老师曾经取笑他说:"你这简直像是在搞恶作剧。"

为了避免再次丢脸,从那以后敬介再也没唱过歌。不介意这件事继续唱歌的话也能够治愈,可他因此陷入了深深的自卑情绪,结果成了真正的音痴。

敬介的嗓音不错,只是不想让其他人认为自己是音痴。

于是乎,敬介在他人面前从来不唱歌。与其唱歌被人嘲笑为音痴,还不如默不作声,被别人认为唱得不错更好些。

尽管是音痴,可辨别别人唱歌的好坏是没有问题的。总之,他的听力是没有问题的,可因为音痴导致的自卑心理,使他连听诊器都产生了反感。

听诊器在外科用不了太多,在测血压的时候听听脉搏和心跳就可以了,所以也没什么大不了的,根本没必要去考虑声音的大小和声音的性质。

只听到"咕咚咕咚"的声音就足矣,没必要去分辨是三尖瓣膜闭锁不全还是狭窄之类的问题。

因此,到外科尽可放心。然而到了内科,尤其是遇到心脏病病人那可就无法蒙混过关了。

可是,在乡下患者们普遍认为凡是医生都是全科万能的,因此把医生奉若神明。于是,敬介无可奈何地把听诊器贴到了那位女病人的乳下部位。

年轻妇女的乳房都是又圆又紧,到了中年则会下垂,耷拉在心脏之上,听起诊来挺费事。瘦人还好些,遇到胖子就更加麻烦。

在照片上常见到非洲的妇女把硕大的乳房甩到肩膀上扛着,碰到这样的人,听诊器就不好安放了。

敬介频频歪着头,患者大概看明白了,告诉他说:"心脏在右边。"

病历上写得清清楚楚一目了然,自己慌乱中竟没有看就开始诊察起来。

这次可不能再露马脚了。

敬介一面用听诊器听着一边看着桌上的病历。

这位妇人四十五岁,和町长一样都住在矶崎。住址下一栏的诊断结果栏上写着"心脏瓣膜症",字体清秀像女人写的,谁也想不到这几个字竟是出自院长这位男人之手,跟院长的形象完全不符。

症状描述栏里用德语写着:"心跳音不清晰,收缩时有杂音。"

这是院长的诊断,毫无疑问她的心脏有问题。敬介再次贴上听诊器,果然听不到心跳音。

奇怪……

女患者把自己的花格连衣裙褪到了粗肥的腰围处,露出上半身挺着胸,闭着眼像是在祈祷一样,口中反复平缓地呼着气。

没错,对方活生生的一个大活人却听不到心跳声。

敬介看着夫人的脸,再次移动听诊器。他还特意把听诊器移到右侧,但依然听不到任何声音。

难道是听诊器出了毛病?

他撤回听诊器仔细看了看前端部分也没发现异常。诊察病状首先得听出心跳音来,否则什么都无从谈起。

敬介再一次把听诊器伸向女患者那只耷拉着的乳房下方的时候,站在一旁的大石发话了。

"怎么样,大夫?"

听诊时间过长,大石显得有些不耐烦了。门诊的隔帘外有十多位患者正在候诊。

"嗯……"

敬介点着头慢慢撤回了听诊器。

听完必须得说出一个结论,可不能说自己连心跳音都没听出来。那位女患者睁开闭着的眼睛等待着大夫的结论。

"是呀……"

敬介再次看病历。听了一顿没听出来,大概这回沿用院长的诊断结果是不会有错的。

"心音比较弱,所以暂时还是先安心休息为好。"

有病安心休息永远没错。

"很严重吗?"女患者用肥胖人才有的沙哑嗓音问道。

"听上去心音有些浑浊,不过只要注意一些就不要紧的。现在需要打针加服药。"

女患者听罢爽快地点点头,拉起了褪到腰间的连衣裙。

敬介把写着打针和服药指示的病历递给了大石。

"好,请到对面打针吧。"

听到大石的声音,敬介这才收起了听诊器,松了一口气。接下来全是需要换纱布、打石膏这类的外科病人。

尽管如此,敬介总觉得听诊器有点不对劲儿,回头必须得再次搭到自己的心脏上听听看。

敬介拿定主意后,开始接诊下一位患者。

那天,看完门诊已经十二点多了。接着吃午饭,下午处理了一位背部受伤和一位手指骨折打夹板的病号。

闲散的春日午后闲来无事,敬介在门诊看杂志,护士们则各自看看女性杂志绣绣花什么的。

一直闷闷不乐的大石忽然来了精神,三点的时候削了个苹果当成零食递到了敬介面前。

护士们一般都是把病号送的点心水果收在橱子里,等到门诊没事的时候就悄悄拿出来吃。

有没有被分给吃的,是衡量医生是否受护士们喜欢的标志。

幸运的是自从来伊豆之后,敬介经常遇到这种情况。虽然昨天爽了约,但今天大石对自己依然温柔有加,这令敬介感到奇怪。

不愧是护士主任,公私竟然如此分明。

可是,当天晚上敬介的这种感觉就彻底颠覆了。

六点多在医局吃过饭,负责做饭的那位叫柳川的阿姨怯生生地进屋说:"对不起,待会儿能给我测个血压吗?"

柳川今年六十一岁,因为体态较胖总是担心血压出问题。

此前敬介曾经给她测过两次血压。平时饮食上受人关照,帮着测个血压也理所当然,算是近水楼台了。

敬介吃完饭来到值班室,柳川右臂已经挽起绑上了血压计。今天当值的是内科的内山护士和外科的久保。

"听诊器。"

敬介说话间,久保递过听诊器,同时在窃窃偷笑。

"怎么?"

"没……"

当敬介把听诊器戴在耳朵上的时候,护士们再次笑出声来。

"为什么笑?"

这个年纪的女性看见什么都会发笑。敬介并没有介意将听诊器插进了柳川腕上的血压计里。

这次听得清清楚楚。"咕咚咕咚",血压计最高升到了一百七十,其后降到了九十就消失了。

"高压一百七,低压九十。稍微偏高,不用担心。"

"上次测的一百九,这次下降了二十。谢谢您了,大夫。"

柳川放心地回去了,久保收拾血压计的时候还在笑。

"你们怎么了?有什么好笑的,告诉我吧。"

敬介这么一说,久保朝内山护士使了个眼色,然后说道:"人家要求,绝对不能说出来。"

"不能说?谁要求的?是大石吗?我不说,你们告诉我吧。"

久保再次跟内山对了个眼色,然后说:"大夫,您白天看过内科的病号?"

"那个胖胖的大妈吗?"

"当时您听到心跳了吗?"

听了这句话,敬介感到一头雾水。这时久保笑着说:"那个听诊器里塞了棉花。"

"棉花?"

"脱脂棉。"

"谁干的这种事?是大石吗?"

"所以,有言在先,您可不能发火呀。"

岂有此理。一个护士竟然在听诊器里塞棉花,太不像话了。这明明是一种妨碍诊疗的行为。

要是现在大石在场,敬介也许会大发雷霆。

"是大石个人干的?"

"是的,她没有恶意,只不过是恶作剧而已。"

"虽说是恶作剧,因此造成误诊怎么办?"

说到这里,敬介也不禁一下子笑起来。

其实无论诊断是对是错,听诊从一开始便是走走过场。患者问的话,就照院长在病历上写的说就是,塞不塞棉花都一样。

"不过的确有些失敬……"

敬介收起了脸上的笑容,拿起了桌上的听诊器。还是看门诊时用的那个,不过听筒里的棉花已经没有了。

果然是大石塞的棉花,十有八九是报复昨天那件事。

大概不是昨晚就是今天一大早塞的棉花,反正装模作样听诊并没听到任何声音,敬介嘴里还说"心音比较弱"让她们看了笑话。这些在一旁默默看热闹的护士们也够坏的。

岂止如此,那位大石还一本正经若无其事地当着患者的面问自己:"怎么样,大夫?"其实从一开始她就没把敬介坐诊当回事。

"即使是恶作剧,也不好这么做。"

"不过,大夫,拜托您,千万别跟主任提这事。"

"不说。"

敬介忍气吞声。此刻他痛骂大石一通的话,就等于暴露了自己无能的软肋。

"这个浑蛋!"

敬介再次紧咬下唇,倒吸了一口凉气:这个女人太可怕了。

海　鸣

　　四月底町长拆了脚上的石膏,改用石膏夹板固定。所谓石膏夹板固定就是拆掉石膏之后,只留下里面的一半石膏夹板固定骨折部位。

　　打了一个月的石膏一经拆掉便露出了町长那只干燥褶皱并变得苗条了许多的脚。

　　"请慢慢活动一下脚脖子。"

　　町长按照敬介的要求诚惶诚恐地将脚抬离了床面。

　　长时间呈直角固定,那个部位的肌肉活动都有些不灵活了。

　　"啊,痛……"

　　町长龇牙咧嘴,两只手捂着膝盖。

　　"从现在起每天要用热水烫脚,然后进行一小时腿脚活动训练。"

　　"那么,可以洗澡吗？"

　　町长自受伤以来一直打着石膏,只能坚持着擦拭身体。有一次他实在忍受不了了,就把打着石膏的腿撂在浴盆外,身子躺在浴盆里泡了一次澡,连他自己都对当时的样子感到不堪入目,于是乎此后也就作罢了。

"请尽可能把左腿夹起来,利用在浴盆里产生的浮力多做运动。"

"能站吗?"

"直立的话没关系,行走的话还要稍等几天。"

"这种状态真可怕,即使让我走也走不了。"

町长接着问:"那么,什么时候能出院?"

"过一个星期看看再说吧。"

"选举的告示下周公布。"来探望的助手担心地说。

"可是,没好利索再骨折的话就鸡飞蛋打了呀。"

敬介的话语里略带威胁。他对这位打着让町镇发展的旗号和大财主们沆瀣一气建码头的町长毫无同情可言。

"到下月就可以慢慢走动了吧?"

"差不多……"

"差不多不行,必须得行。"

"医学上没有必须这个词。"

敬介冷冷地说完走出了病房。

这一个多月他们几乎每天都会见面,但是敬介对町长就是没有半点好感。别看町长表面上客客气气,心里根本就瞧不起敬介,这一点敬介心知肚明。

都六十七岁的人了,还野心勃勃一心觊觎第四任町长的宝座,每天都召集满走廊部下发号施令,耀武扬威,这着实令人不快。

自己没必要刻意偏袒有希子,但敬介内心还是希望有希子的父亲能当选。

按照一般预想,四六占比,町长的实力略占优势,不过要是能逆转乾坤就好了。

"不过谈何容易呀。"

敬介自言自语,这时跟在旁边的大石疑惑不解。

"您说什么?"

"不,没什么……"

如果对大石说希望有希子的父亲获胜,不知又会遭到她怎样残酷的报复。敬介快步回到了门诊。

一个星期后的一个下午,一泽隧道施工现场发生了坍塌。

午休的时候,敬介正在医局里观看院长和放射技师俩臭棋手下围棋。这时办事员河田跑了进来。

"大夫,了不得了。刚……刚才——一泽发生塌方了。"

河田有个毛病,一慌乱就结巴,说话不清。

"哪里?"

"在通往天城的新路上!"

从南伊豆到天城正在建设一条新公路。一泽位于这条公路的中间,距富士滨两公里靠山的地方。

"马上救护车就会运来,据说有两名伤员被活埋了。"

"活埋!"

敬介还是头一次遇到这种事。还不知道受伤的人究竟是怎么个样子,眼下他得赶紧回到门诊。

看样子门诊这边已经得到了办公室的通知,大石正在指挥两名护士忙碌,诊疗机推到了角落,中间摆着两张空着的病床。

一旦患者运到就可以同时救治。

"很快就挖出来了,大概还活着。"

这种重伤肯定很严重。现在敬介只能做盲肠炎和简单的骨折手术。

"怎么办?"

"请您先用听诊器检查。"

"然后呢?"

"我们马上给病号脱衣服,到时候您发指示就行。"

"可是……"

"不要紧,总之您站在这里就行。"

如此一来,简直搞不清谁是医生了。事到如今,也只有照大石说的做了。敬介迅速调整好血压计,看了一眼正在准备点滴托盘的大石。

平日里打扫宿舍、打扫房间的时候笨手笨脚、丢三落四的大石,到关键时刻一下子就能变得利利索索。

敬介看了一眼外科书籍又赶紧合上,接着他点上一支香烟,抽了两三口又掐掉,两眼望着窗外。

他的心情怎么也平静不下来。

他就像一名等待考试的考生。离考试还有十分钟,不知道会遇到什么样的题目,心里七上八下坐立不安。

走廊上人来人往,传来阵阵仓促的脚步声。有几个人看样子是闻听事故发生赶来的驻场人员和工程相关人员。

发生两名人员活埋的事故在这个小町上可算是大事。过一会儿新闻记者大概也会赶来。在众人环视之中能否应对自如?敬介越想心里越忐忑。

町长只是脚部的小骨折,又是在个人家里受的伤,这次恐怕没有那么容易抖机灵稀里糊涂蒙混过去。

大石说让自己挂着听诊器待在现场就行,可是这跟木偶有啥两样。

大石她们提前完成了点滴和吸氧的准备,把注射器和强心剂摆在了桌上,整装待命随时接受患者到来。平时她干起工作也是伶俐周到,要是她长得再漂亮一点就无可挑剔了,想到这里敬介慌忙地摇摇头。

现在不是考虑这些事的时候。首先,还是先检查一下听诊器里有没有塞着棉球为好。

敬介惴惴不安地把听诊器戴在耳朵上,用象牙般的小指拨弄起来,与此同时耳朵里传来咚咚的响声。

没有异常。要是去听诊时患者已经死了……

一瞬间,敬介的脑海里冒出了一个奇怪的念头。

但愿送来时已经死了……

对被活埋的人来说这种闪念的确不太厚道,但此时此刻敬介心里真有近似的想法。

要说死后处置,敬介曾经帮助前辈做过,心里多少有点谱。死了的话,既不用手忙脚乱地去打针,又不用去手术。

"不行!不行!"

敬介用手敲着自己的头,想尽快打消自己瞬间的胡思乱想,不能因为自己的心虚而泄气。万事都是熟能生巧,经验丰富才能成为名医。

这时救护车的鸣叫由远而近,护士们也一齐把目光投向了窗外。远处山岬前方拐弯处的国道口,出现了一辆白色的救护车。

"来了!"大石叫道。

听到救护车的声音患者和敬介都害怕。对唯利是图的医生来讲,可以说这是来送钱的声音。

"终于来了。"

事到如今,再手忙脚乱也来不及了。敬介挽起白大褂的衣袖,把听诊器戴在了脖子上。

救护车抵达的同时,为了方便担架进出,门诊室的大门全部敞开。

"让开,让开!危险!"

伴着喊声,第一副担架抬到了面前的床上。伤员是一位不胖不瘦不高不矮的男子,只见他浑身泥土,鼻子眼睛都分不清楚。泥水中只露出下垂的头发。

"又来一位。"

紧接着第二位伤员被抬进来。

这位伤员也是面呈土色仰面躺着。他的上身穿着衬衣,下身穿着工作裤和工程鞋,浑身泥土模糊不清。

"那么……"

大石指挥着小护士开始迅速给伤员擦脸、脱衣服。

如果不先清理掉覆盖在伤员全身上下的泥污就无法判断受伤部位和情况。

敬介不知如何下手,站在两张病床之间左右踌躇。正在这时,大石喊起来:"大夫,胸部清理出来了!"

胸部清理出来,就是该用听诊器检查了的意思吧。敬介不慌不忙听心音的时候,大石又拿起毛巾迅速清理起伤员脸上的泥污。

从泥污中清理出的伤员脸部依然是土黄色。伤员双眼紧闭,整个头随着擦拭左右摇摆着,乍一看还以为是死了,但是心跳的声音听得清清楚楚。

"不要紧吧?"

"嗯。"

敬介点点头。反正伤员还活着是毋庸置疑的。

"那么,您看看那边。"

大石朝着右侧的病床使了个眼色。敬介照着暗示移动到右侧的床边开始听诊。

这位伤员从抬进来的时候就一直低声呻吟着。

"他的腿部受伤了。"一位戴头盔的男人说道。

伤员的屁股到膝盖打着木板,上面捆着绳子。

"痛……"

既然伤员声音清亮,就说明肯定活着。但是,敬介还是搭上了听诊器开始听诊。

"久保,你过来替我。"

大石看出这边的伤情严重,就和久保护士互换了位置,过来用剪刀三下五除二剪开了伤员的衬衣和裤子。

解开胸部衣物的时候伤员又开始发出低沉的呻吟。看样子像是肋骨骨折。

"大夫,要吸氧吗?"

"嗯。"敬介摸着伤员的脉搏答道。

"葡萄糖点滴里加止血剂和强心剂?"

"嗯。"

大石发指示敬介把头点,和当时处置町长时一样。没想到两人之间心领神会配合得如此默契。

"大夫,拍 X 光片吗?"

"右肢、胸部和腰部。"

只需拍具体部位即可。

然后,敬介又回到另一位伤员跟前。只见这名伤员的外衣已经被久保护士清理完毕,只剩下一条内裤,他只是出血并不像骨折。

"这位先生叫什么名字?"

"荒木。"

"荒木先生,听得到吗?荒木先生!"

大石按压着伤员的太阳穴喊叫的时候,只见他睁开了眼睛。

"哪里痛?"

伤员呆呆地环顾了四周,然后把右手移向腰部。

敬介从他的腰部往腹部仔细察看。外观未见异常,可能是内脏受了伤。

"这个人也拍X光片?"

"嗯。"

"需要点滴和输氧吗?"

"可以。"

"两个人都住院吗?"

"是的。"

现在看来,两位伤员都没有生命危险。具体受伤的情况还无法完全判定,接下来应该利用拍X光片的空当学习一下处置的知识。

"请保持原样把伤员抬到放射室去。"敬介向跟来的事故现场的人员命令道。

两副担架被抬了出去,极度混乱的门诊室剩下满地剪碎的布片,一片狼藉。

"大夫,伤员的情况怎么样?"一直在围观的警察走近问道。

站在一旁的施工相关人员和记者也都一起围拢过来掏出小本准备记录。

"眼下还不十分清楚。"

敬介坐在转椅上,环顾着围拢在身旁的这帮人。

围在敬介周围的人密密麻麻有二三十,除了警察,还有工程相关人员、报社的特派记者、伤员家属,再就是看热闹的。

在这么多人面前介绍病情,敬介此前没遇到过。以前也就是向其家属和友人介绍个别患者的情况,被这么多人围住还是头一次。

即使被人七嘴八舌问及情况如何,也根本无以应答,目前只不过刚清理完伤员面部和身体上的污泥而已,精密检查尚未开始。

"正如诸位所见,目前只是外部检查。"

"介绍一下大体情况就行。看样子两位伤员都属于重伤吧?"

发问的是站在前排的一名穿着西装的男子,看上去他像是报社的特派员,急不可待地准备往总部报告事故的最新情况。

"虽说被活埋,但两个人都算幸运,很快被挖出来了。"

根据伤情程度受伤分为危重、重伤和轻伤三种情况:危重属于最严重危及生命的情况;重伤一般指未危及生命,如骨折和皮肉伤,需要治疗一个月以上;轻伤则属于相对较轻的跌打或开放性损伤之类。

就目前的伤情来看,虽然两人都有生命体征,但也不能完全断言没有生命危险。

"介绍病情的时候宁重勿轻免得被动。"这是敬介出差前医局长亲口叮嘱过的。这样做进退有据游刃有余,万一病情恶化可以从容解释,如果治愈人家更会感激不尽。

说得轻描淡写,治疗过程中常会遭人吹毛求疵落得个"水平欠佳"的评价。其实这也关乎医生有无自信。

"根据目前情况来看,是否危及生命还不得而知,毕竟是遭遇了这场事故,两个人都处于危重状态。"

众人听罢频频点头。新闻记者和警察迅速做了记录。

"第一个运来的那位山名先生,是腿骨骨折了吗?"

那位记者跟着刨根问底。

"是右侧的大腿骨和左侧的肋骨骨折了。"

"请等一下。是大腿骨吗?"

"这里,是大腿的骨头。汉字写作月字旁加一个'退'字。"

敬介右手抚着自己的膝盖解释着。

"那,肋骨呢?"

"这个必须等到X光片出来以后才能确定。如果骨折的肋骨插入胸部就危险了。"

敬介望了一眼身边的大石。要是说得不靠谱,大石会悄悄用膝盖暗示他的,但到目前没有,说明自己的回答基本在谱。

"另一位荒木先生的情况怎么样?"

"从他的外观看没有伤痕,但是正如诸位所见,他目前处于休克状态无法站立,说不定是内脏或腰骨受伤。"

"这么说,也是危重了?"

就在敬介准备点头的时候,走廊上传来一阵急促的脚步声。看样子是两位伤员拍完X光片又被抬回来了。

"大夫,现在把他俩都送到病房去吗?"

"嗯。"

大石等敬介点头后,便到走廊上发号施令。

"现在的状态还难以预测,到痊愈的话您估计需要多长时间?"

"即使顺利,也至少要两三个月吧。"

"我们知道了。非常感谢。"

那位特派记者点头鞠躬,消失在了杂乱的人群里。接着发问的是警察。

"大夫,我是负责劳务灾害的,劳动基准局的人也来了,必须和工程相关人员一起调查此事。到时候,请您多关照。"

敬介点了点头。这时一位四十岁左右西装革履的男子递上了名片。

"我是施工现场的人,这次请您多关照。"

名片上写着:西伊豆建设工程施工主任,高井清一郎。

"你是这次事故的现场负责人?"

"上面还有社长,我只是负责施工现场……"

"可是,怎么会发生这场事故呢?"

"这个具体不太清楚,工程是为了开拓前方道路,结果从上方发生了塌方。"

"还有别的人受伤吗?"

"幸好只有这两位,其余的人离得都稍远一些。那个腿被砸伤的正好站在塌方那边,一块巨石落下,要是他没戴头盔,大概就会被砸中头颈当场死亡。"

负责现场的这位主任莫名其妙地低下了头。

"这两位伤员都是附近的人吗?"

"那位伤了腿的山名先生是南伊豆的,荒木先生就是前面安良里的人。"

"有家属吗?"

"很快就联系上了,马上就来。"

"年龄?"

"荒木先生三十二岁,山名先生四十五岁。那位山名先生需要手术吗?"

"那是免不了的,不过当务之急是点滴和吸氧,先提高全身的免疫状态。骨折手术要晚个两三天,还不知什么情况。"

有了上次给町长处置的那点经验,现在敬介回答问题从容不迫。

等 X 光片出来之后看看结果,再慢慢研究,实在束手无策的话,还可以从大学请高手来做手术。现在要关注的是那位胸部受伤的。当初看着呼吸困难,要是肋骨骨折扎进肺里引起气胸就麻烦了。

腿部受伤暂时打上夹板的话就不会有什么大事,但是肺部一有闪失就会危及生命。

"那么说,手术不能马上做?"

"关键是,这样呼吸困难持续下去恐怕就危险了。"

"那,有可能死……"

施工主任的脸上顿时没了血色。只听说是危重,但是没有想到会如此危险。

"那么,无论如何请您多费心。"

主任像是忽然想起要跟什么人联系,逃也似的撒腿跑了。与此同时放射技师进来了,他的手里拿着的纸袋里装着刚刚拍完的底片。

"没错,受伤了!"

说着,技师把胶片夹在了荧光板上。

果然右侧的大腿骨在膝位置上骨折了,左侧的三根肋骨也骨折了。但是,幸运的是没有插入肺里。

"另一位看上去有些模糊。"

技师又贴上了荒木的片子。

说实话,敬介不喜欢放射技师抢着解释片子的内容。

在技师来看,因为自己每天拍片看片,所以解读没有问题,但是这样越俎代庖会降低医生的权威。

有时候,敬介也想用纠正技师的疏漏和失误来提高自己的权威,但是他又没有实力,根本做不到。

这次也跟他断言的一样,的确没有骨折。

乍一看那副面色苍白的脸,在休克状态实在难下结论,必须等全身状态平稳之后再做详细检查。

敬介把 X 光片的结果记录到病历上,然后把胶片还给了那位技师。这时大石主任从病房回来了。

"大夫,山名先生的夹板敷好了,请打绷带。"

"情况怎么样?"

"现在开始输氧了,呼吸趋向平稳。"

敬介站起身的时候,大石悄悄走近。

"听说荒木先生想洗个澡。"

"洗澡?"

那位休克状态中无法站立的伤员想洗个澡?这有些莫名其妙。

"为什么？"

"现在全身擦拭干净后，没发现什么伤口，洗个澡可以看得更清楚。"

"可是，说不定脊梁和内脏有伤。"

"他的意识清晰，血压一百三。"

"还不能单独行走吧？"

"我觉得，用担架抬着去没有问题。"

反正大石认为去洗澡没有问题。

"那么，就去洗个澡吧。"

没错，眼下X光片也没发现异常，洗个澡也许没关系。

"要派护士跟着为好。"

敬介当下最关心的不是荒木，而是大腿骨和肋骨骨折的山名。至少，从X光片来看，后者要危险得多。

山名住在二楼八号病房，在町长病房前面。大概是听说发生了事故，来找町长的那些町职员模样的人也都聚在一起悄悄议论着。

八号病房是个双人间，山名的床在前面。由于住院紧急荒木被另外安排到了东楼的二号病房。

挪到病房之后，护士对山名再次进行了擦拭，但是肩头和脚上依然脏兮兮的。

本想擦拭干净，可骨折部位疼痛难忍只好作罢。首先，不从大腿到脚踝打上夹板把骨折部位固定起来，就没法穿上病号服。

"请忍耐一下。"

大石主任边说边托起了骨折的那条腿。

"痛啊……"山名顿时大叫起来，接着是呻吟。因为是腿和肋骨两处骨折,看样子痛得不轻。

"大夫,快点!"

与此同时敬介把夹板垫在了他的腿下卷起来。固定骨折部位最好的办法是打石膏,但是眼下只能采用这种处置方法,别无他法。

卷扎完毕,山名痛苦地咳嗽起来。他的脸上渗出了汗水,肩膀一上一下急促地喘息着。

"可能是肋骨骨折了,会难受些,现在请稍微忍耐一下。"

接着又测了脉搏,一分钟一百多下,跳得很快,呼吸困难。

看样子必须再拍一次胸片,说不定是骨片刺破了胸膜引起轻度气胸。

"用的什么点滴?"

"百分之五的葡萄糖加止血剂。"

敬介点头同意。大概眼下也只有静观其变,至少现在还没有出现需要手术的迹象。

"下一步怎么办?"

来到走廊上,敬介探问大石。

"看样子肺部也受伤了。"

到底是大石,好像对此前发生的那些事一点儿也没放在心上。

"跟院长商量商量吧?"

虽然有些恼怒,此时此刻也只有和院长商量。

"也许这是个好主意。"

大石点头的时候,久保护士从走廊前方疾步赶来。

"荒木先生说他想回家。"

"回家?"

一个不能站立躺在担架上抬来的伤员,洗一个澡提出想回家,究竟是怎么一回事?

"他洗澡之后感觉舒服多了,自己说能站。"

"可是,他站了吗?"

"没有,没得到大夫的许可,没让他出浴盆。"

刚被抬进来的时候他面无血色连话都不能说。

敬介来到手术室的洗澡间一看,果然跟护士描述的一样,只见荒木额头上搭着毛巾,正优哉地哼着小曲。

"你说自己能站?"

听了敬介的问话,荒木连忙取下额头上的毛巾,转过身。

"到底能不能站我也不知道……"

荒木遮盖着下身,慢慢开始站起。

"没事吧?"

"是。"

"可是,你被抬进来的时候满身泥沙根本不能动的呀。"

"当时我心想这下完了……"

"当时一直昏迷,抬到这里的时候依然面无血色。"

"真对不起。"

荒木连忙点头施礼。虽然这种事也没必要道歉,但总觉得不痛快。

"真的哪里都不痛了吗?"

"是的,就像现在这样。"

荒木在浴盆里轻轻踏起步给人看。

这时,大石笑了起来。

"大夫,他只是扭伤了腰。"

"扭伤了腰?"

"受了惊吓,是吧?"

"大概是。"

荒木点点头,不好意思地用手挠着头。

"那,你是说想出院?"

"反正没什么大碍。"

"不过,你……"

敬介已经向新闻记者们说过伤员的伤情危重,现在该如何收场?

敬介刚刚当着警察、新闻记者和工程相关人员的面宣布"两个人都处于危重状态,有可能危及生命"。

还没有经过精密检查,新闻记者和警察就把敬介说的内容记录下来,然后各奔东西。

也许此时此刻,他们正忙着打电话报告:天城新道工程的西伊豆一泽施工现场发生塌方,一名伤员大腿和肋骨骨折,另一名伤员腰椎骨折伤势危重,预计治疗时间需要两三个月。

若其中一名伤员只是腰部扭伤并无大碍,即日出院,成何体统?

"不过,你真的无大碍?"

敬介再次仔细查看,荒木赤裸着身子在浴盆前轻轻踏步给人看,的的确确没有发现任何异常。

"可是,你被抬进来的时候面无血色……"

敬介重复着同一句话,像观察一个奇异的机器人一样盯着荒木。

"还记得被埋时的样子吗？"

"我记得山名先生在旁边'啊'的大喊一声。随后，抬眼一看头上泥石俱下，接着就成这个样子了……"

"当时你的意识清醒吗？"

"记不太清楚了，只记得周围一片漆黑，腰腿失控，心想这下完了。"

看来是惊恐过度导致昏迷，腰部扭伤。这种经不起惊吓的人不在少数。

的确荒木的嘴长得微微翘着，加上说话又快，显得有些毛毛躁躁。

"噢，你还是继续洗吧。"

让人家老是这样赤身裸体站在浴盆里也不是个事儿。不管怎么说，没有受伤无疑是令人欣喜的。

"可是，今天就这样出院回家的话，多少有些不妥。从警察到负责人都是知道伤员目前危重才走的，因为送来的时候的确处于昏迷状态无法站立。"

"对不起。"

正因为对方毫无恶意，敬介也没有怨怒人家的理由。没等到最后结果出来就妄下论断，这都是敬介的过失。

"噢，我也觉得为慎重起见还是再仔细检查一下为好。"

到了这一步，连前呼后拥抬着担架从工地来的那帮人都觉得哭笑不得。

"从现状看，必须得在这里住上十天或者一周才行。"

"非得这样吗？"

伤员在浴盆里神色不安地抬起头。

"病情我会说明的,你只要默默躺在床上即可。偶尔散散步也可以,不过最初的时候要听话。"

"⋯⋯⋯⋯"

"可是,这件事您也有一定责任呀。尽管哪儿也没伤着,但扭伤了腰就躺在担架上一路抬来,岂不被人笑话?"

荒木满怀歉疚地点点头。

"都怪你,小题大做被抬了进来,其实只是小小的扭腰,说出去影响不好吧?"

"过一个星期肯定就出院了吧?"

"谁也不会让一名没病的人一直住在这里的。"

"那,我住院就是了。"

别说这位病号蹊跷,这位医生也有些让人难以捉摸。

"洗完澡,用担架把他抬到东楼的二号病房去。"

听了敬介的吩咐,一旁的护士疑惑不解地问道:"要用担架吗?"

"外面都知道是危重病号,这也没办法。"

如果洗个澡就若无其事地走回来了,刚才那一切就会露出马脚。

"这件事一定不要让外人知道。"

敬介瞪了一眼病号和护士,然后走出了浴室。

二楼八号病房的那位叫山名的患者一直胸闷难受,加上骨折部位疼痛难忍,时不时地发出呻吟。

一走出病房,敬介就说:"不巧,我忘了件东西。"然后就返回了自己的宿舍。

这位患者如何处置才好？他想问问大学那边,可是这种事不便从医院里往外打电话。

他不想让人家觉得"这位大夫一有点事就马上问大学"。说不准,这种传言已经在同事们之间传播开了。

回到自己的房间,他往大学拨通了长途电话,出来接听的是同期的增田。

"你好吗？在乡下过得快活自在吧？"

今天是周三,又是午后,大概此刻增田没有手术,说起话来悠然自得。

"哪有那么清闲。现在这里发生了活埋事故,有个伤员大腿骨和肋骨受伤了。"

"机会来了,你可以大显身手了。"

"哪儿的话,拜托赶快叫叫医局长。"

"用简易固定术即可,没什么难的。把三翼钉打在骨头上就可以。"

"你这家伙,会做吗？"

"前不久,我当过助手帮人做过。你等等,我去找医局长。"

看样子增田已经连大腿骨骨折手术都做过了。自己来伊豆优哉这些天,跟留在大学里的同事们已经拉开了距离。敬介忐忑不安,这时话筒里传来了医局长的声音。

"怎么了？听说这次遇到活埋事故了？"

"伤员的大腿骨和肋骨受伤了,现在呼吸困难。"

"肋骨骨折呼吸困难是正常的。用胸腹带将其胸部卷住,上面用弹力绷带缠紧就可以了。关键是大腿骨,在哪个位置？"

"膝上十厘米处。"

"那就必须做手术了,你做过大腿骨手术吗?"

"学生时代见习过一次,在骨头上打三翼钉。"

"是的,用这种方法就行,你试试看。"

"怎么办呢?"

"按说应该派人去增援,可这段时间都忙得不可开交。也可以送到沼津的医院,但现在再用车抬着送去也太可怜了。"

"我能做吧?"

"已经见习过一次的话,应该可以吧。只要打三翼钉的方向别搞错,这样的手术并不难。"

上次教授来解了围,这次又提出求援的话,敬介将会颜面尽失。

"干脆你来试着做吧。"

"稍等等再做也可以吧?"

"胸部疼痛的话等两三天也可以,不必着急。你那里有个叫大石的护士吧。她肯定见识过,你问她就是。"

又得去请教大石,听了真是头发懵。此时此刻鼓足勇气大概也是一种长进。

"那,我试试看。"

"好好查查书,有什么不懂的给我来电话。"

"百忙之中,真对不起。"

"'幸运'的事都让你小子赶上了。偏偏又在这忙得不可开交的时候出了事故。"

医局长开了句玩笑,挂了电话。

虽说有些心有不甘,但是跟医局长通了一番话之后,敬介多少有了些自信。

"紧要关头我也能单独做大手术了。"

敬介真想向大家炫耀一番。

他有了底气回到了医院。来到办公室的时候,只见一位三十岁上下的妇人披头散发两眼发红正在那里哭诉。

"怎么了?"

敬介的问话还没出口,妇人抢先一步回过身来。

"您是大夫吧?是外科大夫吧?我是被活埋的荒木的妻子。荒木得救了吗?"

妇人一边说着,一边用手拽着敬介的白大褂。

还用问得救了吗?伤员本人现在刚洗完澡出来。这位妇人定是一听到丈夫伤情危重赶忙跑来的,看样还没见到伤员本人。

"别担心。"

"真的?"

那妇人将信将疑地望着敬介。

"手术做完了吗?"

"手术?"

敬介反问了一句,大石低下头忍住笑。看样妇人以为在手术室洗澡的荒木正在做手术。

"因为塌方搞得浑身泥污,只是让他在手术室洗了个澡。其实没受什么伤,不要紧的。"

"那我就放心了。"

妇人这才把手从敬介的白大褂上松开。

"可,伤着哪儿了呢?"

"噢,是腰部。还得进一步检查一下才能搞明白。"

"那大约要在这里住多久?"

"只要能睡着就好,顺利的话大约十天就能出院。"

"非常感谢,多亏了您他才得救。还得多拜托您。"

妇人终于走了,敬介开始跟大石窃窃私语。

"告诉有关人员,荒木只是扭腰这件事跟他太太也不要讲。"

"这个我明白。"

大石这才开始笑出声来。敬介赶紧制止似的岔开了话题:"还有,要给那位山名先生卷上胸腹带,上面扎上弹力绷带。"

刚刚从医局长那里得了真传,敬介自己也充满自信。

"不过,你参加过大腿骨骨折手术吧?"

"参加过……"

"那么,你去准备三翼钉和打钉器吧。"

"大夫,您来做吗?"

"如果器械齐全的话……"

"已经一年没用过了,但都齐全。"

"回头给我看看。"

大石点点头走出了办公室。辅助荒木,看护山名,还要处置门诊患者,护士要干的事可真不少。

办公室里只剩下敬介一个人,他的脑子里忽地陷入了不安。只要器械齐全就能做,一言既出自己也只好硬着头皮上了,别无退路。以自己的本事能完成这场大手术吗?先前的勇气不知何时已经烟消云散了,剩下的唯有不安。

"总之是学习呗。"

敬介喃喃自语站起身来。这时,刚才在门诊遇到的那个施工负责人和另外一个男子一起出现了。

"大夫,稍微打扰一下您可以吗?"

两人点头鞠躬进了办公室。敬介刚想说另一个男子好像在哪里见过,原来是在町长那里常出出进进的那个红脸胖子。

"这次承蒙您关照。"

红脸男子先鞠了一躬,接着从西服内袋里掏出了名片。

"大夫,多次跟您碰面,只是没有机会跟您打招呼,这是鄙人的名片。"

敬介接过名片一看,只见上面写着:西伊豆建设专务,马场十兵卫。

"你是这家公司的专务。"

那位体重足有八十公斤名叫马场的男子弯腰深深鞠了一躬说:"这次,鄙公司的工人承蒙您照料,万请多加关照!"

"我知道。"

"町长对这事也很担心。"

这事跟町长似乎没有直接关系,大概因他是全町最高长官才关注的吧。

"这是一点小意思。"

马场专务把一个熨斗袋大的信封放在了桌子上。

"这个不必担心,作为医生尽力治疗是理所应当的。"

"啊,您太谦虚了,我们少不了要多麻烦您。"

"这个大可不必,总之我没有理由接受你们的东西。"

"不,请您笑纳好了,这事町长也知道。"

"町长跟这事有关系吗?"

"实际上他跟这事没关系,但他是我们公司的顾问,所以多拜托您了。"

俩人再次鞠了一个头几乎都快撞到桌面的大躬,然后慌慌张张转身离去了。

这是怎么一回事？俩人走后屋里只剩下敬介，他抓起熨斗袋，感觉袋子厚厚的。

里面装的是钱？是否接受另当别论，他想一探究竟。

敬介一下涌上了尿意。他进了厕所，打开了女士用的熨斗袋，里面装着十张一万日元的钞票。

作为寒暄，礼实在太重。

"这该怎么办？"

敬介握着这十万日元，在厕所里陷入了沉思。

翌日早报的地方版刊登了四段有关一泽塌方事故的报道，同时还配发了照片。

事故的原因是地质松软硬化不充分，加之工期过紧，有关部门正就这些问题做进一步调查，还报道了山名和荒木两人伤情危重的消息。

敬介读罢，心情沉重。

如此一来，荒木的情况绝对不能向外人说是"腰部扭伤"。

敬介抑制着郁闷的情绪来到医院，很快接到了大石的报告。

"荒木先生的太太，今天早晨回家了。好像她知道说是危重其实没事。"

"谁说出去的？"

"我们没说。听说上小便的时候，荒木说要自己去，她太太问了他具体的病情。"

"那他自己说了吗？"

"我看不会吧，因为您已经对他发火，责备他只是扭伤了腰部却兴师动众地住进医院。"

昨天,他太太听闻自己的丈夫被活埋,披头散发哭哭啼啼跑到了医院,得知丈夫只是腰部扭伤,好像突然就冷静了下来。

"她家里还有两个上小学的孩子,真够她受的。"

"可这下麻烦了,他没守规矩,不会泄露给其他人吧?"

"因为那间病房里只有荒木一个人。"

那间病房是双人间,幸好住院的只有荒木一个人。

"那他在做什么?"

"只是呆呆地凭窗眺望。"

"那哪儿成!如果这个时候他们公司的人来探望怎么办?"

"我也是这样跟他说的,可他说,要是来了人他会立刻躺下。"

虽说这是自作自受,但也很棘手。敬介忧心忡忡来到了荒木的病房。

听到门一响,荒木慌忙躺到了床上,双手紧拽着被子一脸惊慌失措。

"怎么样了?"敬介平心静气地问道。

"还是不能出院吗?"

"不是说好在这里住一星期吗?"

"话虽如此,可是外面春光明媚。"

荒木心有不甘,才凭窗眺望明媚的大海。的确,硬让一个身强力壮的大男人躺在床上也许太过残酷。

"哪里都不痛吗?"

"腰和腿还有点……"

"其实,你的腰应该打石膏的。"

"那还是饶了我吧。"

"那至少这两三天你要听从要求,否则会不好办。"

既要威胁又要安抚,敬介这下也够忙的。

再仔细查看他的全身,腰部右侧、膝盖以及脚踝已经变得乌黑,其他部位未见异常。非要勉强冠以病名的话,可以冠以"腰部、右膝和足部跌打损伤"。

眼下稍微过分治疗也在所难免,敬介吩咐护士给他注射止痛针,在发黑的部位敷上湿巾,然后离开了病房。

"他太太没对旁边的人讲吧?"

敬介不安地问大石。

"我想没有。她说过,她不好意思也不愿意跟别人讲话。"

接着,敬介越过町长的房间来到了山名的病房。眼下,从病状上讲,山名要严重得多。

走进房间,只见山名上半身轻轻支起呈半坐半仰。他的两眼微睁,呼吸依然困难。

今天早上七点的例行测温显示其体温为三十八度二,呼吸十六,脉搏增快达到了八十七。

敬介测脉搏时看了看他的瞳孔。他早就在想,这么严重的骨折暂时发烧是正常的,但是超过三十八度,就有些令人害怕。总之,发这么高的烧是无法手术的。

于是,他吩咐进一步打点滴并配合退热剂,而且继续对其输氧,之后走出了病房。这下,患者真的成了名副其实的危重病号。

接下来,是例行的普通查房,最后回到门诊。一切如常没有什么特别的变化,只是町长的态度稍有不同。

今天一见面,町长就一改往日的傲慢无礼,态度谦恭并郑重其事地打起了招呼。

"这次受伤的伤员们,请您多关照。"

因为是与自己相关的公司的人倒也可以理解,但町长亲口说这些真是不多见。

那天下午没什么事,敬介查阅了一番有关的手术资料,又忙着清点了手术器材,他想,必须根据情况做好随时出诊的准备。

到了四点下班的时候,山名依然发烧三十八度而且居高不下,也没有食欲,看上去弱不禁风。

敬介又继续留院观察了两个小时,然后下医嘱增加营养剂,快七点时才回到自己的家。其实也没怎么到处跑,可就这一位危重患者就搞得他筋疲力尽。回到家他正要躺在沙发上迷糊一会儿,这时门铃响了。

这个时间来的八成是大石。虽然有些懒得动,但敬介还是起身开了门。打开门一看,出乎意料,灯下站着的是昨天到过办公室的那位马场专务和施工负责人。

"这么晚,冒昧打搅您真是不好意思,现在您有时间吗?"

敬介突然想起昨天那十万日元的事。

"我们不会打搅您太长时间的。"

还不知人家来的意图,专程来访不好让人家就这么回去。于是,敬介把两人请进了屋内。

敬介和两人在起居间的沙发和椅子上相对而坐。现煮茶太麻烦,于是敬介从冰箱里取出了啤酒,倒在了酒杯里。

"请别费事了,我们坐一会儿马上就走。不过,您一个人住在这乡下可是够寂寞的呀。"

专务把屋内四下打量了一圈。

"您大概想早日回东京吧。"

"我还没想那么多,重要的是昨天我无功受禄,正想还给您。"

听敬介这么一说,专务慌忙用手制止。

"区区小事何足挂齿。多蒙您的照顾,只是略表心意而已。"

的确,西伊豆建设的施工相关人员经常受了伤来处理。一般都是硬伤、挫伤和指头骨折之类的,像这次这样大的重伤事故还是头一次,到现在四五个人来看门诊也是常事。

从他们的角度来看,也许是得到了照顾,但对医院来讲,这些都是劳灾保险患者,结算手续简单且收益高,是颇受欢迎的好主顾。

他们的心意可以理解,但是一下子给十万日元有点不合情理。

"另外还有件事要麻烦您一下。"

专务不失时机地往前探了探身子。敬介则是一副若无其事的样子。两个大男人深夜造访肯定是无事不登三宝殿。

"请恕我冒昧,我们也觉得这件事拜托您有些勉强。"

说到这里,专务再次点头施礼。

"其实是为了这次负伤的那两个人的事,想拜托您在他们的诊断书上帮帮忙。"

这一瞬间,敬介以为是荒木的事露出了马脚,便抬起了头。

"您说该怎么办?"

"我有个想法不知行不行,最初的诊断两人都属于危重状态,能不能想想办法改成一个月以内就能痊愈。"

"两个人都改?"

"实话告诉您,我们公司最近受伤的有些多,这种粗活儿实在是在所难免,这次又引起了基准局的注意,真是令人头痛。"

"基准局?"

"就是劳动基准局。明天他们就会来调查这次事故,到时候您如果能帮忙说句'问题不大',我们将不胜感激。"

专务搓着手深深地鞠了一躬。

"好在还没那么多人知道是危重,您就说成是轻伤就行。"

"可是,的确是骨折了呀。"

"这个我们十分清楚。当然我们也不是希望您对治疗如何如何,只是希望您在给基准局上报的诊断书上把病情写得轻一些而已。"

这下他们的来意昭然若揭。这下,给了十万日元的理由完全清楚了。

他们企图用这种方式来收买敬介,减轻基准局的追责。

"可是,报纸上不是已经写了是伤情危重吗?"

"反正新闻报道是会错的,因为当时您曾说过,X光片还没照出来,只是外观判断。"

"⋯⋯⋯⋯"

听了这番话,敬介一言未发。的确,他们说的都是事实,事后应该订正。

但这种情况只是就荒木而言,山名则另当别论。其实荒木根本就不是危重,很快就能出院。

"怎么样?"

虽然其中也有自己误诊的纰漏,内心里也巴不得纠正过来,但如果两名患者全都改变,医生的权威也将丧失殆尽。

"骨折没关系,但能不能写成顶多一个月就能痊愈?"

"那样写了,万一需要两三个月,怎么办?"

"不,这种事司空见惯。最初只是简单的骨折,以为一个月以内就能痊愈,后来化脓了一直拖了半年才好的例子也不是没有。再者,基准局是不会说什么的,这一点请您放心好了。"

看样子他们干这事已经不是头一次了。

"怎么样,大夫?"

专务一脸可怜巴巴的表情,跟他魁梧的体格显得有些不相称。

"绝对不会给您带来麻烦的。"

其实这不是麻烦不麻烦的事,是医生的面子问题。

"这种事要是在平常也不会来麻烦您的,只是这次情况有点儿特殊。"

"什么情况?"

"眼下选举临近,町长手下的公司出了事故基准局介入调查,要是传出去会被竞选对手抓住把柄的。"

"那么说,你们的公司是町长经营的吗?"

"不,现在跟町长没有关系了,不过全町的人都知道这是町长创办的公司。"

看来不单单是伪造一张患者的诊断书那么简单。阴谋的背后似乎牵连着激烈的町长选举。

"大夫,得不到您的首肯,我们回去也没法交差。请您务必答应。"

这究竟是怎么一回事?按道理这种事完全可以断然回绝,但是敬介也有自己的心虚之处。要是日后荒木并无大碍的事露了马脚,让人家知道只不过是腰部扭伤,肯定会引起轩然大波。又牵扯到了町长竞选,对方会怎么发挥就更不得而知了。

连敬介都被卷入了这样的漩涡,真让人难受。然而误诊的把柄又将敬介置于被动的境地。

"想想办法吧,就这回事儿。"

两人同时都把两手撑在了桌子上。

"这种事还是不做为好。"

敬介拒绝是想听听他们更进一步的说法。反正荒木那边是没有问题,山名这边,如果在诊断书上写"需要住院治疗一个月"也不算谎报,解释为住院一个月痊愈需要三个月也能站得住脚。再说,说是对基准局说了谎,但也没有任何人受到损害。一般官僚都是走走过场,做做表面文章就算交差了。

敬介想这些的时候,两人抬起头。

"怎么样,大夫?"

"既然这样……"

"谢谢您了。"

两人像弹簧娃娃一样再次深深鞠起了躬。

"这件事决不能跟任何人讲。"

"那当然,要是说出去我们就麻烦了。那么,就请您明天写好诊断书,好吗?"

"我没必要跟基准局的人直接见面吧?"

"见也没关系,如果他们问及此事您照说就是。"

"我明白。"

"这下我们可以安心回去了。太感谢您了。"

专务站起身系上西装的扣子,忽然他像想起了什么似的从内袋里掏出一个白色的纸包。

"这是我的一点心意。"

"不,千万别。"

"大夫,您别推辞,这只是我们的一点小意思。"

"等等,这不成!"

两个人根本不顾追赶的敬介,穿上鞋,迅速消失在了黑暗之中。

第二天早上,敬介来到医院的时候,西伊豆建设的马场专务已经提前等着了。他是来取给劳动基准局提交的诊断书的。

"我是来取昨晚拜托您的那件东西的。"

马场照例弯下魁梧的身躯,如泰山压顶一般重重地鞠了一躬。

"此后变更住院时间没关系吧?"

"没有一点关系,这只是您此时此刻的看法而已。"

"后来说搞错了,基准局不会抱怨吧?"

"绝对不会发生这种事,因为监督官对医学一窍不通。"

"按照昨晚所说,这只不过是我一时的见解。"

敬介再三叮嘱之后开始写诊断书。

　　山名武一,四十五岁,左肋骨、右大腿骨折,根据上述症状需住院治疗一个月。

　　荒木正次,三十二岁,腰部挫伤,急性休克,根据上述症状需住院治疗十天。

敬介将两张诊断书各复印了三份,递给了马场。

"谢谢,您可帮了大忙。"

专务再次恭恭敬敬地行了个大礼,然后把诊断书装进了西装口袋。

据说这三份诊断书,一份提交给基准局,一份提交给警察,剩下那份由公司存档。

这件事究竟是福是祸？敬介心里七上八下。

确实，即使敬介写下了与实际情况不符的诊断书，也不会因此忽略治疗。说到底这只是暂时的见解，之后可以依情况更改治疗时间，对患者不会产生直接影响。

"但是，大腿骨骨折一个月便可治愈肯定没人肯信。即使愈合较快的孩子也得需要两个月，大人的话至少得需要三个月。外行也许可以骗过，内行肯定是要提出疑问的。"

敬介心里七上八下。他感觉就凭自己做的这些事，明天就可能会因伪造诊断书的罪名锒铛入狱。

最重要的是，这是自己有意在撒谎，不知道的情况下还有很多类似的事。就眼前的患者荒木来说，本人并无大碍，但自己却堂而皇之地将其说成了"危重"。

"还有件事，马场先生，我想把此前的那些东西还给您。"

他深感愧疚也有接受了马场专务送给自己的那十万日元和其他礼物的原因。他不想让人认为自己用假诊断书去换钱。

"您说啥事儿？"

专务佯装不知。别看他表面上表现得像上次一样郑重其事，这正是他狡猾的地方。

"此前您给我的那些东西。我现在没带在身上，明天，我一定……"

"大夫，您这说的是哪儿的话，我们只是平常蒙您照顾，略表心意而已，丝毫没有别的意思。此前的事请您理解便是。"

"反正，我要还给您。"

"您可别为难我。谢谢您，我先走了。"

专务说罢,匆匆离去。

敬介一脸怅然地抽着烟,这时候大石主任从白色的烟雾中出现了。

"大夫,马场专务的事您别放在心上。"

刚才的那番话,好像让大石听到了。她的两只眼睛略带着微笑。

"我怎么会去做那种事?我都是凭自己的意志写的,绝对没受他左右。"

"可人家这都是心甘情愿的,您最好还是别声张为好。"大石若无其事地说。

女人碰见这种事大概都会见利忘义。

"反正,我不干这种事。"

虽然自己也知道自己不是那种人,但是到了这个节骨眼上大概是从父亲那里遗传的那股子倔劲儿在作怪。

"那,大夫,今晚您在家不出去吧?"久保和清野两名护士大概是到手术室去取无菌纱布了,现在也没有门诊。大石瞅准这个空当迅速小声说道。

"我有样东西要交给您,现在不能说,等回头给您看了之后再说。"

大石妩媚一笑。尽管敬介心里不太喜欢,但是人家说要送东西,嘴上一时也不好拒绝。而且,马上还将面临一场大腿骨骨折手术,在这种时刻千万不能惹得大石不高兴。

"晚上八点可以吧?"

敬介点点头站起身。他的心里惴惴不安,不知道只有两个人的场合自己说什么才好。

到了护士办公室,只见护士们有的正在往注射器里注药液,有的在分装药片,个个忙个不停。

"开始查房吧。"

敬介说着,看了看住院患者的体温记录板。

荒木肯定不发烧,山名还是一直发低烧。

腿骨的手术现在还为时尚早,眼前也许再观察上一两天再说更稳妥。

敬介心里正在盘算着,这时病房主任藤野护士一边看着记录一边走了过来。

"大夫,东病房二号的荒木先生昨晚喝酒了。"

"这怎么行?"

"这还不算,他还跟临床的远山先生耀武扬威地炫耀说'我是被活埋过的人'。"

岂止是炫耀,人都站不起来还如此厚颜无耻。

"查房的时候,请好好教训一下他。"

敬介点点头,人家想出院也不好勉强,自己也不能去强迫人家。

"还有,町长今天准备出院。"

十天前町长才换成了半夹板,从稍稍能站立到开始练习走路。虽然约好了今天出院,但两三天前他才开始不拄拐杖上厕所。

"可能的话,他希望查房之后马上回家。"

下周选举之战即将拉开序幕。町长急不可待地要出院是想回去商议对策吧。

"他那腿,坐车以及长时间站立没事吧?"

"反正不太好……"

现在最好是休息,但估计无论说什么町长也不会遵守的。即使腿肿起来,他肯定也会拼命坚持选举第一。

"那,开始查房吧。"

按照惯例还是从危重的山名开始。

虽然还在发低烧,但他的精神看上去挺好,呼吸也比刚入院的时候顺畅。

"大夫,手术什么时候做呀?"例行诊察结束的时候,山名问道。

"烧基本上也退了,下周尽快做吧。"

"请您多关照。"

这样的患者实在让人舒心,他很信赖敬介。为了回应这种信赖敬介也必须加倍努力。

接下来是町长的房间。

危重患者之后就是町长的房间。为什么如此排序,敬介也搞不清楚,总觉得是护士们引导着这么做的。

"今天可以回去了吧?"

町长一见到敬介劈头就问。他已经穿好西服坐在了床前的椅子上。

"不过,腿部下垂的话还是会肿的,所以请您千万别勉强。"

"我明白。这段时间,真的多蒙您的照顾,谢谢了。"

町长起身鞠了一躬。尽管他是位任性跋扈的患者,可到了出院的时候,敬介心里还是感觉有一股说不出的孤寂。

"如果没有大变化,请每周两次到门诊复查。"

"知道了,今后请多关照。"

町长夫人和周围的一干人一起鞠躬行礼。如此郑重其事地告辞,敬介也感觉不出有什么不爽。

"马上就要选举了呀。"

敬介的这句问候充满同情,但有些不合身份。

"不,从一开始就大局已定,只不过对方针锋相对,所以也不能掉以轻心。"

町长悠然而笑。如此大言不惭,可能只有町长才能做得出来。

"噢。这也算有缘,请您多支持!"

"可是,我没有选举权。"

"如果大夫支持定会大不一样,毕竟大夫现在是本町里年轻有为、最具人气的人物。"

"您别开玩笑了。"

"不,我说的是真话。要是大夫坐着车发表声援演说,那些女孩子们肯定欢呼雀跃。你们说对吧?"町长环视了一圈跟他身后的护士们说道。

一个半月之前还不想让敬介做手术准备转院,什么时候敬介又成了优秀的医生了?町长可真是巧舌如簧,简直能把死人说活了。

"我要是当选了,一定增加本院的预算。总之,今后福祉和环境是最大的问题。"

正查着房,町长开始了他的竞选演说。

"这家医院的确处于赤字,但是我们不能让这种情况继续下去。町里拥有我们自己的医院,是关系到每位町民的民生大计。首先为居民提供良好的环境,是我的奋斗目标。"

敬介心知肚明:别看他此刻慷慨陈词,背地里却在计划勾结大资本家建造游艇码头。

"那,请努力吧。"

再往下,还不知他要演讲到什么时候。于是,敬介苦笑着走出了病房。

"大夫,您喜欢这位町长吗?"来到走廊,负责病房的藤野主任立即问道。

"谈不上喜欢还是讨厌呀。"

"满嘴里尽说好听的,那都是骗人的谎话。"

"他的竞争对手一色先生,为人怎么样?"敬介不动声色地探问道。

"跟这位町长比起来,人家文质彬彬,为人清廉。我跟他家的有希子小姐是发小。她父亲德高望重,可有希子却有些锋芒毕露……"

"因此,她父亲也令人讨厌吗?"

"怎么说呢?反正一言难尽。"

按说女儿跟父亲当厅长没什么关系,但也可能有关。

出了町长的房间,接着来到了二号病房荒木所在的那个房间。昨晚他喝醉了,丑态毕露,今天却钻在被子里做出一副老实乖巧的样子。大概他已经做好了挨敬介训斥的准备。

"怎么样了?"

敬介的问话格外诚挚。

"昨晚的酒醒了吗?"

"对不起。"

荒木把全身龟缩在被子里,只探出头。看起来他是个胆小怕事的老实人。大概正因为如此他才会腰都不利索还喝上酒耀武扬威。

"你是被人用担架抬进来的,还记得吗？"

对这种人,如此敲打已经足够了。

那天晚上快八点十分的时候,敬介回到了自己的宿舍。六点吃饭之后又照例跟事务长下了两盘将棋到七点半。

本来意犹未尽还想下第三盘的,但因为大石要来,只得打道回府。

大石很守时,一到八点会准时来。这会儿也没必要手忙脚乱。

那天敬介到家,打开灯、换完衣服的时候,门铃就响了起来。

"请进。"

敬介在屋里喊了一声。反正大石也不是第一次来,没必要自己亲自去开门。

"晚上好,刚回来吧？"

敬介回身一看,只见大石穿着一身花布连衣裙,头上扎着发饰带,大概还画了眼影,眼眶子的颜色很深,看上去有些妖艳。

这身打扮是否协调姑且不论。应该说,大石本人穿一身白色最好看,但每次她到敬介这里来的时候,都要可劲儿装扮一番,今天格外显眼。

"礼物带来了？"

敬介换上毛衣,大石答应了一声"是"之后两手递上了一个包袱皮包着的东西。与此同时,轻轻送了个媚眼。

"可以打开吗？"

敬介慢慢打开包袱一看,里面包的是一件深蓝色的毛料和服。

"这不是和服吗？"

"是啊。为你做的。"

"你做的?"

"不,是我让乡下的母亲做的。来,现在穿穿看。"

大石拿着和服在敬介的肩膀上比试起来。

"肯定合身的。"

大石兴高采烈,而敬介却心事重重。

若是特意让乡下的母亲做了衣服,那是不能随便拒绝的。

"来,穿上试试? 肯定合身的。"

在大石的催促下,敬介脱掉毛衣,接过了和服。

"贴身的衬衣还没做好,就先套在内衣上穿穿看吧。"

敬介回到东京的家里是穿和服的,不过顶多是在正月里穿那么一两次,平常不穿,所以穿起来笨手笨脚有些难为情。

"这是腰带。虽然是便宜货,但在家里穿是完全可以的。"

"这也是你买的?"

"和服是深蓝色的,配上黑色的腰带正合适吧?"

说是便宜货,也是小纹绉绸的新品,配上和服到底价值几何? 反正对一位单身护士来说无疑是出价不菲。

"太合身了! 来,你自己照照镜子看。"

敬介任人摆布,大石一个人操纵个没完。

"怎么样? 不错吧?"

洗漱台上的镜子有些小,只能看到胸部以上,不过确实是挺合身的。

"不肥不瘦!"

"尺寸是怎么掌握的?"

"这个嘛,完全凭直觉!"

敬介记得自己从来没让大石量过尺寸。备不住是自己睡着以后量的,也说不定是从白大褂或西服尺码上估算出来的。

"真帅气!你就穿着这身和服坐吧,我去泡茶。"

大石让敬介穿上和服,自己俨然成了女主人一般。

平时处处主动关照,现在又送来如此厚礼,真让人感激不尽,不过说不定这里面暗含着这个恶婆娘的浓情蜜意。

说实话,此时敬介是想逃避的,但考虑到职场上的事,自己可万万不能这么做。再说,得罪了大石的话,敬介这位医生也寸步难行。

"茶来了。"

大石把茶端到敬介面前,莞尔一笑。

"怎么样?"

他本来想说好喝,但是自己如此任人摆布,心里难免忧郁。

此时,大石端着自己的茶杯坐到沙发上挨着敬介。瞬间,一股甜酸的气味扑鼻而来,看样子在来之前她洒了不少香水。

"今后,回到家的时候请一定要穿上和服呀。大夫长得高,肩又宽,穿上特帅!"

看来大石是企图用和服和腰带来束缚住敬介。

"贴身的衬衣一周之后才能做好,请再等几天。"

"不用了。"

"那可不行。穿和服的时候,里面要穿贴身衬衣和长衬衣的。您马上就会嫌烦的。"

在医院里,大石既是护士又是老师;在家里,既当恋人又当母亲。总之,她像是身兼数职。

"哎,等一等。"

大石像是突然想起了什么,她起身走向起居间的墙边。

"我关灯哦。"

大石露出笑脸的一瞬间,屋里一下子漆黑一片。

"这样才谐调呀。"

香水的味道又扑鼻而来。两人相持默默无语。

房间瞬间变黑,待眼睛慢慢适应之后才再次看清轮廓。

一直没有留意的外面的灯光显得格外明亮,房屋的尽头是幽暗的大海。

坡下的国道上行驶的汽车声渐渐变近,又慢慢离去。

"真静呀……"

大石望着窗外的夜色自言自语。敬介也跟着一起望向窗外。

香水的味道已经不太引人注目,转过头来的大石顺势倒向了敬介的胸膛。

只要稍稍伸手,便可将大石拥入怀中,只要稍稍探头就能覆盖大石的嘴唇。

大石对这种状态自然也是心照不宣,她会心得意地望着窗外。

敬介的心跳越来越急促。

"拥抱她。不,不行!"

敬介心里自问自答。

自己熄了灯,身体靠得近在咫尺,大石肯定是心甘情愿的。大概她正在等待着这一刻。

这不是信手拈来的好事儿吗?见食不吃,岂非呆汉?谁说不该收入囊中?

敬介到了这里已经很久没有接触女人的身体了。在这个穷乡僻壤,别说是去洗泡泡浴找女人玩了,就连简单低档的玩乐场所也没有。听说到热海和下田去的话有寻欢作乐的地方，但自己又没有勇气一个人去温泉玩。

不到那些地方去也罢，土肥附近好像也有很好玩的地方，但是这种事又不好向医院的同事或患者开口打听。

要是背地里被人家说"那个医生医术平平倒是色鬼一个"，情何以堪。

也许此时此刻就该把大石抱入怀中。

虽说大石算不上美人，但是她人不坏。她的性格多少有点强势但挺专一，也许比敬介在东京结识的那些女朋友要好。

总之，哪管什么丑俊，眼下只要是女人就可以。他心里甚至觉得，说句极端的话，只要是女的管她是谁都行。

可是，他心里也七上八下，此时此地和大石有染了的话，那就会彻底陷入泥沼之中。

尽管现在大石主动示好，可一旦睡了她，就完全上了人家的圈套，恐怕再回东京都成问题。

在确定来伊豆出差的时候，父亲曾经告诫过敬介"到了乡下可别弄出什么花花事来"。父亲平时寡言少语，从来没说过这么郑重其事的话，这句话也是暗喻：千万别上了不三不四的女人的当。

在敬介他们的医局里，把帅哥医生到了乡下医院和当地的护士纠缠不清称为"判刑"，把结婚称为"无期徒刑"。因为他的一生都难以摆脱那个女人。

"自己不至于被判无期徒刑吧？"

想到这里，敬介不知不觉说出了声。

"你说什么？无期徒刑？"

"不……"

敬介慌忙摇头。

"你这人真奇怪。"

黑暗之中,大石嫣然一笑,转身朝着敬介。

"大夫。"

她像是害怕黑暗一般细语低吟。

"…………"

随着娇媚撩人的呢喃,大石自己倒在了敬介的怀中。

瞬间敬介用双手抱住了大石的肩膀。他本想拒绝但自己的身体早已不能自持。

两人顺势倒在了沙发上。

"噢,不,大夫……"

大石的香唇左躲右闪,但无奈被敬介的双臂紧紧搂抱着动弹不得。

事到如今唯有将计就计了。主动进攻的当然是大石。

"不,别这样……"

大石口中喃喃,自己却主动迎合着敬介的双唇。

迄今为止敬介还没尝试过如此浓厚的深吻。

此刻的敬介完全任人摆布。他只是呆呆地用嘴全身心承接着女人的激情。

过了一会儿,大石移开了嘴唇发出喃喃的娇声。

"我讨厌在这样的地方。换个地方……"

换个地方是什么意思?看样子是讨厌在沙发上。敬介的手搭在大石的肩膀上思考着。

"你是说上床?"

"…………"

"快……"

女人的话真是揣摩不透。刚才还说不要,现在又要上床。

不过,再揣摩也白搭。敬介一把抱起大石,移到了隔壁房间的床上。

"什么?你要干什么?"

事到如今,大石还在抵抗。然而这都无济于事。柔情万般的抵抗无非只是达到目的的一个步骤而已。

云雨过后,两人在床上偎依缠绵,宛然像海边缠绕的海藻一般。

尽管他们的身上搭了一层薄薄的毛巾被,但是在春寒之中依然感觉肌滑肤爽。

敬介呆呆地望着黑暗中的天花板若有所思。

终于连人带马彻底拿下了……

自打到伊豆以来,就有这种迟早会如此的预感,只是没想到会是在今夜。更令他没有想到的是,自己竟然为此隐忍了一个多月。再忍一下的话,自己就能全身而退,然而这也是不得已而为之。

健康的男人肯定都过不去这一关。

想到这里,他的脑海里忽然浮现出一色有希子的身影。

下周就要选举了,有希子肯定会从东京赶回来。如果自己跟大石相安无事,说不定还能和有希子再会,如今木已成舟,大概再也见不到有希子了。

"喂,你在想什么?"

大石悄悄转过身来,触到了他的腿。

"你真粗暴。"

"对不起。"

大石在黑暗中扑哧笑出了声。

"怎么了?"

"不……"

大石摇摇头,把赤裸的玉体朝敬介压过来。

"我喜欢你。你也喜欢我吗?"

"啊……"

"那么,再使劲儿抱抱我。"

敬介振作起云雨后疲惫的身体抱住了大石。

"再也不想和你分离,不分离。"

虽然拥抱着女性美好的身体,敬介却感觉自己心情沉重地喘不动气。

波 涛

第二天敬介到医院的时候,衣柜里的白大褂已经洗过并熨烫得整整齐齐,连在院内穿的拖鞋也换成了新的。在这之前,敬介一直穿着吉井前辈留下的那双拖鞋。

这是怎么回事呢?白大褂按例是在海边那家洗衣店统一洗的,但今天连纸包都没加,好像是外行洗的。

这是谁给洗的呢?敬介纳闷着穿上的时候,背后传来了大石的声音。

"早上好,大夫。"

"啊……"

敬介有些不好意思。昨晚发生那件事以后,还是第一次在大庭广众之下见面。

然而,大石却显得若无其事,说了声"您的领带歪了"就把手伸到了敬介的胸前。

"这是你给洗的?"

"没加浆料所以有些软,您今天就将就一天吧。"

"这双拖鞋是怎么回事？"

"我把吉井大夫的那双旧的换了。他有脚气。"

要是因为这，早就应该换了，大概是昨天夜里大石离开敬介家以后，用洗衣机把白大褂洗了，又熨烫了。昨晚商店关门了，这双拖鞋大概是今天早上才买的。

有了肌肤之亲，女人竟能变得如此温柔？

可能因为在东京交的女友还不到二十一岁吧，睡过之后给人感觉依然拖拖拉拉没什么变化。也许女人过了三十之后是不一样的。

敬介心中且喜且忧正准备到病房去。

"大夫，刚才那位马场专务来了，请您注意为好。"

西伊豆建设的两名患者的诊断书昨天已经交给他了，该办的都办妥了。

"一定是请您来声援选举的。因为，他是町长选举的事务长。"

"我可不参与这些事。"

"不过，您收过他的钱了吧？"

"收过，那是为患者看病的礼金，下次见面我会还给他。"

"事到如今再提归还，他是不会收的。"

"那我通过邮局给他寄回去。"

"他们想把您拉过去。"

"我绝对拒绝。"

到了护士值班室一看，果不其然，身材魁梧的马场专务已经等在了那里。

"早上好。"

专务一看见敬介，立马满脸堆笑地走了过来。

"昨天非常感谢,基准局正在着手办理。"

说实话,敬介已经忘记了诊断书的事。尽管自己也有纰漏之处,可草草写成的那两份诊断书多少令人睡不着觉。说严重的话,这是伪造公文。

"所以,今天我来还有点儿事跟您商量。"

"我现在马上要去查房,回头再说吧。"

敬介不想跟他再有更多的瓜葛,跟这种人走得近了会在泥沼里陷得越来越深。

"那么,我在此等到您查完房……"

"我是个医生,没时间跟患者以外的人聊天。"

"是关于那位患者的事。"

既然如此,也就无法再推辞不见。于是敬介无可奈何地朝病房走去。

像往常一样,敬介首先来到了山名的病房。事故过去三天,他的烧才降到三十七度。他的胸部依然觉得痛,但呼吸已经恢复正常,这样就渐渐具备手术的条件了。

"骨折手术做得不能太早,明天是个星期天,后天周一做大概比较合适。"

敬介的话一出口,山名一脸惊恐地嗫嚅道:"后天吗?"

不光是患者心里惶恐,做手术的医生也惴惴不安,只是没有表露而已。

"手术很快就结束,请不必担心。"

"做手术还要准备什么吗?"

"不需要什么,详细情况回头问一下护士长就可以。"

敬介望了望站在身后的谷口护士长,然后走出了病房。

剩下的一如既往，都是些老病号。最近这些日子，除了町长受伤和一泽那场事故，新增的外科患者不多，增加的都是诸如慢性风湿病和腰疼之类的老年患者，医院简直变成了养老院。

最后敬介来到了荒木的病房，大概是上次挨了训的缘故，这次他老老实实躺在被窝里，不过这样认真起来，反而觉得他很可怜。

"怎么样，无聊吗？"

敬介安慰的话一出口，荒木就躺在床上开了口。

"明天出院，不行吗？"

"住院一周是早就说好的。"

"我媳妇让人有些担心。"

"担心夫人什么？"

"说起来让人笑话，她好像跟小白脸到土肥温泉耍去了。"

"真的？"

"是，有人看见了。"

"可是，你们还有孩子吧？"

"孩子只是幌子，白天可以随便打发到什么地方去。"

当初听说丈夫受伤披头散发跑来的荒木老婆竟然趁丈夫住院跑出去偷情？虽然没目睹，但听说自己的老婆跟小白脸出去兜风，丈夫坐立不安是难免的。

"那，再过上两三天就抓紧出院吧。"

荒木极不情愿地点了点头。

查完房回到值班室的时候，马场还在那里等着。别看他长得人高马大，办起事来倒是黏黏糊糊。

"大夫，还是刚才那件事。"

他习惯性地搓着手靠近过来。

"是为了我们公司的那两名伤员山名和荒木的事,山名的手术啥时候进行?"

"下周的周一。"

敬介掏出香烟,眼明手快的专务不失时机地掏出打火机帮他点上了火。

"荒木倒是没事,真是出人意料。"

"不……"

敬介慌忙用手夹住了叼在口中的香烟。

"从表面看好多了,但是他的腰部和内脏曾受过重伤,所以还得再观察几天。"

"我也是这么想的,可是他本人多次提出想出院。"

"据他说,他老婆跟小白脸兜风去了。"

"那小子的老婆的确长得有几分姿色,挺招摇的。他简直有点儿被害妄想。不过,当务之急还是以治疗为主。"

是揶揄,还是本意?听了这番话,敬介愈发感觉心情沉重。

"从状态上看,该尽早让他出院了。"

"如能遂愿,不胜感激。"

专务说到这里,鞠了一躬之后说:"那样的话,山名的手术日期和宣布选举的日子撞了。"

如此说来,下周一就是宣布选举的日子。

"大夫,您对选举感兴趣吗?"

"我对那些毫无兴趣。对我来说,町长或者什么人当选都一样。"

"您说得没错,赞成也好反对也好,最终还要看投票,所以不可能轻轻松松就支持町长吧。"

果然是图穷匕见,敬介一脸茫然地吸着烟。

"上到町长下到山名和荒木都承蒙您的关照,大家都对您佩服得五体投地的。"

"刚才已经说过,我对选举毫无兴趣。"

"正因如此,大夫,您不必发言,只要在宣传车上站一站就成。"

"我很忙,实在抽不出时间。"

"那么,只要借用一下您的大名就可以。只要您的大名出现在推荐者的名单里,就会产生巨大的效应。总之,在这个町里,从女孩到老人,您绝对大有人气。"

尽管赞美之词令人肉麻,但听上去心里也不反感。

"町长也对您寄予厚望,他跟我说承蒙您做过手术,大有相见恨晚之感,所以请您一定支持一下。"

做过手术便相见恨晚,这种说法此前几乎是闻所未闻。尽管如,此马场专务还是弯下魁梧的上身,郑重其事地鞠了一躬。尽管敬介认为他有些言过其实,但是看着眼前这位头发稀少的大男人,不免有些心软觉得答应他也未尝不可。

"町长对您可是相当喜爱,他说要是自己没有儿子肯定会收您做养子。"

"别开玩笑了,这里是医院,说这些不合时宜。"

"是吗?那么这件事您考虑一下,请一定支持我们。"

告别了马场专务,敬介来到了门诊。今天看完门诊之后还得学习下周一手术的内容。要查阅手术资料,还得跟大石协商。

周六的患者比较多,看完门诊已经是十二点多了。

"你今晚有空吗?"

敬介看完门诊问正在整理病历的大石。

"今晚我当值,有事吗?"

"我想跟你商量一下山名手术的事。"

"我没关系,可以跟别人换个班。"

听说今晚又要见面,大石有些来劲儿。敬介也想将她拥入怀中。两人都属于闷骚型,一旦突破禁区就欲罢不能。

"那,七点行吗?"

"到时候我还想确认一下手术器材。"

"我带过去。"

敬介计划今天晚上和大石商量一下实际步骤,明天再看书。走运的是,昨晚二人身体很契合,敬介也放下了自己技术尚青涩的事。

"那,晚上我等你。"

"知道了。"

两人四目相通之后,敬介来到了医局。事务长邀请他下将棋。正在他和早就等在那里的事务长下将棋时,电话响了。一旁的事务长抓起电话后说:"大夫,你的电话。"

"找我的?"

敬介觉得莫名其妙,来电的正是有希子。

"我现在从东京回来了。你好吗?"

有希子声音洪亮充满活力。敬介怕被事务长听到把听筒使劲儿贴紧耳朵,轻声答道:"嗯,噢。"

"刚才接电话的是谁? 是你的同事吗?"

"是的。"

"你那里说话不太方便吧,我有事找你,今天晚上你在家吗?"

"嗯,在家。"

"我过去可以吗？我给您带来了礼物,是时髦货。七点过去可以吗？"

"七点？"

"是的。七点吃完晚饭了吧？我有事麻烦您,详细情况今晚见面再说。七点见哟。"

有希子说完这番话主动挂断了电话。

有希子大概是为了下周一的选举特地从东京赶回来的。

不过,如此一来又要跟大石发生冲突了。

正在敬介冥思苦想的时候,事务长发话了:"出什么事了？"

要说在有希子和大石之间二选一,当然应该选有希子。每个正常的男人都会这样选择。

敬介当然也喜欢有希子。上次在家门口发生冲突的时候,明知大石生气,自己也还是跟有希子出去了。

可是付出的代价也是巨大的。当时听诊器里被塞进了棉花使得敬介颜面尽失,而且那时也没人道破原因。谢天谢地那段时间没有危重患者,要是碰上一泽那场事故可就惨不忍睹了。

要是今晚再得罪了大石,不知她又要如何报复自己,想到这里敬介不寒而栗。后天就要面临一台大手术,这个关键时刻可千万不能惹恼大石。

可是自己又想见有希子。说实话,自从第一次见面开始,敬介就迷恋上了有希子。别看他表面上装出一副不感兴趣的模样,其实内心里真的是很喜欢。有可能的话,他甚至想向她求婚。

然而,阴差阳错,他和有希子总是时机不合。

上次两人单独去兜风可谓是千载难逢的好机会,但又因为和大石发生冲突而蒙上了阴影。

距那次兜风已经过去快一个月了。

这期间,敬介曾经给有希子打过四次电话。

敬介并不属于那种擅长追女人的人。他既不会装腔作势,也不会张弛有度,只是害羞得不行。他也不会像其他男孩那样厚着脸皮说些"喜欢你""爱你"之类的悄悄话。只要一想到说这些话,敬介心里就紧张,嘴也不听使唤。

好不容易才鼓足勇气克服羞涩拨通了电话,最初的两次还是她弟弟接的,只是说"她不在"就给挂断了。因为是重读生,所以也不可能整天盯着姐姐有没有男朋友,尽管如此也太直截了当了。

第一次他弟弟反问了声"是吗?"就直接挂断了,第二次敬介自报家门"我叫野野宫,请她回来后给我回个电话",还留了电话号码,但有希子根本就没有回电话。

说不定她住在她的男朋友那里吧?敬介心里胡思乱想。也说不定他弟弟压根就没有告诉过她。

第三次是夜里十二点多打过去的,没想到这次竟是有希子接的。

"我是野野宫……"刚报上姓名,她就反问了一句:"谁?"接下来又犹豫地问道:"啊,是大夫吗?"

"你好吗?"

深更半夜这样问候简直是没话找话,她的回答听上去有些不高兴:"现在几点了?"接着又说了一句:"我睡了,明天再说吧。"然后咔嚓一声就挂断了。

第二天到医院之前再次打过去,她已经不在了。

这到底是怎么回事?有希子在东京的行踪简直让人捉摸不

透。仅从这四次电话推测,她好像晚上很少在家,早上又一早出门,神出鬼没。

她嘴上说是在上大学,实际上大概每天晚上都跟男朋友泡在一起。大概她现在不止一位男友,而且关系也非同一般吧。

即使男女关系随便,不知为什么,总感觉有希子不是那种被男人迷得神魂颠倒的人,反而她给人一种把男人玩弄于股掌之中的感觉。即使遇上了喜欢的男人,她也不会服服帖帖唯命是从。有希子多少有些女皇风范。

对敬介来说,这多少可以宽慰他一点。不过,追一个对自己不冷不热的女孩可是够辛苦的。

这并不是自卖自夸,敬介从来就没有干过主动向女孩示好的事。此前曾经有个朋友的女友还悄悄跟他说过"其实我非常喜欢你"。认识康子是一年前,对方在冬天去志贺高原的时候主动示了好。在大学医院里,护士们也都挺喜欢自己。

敬介心想与其被追不如主动去追,也许眼下自己只差一步。这种漫无目标的状态下中途随时都可能放弃,所以也不知道那些优秀的女孩会不会被自己吸引。一味被动等着人家先表示,其结果很可能抓到一手臭鱼烂虾。尽管康子尚属妙龄,但是从长相上看确实不敢恭维。

自己也反思过自己的弱点,然而一见到美女,还是免不了血脉偾张不能自持。

常言道:酒壮怂人胆。自己也有喝多的时候,一醉方休之后口无遮拦把平日里的所思所想一并吐出,甚至把不该说的也说出来了,反而给人留下了不好的印象。反正是把握不好。

不过,有希子可是千载难逢。虽然她出身乡下,但父亲是町会议长,德高望重。更别说有希子本人既漂亮又聪明。

这样的女孩无论拿到哪里都不会逊色。同期的寺岛和村本的女朋友长得也都不赖,但是跟有希子比起来简直相形见绌。

这次专程来到伊豆,真想抱得美人归,以此甩掉"臭鱼烂虾不嫌弃"的坏名声,让这一带的朋友们也惊讶。

想到这里,敬介便心潮澎湃热血沸腾,早把后天手术的事和大石的事都抛到了脑后。

不过,眼下当务之急是今天晚上或见有希子或见大石,必须二选其一。

如果按照自己的本意,肯定是放弃大石。现在找个诸如"今天有急事不合适"之类的理由也许还来得及。

但是,大石今天当值而且还专门换了班,事到如今再突然变卦也有点太不厚道了。即使人家理解也肯定会刨根问底。

即使自己编出谎言来搪塞,到时候有希子的红跑车开到现场,一下就真相大白了。

再加上上次那回事,结局肯定是火上浇油。一旦惹火了一往情深的女人,不知后果将会如何。

事到如今,昨夜将大石纳入囊中,真是让人追悔莫及。早知今天有希子会来,何必操之过急做那事,仅仅是一日之差。

然而到昨晚为止,自己对有希子都没抱半点希望。打电话过去,对方冷若冰霜,根本就没回过话。"十有八九是在东京瞎混的主。"自己思来想去,最后才下决心断念。与那种水性杨花的女孩相比,还是大石这种始终如一温柔朴实的女人更好。

可来了这么一个电话便让敬介犹豫不决,原本心灰意冷的心现在又死灰复燃了。

总之,与大石有约在先,现在又手术在即,所以这种时候理应是大石优先,有希子推到明天或后天再说不行吗?

有希子现在肯定在自己家里,打个电话就能了事。但是说心里话,他也担心这样拒绝的话有希子可能再也不会来了。

"噢,是吗?好吧。"她肯定三言两语就把电话挂了,然后就继续开着跑车出门了。

电话打到医院的时候,敬介一时不知所措,并没有说"今天不方便"之类的话,也是出于这种担心。

敬介继续考虑了十分钟。长得帅气受欢迎本来是好事,但是因为自己没把握好,才招来如此的烦恼。

不管怎么说,拒绝大石的话手术时可能被她捉弄,另外其他地方也可能引起双方的各种不快,但当务之急还是山名的手术问题。

可是,想来想去,堂堂一个医生在手术的时候要看护士的脸色,真是"是可忍,孰不可忍"。虽说对方经验丰富,说到底也只是个护士。除了缺乏实践经验,医生接受的基础教育肯定要比护士多得多。

自己不能总是对护士唯唯诺诺,那样做只能助长对方的嚣张气焰。

"对,我应该去。"

虽然听起来有点夸张,敬介最后还是下定了悲怆的决心。

干脆,一不做二不休。

首先他给护士宿舍打了电话。

"今天有个亲戚突然从东京来了,不好意思,晚上不能见面了。"

敬介的口气尽量装作很为难。

"亲戚？哪位？"

"是我哥……"

"大夫,你还有个哥？"

"噢,表哥夫妇……"

本来编得天衣无缝,可是被对方这一问就结结巴巴起来。

"哥嫂来了。那都住在您家里吗？"

"这还不清楚,也许吧。"

"可是您那里只有一套被褥呀,那怎么成？我把医院里的拿过去吧。"

"不用,是否住下还不一定呢。说不定,他们会去土肥。"

这里是个偏僻小镇,来客不住在家里也是顺理成章的事。

"您也住土肥吗？"

"要是去的话,也许去住。"

"那,这样吧。我现在过去打扫打扫。表哥夫妇来了,房间太脏那多不好。"

"可是,昨天刚打扫过,挺干净的……"

"反正我已经换了班,现在没事,我这就过去吧。"

"不过,我现在就得出门去迎接。他们已经到土肥了。"

"那,你去好了。我正好利用这个空当过去打扫,您只留下钥匙就行。"

"噢,没时间了。"

"您不是从家里出发吗？"

"可是,车在那里等着我,就说这些。"

"大夫……"

敬介没有理会她的呼唤,放下了话筒。

真是个纠缠不休的女人。但是,大石可能已经隐约察觉到了。她会感觉奇怪,接下来可能会来探个究竟。

敬介锁上房门,装成已经出了门的样子,拉上了窗帘。

就是按门铃也不开门。

关门闭户之后,敬介在昏暗的屋子里,躺在沙发上松了一口气。

果不其然门铃响了起来。大概是大石来了。敬介在沙发上缩起身,竖起了耳朵。

一下,两下,门铃响个不停。

已经跟她说出门了,怎么没完没了?

四下,五下,门铃继续响着。

已经四点半了,会不会是有希子来了?敬介心中疑惑,不巧的是房门上没有猫眼。敬介在沙发上一个劲儿地缩身。

好容易门铃不响了。一静下来,敬介就悄悄起身窥向窗外,这时门铃又响了。

敬介再次回到沙发上缩起身。

自己躲在屋里的把戏被拆穿了吗?"敌人"正在步步逼近。她对自己的情况了如指掌,正在缩小包围圈。

自己已经插翅难逃了……

敬介想要大哭一场。他像是被一双无形的眼睛紧紧盯住了一样。

怎么办才好?

正当他缩身的时候,门铃不响了。

对方终于等不及了?现在仍然不能掉以轻心。

天渐渐暗了下来,屋子里越来越黑,但是又不敢开灯。敬介只能继续躺在沙发上仰望着天花板。

仔细回想起来,自己和这位可怕的女人越来越亲近了。一旦让人家抓住就会在劫难逃。大石这个女人犹如一个无底的泥沼。长此以往,自己一生都难以逃脱。

想到这里的时候,门铃又响了起来。

敌人仍然在门外徘徊？一看时钟,刚过五点。弄不好,这样下去,到有希子来了就全露馅了。

这一次,门铃响了三下就停了,屋里又恢复了一片寂静。

真是笨死了,连撒谎都不会？就不能再巧妙一点？事到如今一切都晚了。

这下后天的手术也许就砸锅了。他想利用这个时间看看手术书,可屋里拉着窗帘一片昏暗根本无法看书。到了这份上,肚子饿了也没法吃晚饭。

敬介只能到卧室打开那个小台灯读书。在此期间电话也响了三次。

书也读不安生,肚子又饿。无奈之下,他只好取出两天前的面包吃。

差不多该来了,给她开灯吧。敬介从沙发上站起身往窗边窥觑。这时电话再次响起,门铃也响了。

因为和有希子约好的是七点,按门铃的肯定是她。敬介不顾电话响,蹑手蹑脚走向门口。

入口的木门很厚,根本看不见外面,但肯定是有人来了。要是大石就糟糕了,但事到如今也只好听天由命去打开门。

敬介一面在心里祈祷着,一面慢慢打开开关,推开了房门。

"晚上好。"

随着一声激扬的问候,有希子跳到了眼前。

"怎么了？屋里这么暗？"

敬介慌忙打开了门口的电灯开关。

"车呢？"

"今天停在坡下的骏河屋那里了。"

这是为什么？不过没把车开到家门口倒是个好办法。敬介仔细环视了门外,确认没有人之后才关上房门。

"我可以进去吗？"

大概是有希子察觉到气氛异常,也同样观察了一下才进了屋。

"电话响了呀。"

电话从刚才就一直没停。这电话真是烦死了,肯定是大石打来的。

"不接能行吗？"

"…………"

"不会是从医院打来的吧？"

这话没错,如此一遍一遍响个不停,大概是从医院里打来的。是不是外科来了急诊正在找我？说不定刚才外面按门铃的不是大石而是值班的护士。

敬介担心起来,但话又说回来了,即使现在出去也令人怀疑。两人就这样看着电话,过了一会儿铃声停止了。

"好久不见。"

有希子今天穿了一件鲜艳的蓝色罩衫,配着相同颜色的裙子,胸前垂着一条迪奥围巾,看上去多了几分成熟。

"你还是很忙？"

"嗯,噢。"

两人独处一室又是晚上,敬介心里很紧张。

"来杯啤酒怎么样？"

"我开着车。"

"那就来杯咖啡吧。"

"好,那让我来冲吧。"

有希子站起身开始往咖啡壶里倒水。

"收拾得挺干净呀。"

她当然不会猜到这是昨天晚上大石在这里仔仔细细打扫出来的。

敬介装作沉着冷静的样子,从冰箱里取出啤酒倒进了自己的杯子。

"可是,黑灯瞎火的,你在做什么？再不出来我都准备打道回府了。"

"我刚才打了个盹儿。"

"是这样。我给您带来了礼物,不知您喜欢不？"

有希子从手提包里取出了一个用缎带扎着的白色小纸盒。

"也不知道您喜欢什么,如果不喜欢我再给您换别的。"

"可以打开吗？"

敬介解开缎带,打开包装。礼盒里装的是一套领带夹和袖扣。都是黑曜石的,四周镶嵌着白色的金属边,看样子是时下最时髦的。

"您喜欢吗？"

"非常喜欢。"

本来想搜肠刮肚找句合适的话的,结果说出来却犹如台词一般冠冕堂皇。

水煮开了,有希子冲上咖啡,端着杯子坐到了敬介的面前。

"我觉得不够时髦,但品质还是蛮好的。"

"嗯,不错。"

敬介拿起领带夹在自己胸前比画之后说道:"谢谢了。"

"太好了,只要您喜欢。"

敬介再次鞠了一躬,然后举起酒杯一饮而尽。有希子也轻轻举起咖啡杯,静静地望着敬介。

这与跟大石相处时的感觉迥然不同。明亮的眼睛,纤细的肩膀,有希子的一举一动都让人怜爱不已。

"我,给你打过电话。"

"对不起,我弟弟忘了告诉我了,那时候我还责备过他。真的对不起。"

"不,那件事就让它过去好了。"

敬介显得泰然自若。不过今天晚上有希子不仅漂亮,还散发出奇妙的妩媚。大概是夜光的缘故,她的双眼也比平常明亮了许多。敬介都不好意思多看她,只顾频频喝啤酒。

"你是今天从东京回来的?"

"是,一回来我就给您打了电话。"

听到这话敬介心花怒放,可她带来礼物是为什么?难道她喜欢自己?

"这里真静呀,还是乡下好呀。"

有希子悄悄站起身,走到窗边拉开了窗帘。这是刚才害怕门铃响才拉起来的窗帘,此刻窗外似乎一个人也没有。

"我,很喜欢从您房间远眺的风景。"

的确,敬介也喜欢居高临下从高处俯瞰的景色。白天越过康乃馨和绿色的农田能眺望到大海,夜里能眺望到万家灯火之外远方海面上的点点渔火。

现在黑暗的海平面上依稀可见点点渔火。

"可以打开窗子吗?"

敬介动手打开了窗栓推起了窗户。此时此刻让大石发现了怎么得了,可现在又有苦难言一时说不出口。

窗户一开,海的香气顿时扑面而来。伊豆五月的夜晚,冷暖适宜,令人心旷神怡。

"还是乡下好呀。"

有希子双肘倚着窗沿,尽情呼吸着大海的香气,她那只漂亮的鼻子静静地起伏着。

敬介站在有希子左侧身后,凝视着她的背影。这是什么香水?真好闻。也许只是洗发液的香气? 即使闭上双眼,也能知道身旁站着女人。

"真静呀。"

敬介闻声悄悄睁开眼睛。

这句同样的台词,敬介昨晚也听大石说过。不过,大石说罢就倒在了他的怀抱里。照本宣科继续下去的话,自己求之不得。敬介咽了一口唾沫。这时,有希子回过身来。

"我们去兜风好吗?"

敬介此刻不想动。难得沉浸在两个人的世界里,现在外出岂不扫兴。

"瞧,那是小船吗?"

敬介装作没听见似的,指着黝黑大海中的一个亮点。

有希子凭窗而望,敬介站在旁边。此情此景真是千载难逢的良机。

"这个季节大概是钓墨鱼的吧？"

"是吗。"

敬介嘴里答应着，实际却口干舌燥。

他听到了天上的声音"想拥抱的话事不宜迟"。这种时刻有希子也不会拒绝。

他想起同期的村本曾经跟自己说过："对女人要瞅准时机。"他还听人说，一旦拥抱了女人就要一鼓作气干到底。他心里真的想得到有希子。

不，对有希子来说，大晚上来到单身男人的房间，又近在咫尺，应该不会就此满足。当然从带来礼物这件事看，大概一开始就十有八九。

"那是……"

敬介自言自语望着窗外。

国道的左手有车灯慢慢地流动着，看样子车流是往土肥方向的。敬介等到车灯到达窗户中间位置的时候，悄悄地把自己的手搭在了有希子的肩膀上。

一瞬间，有希子就着朝前眺望的姿势前移了一下肩膀。接着敬介想顺势借着前倾的姿势抱住有希子。

"不可以。"

这次有希子态度鲜明地把脸错开，两手猛推了一下敬介的胸膛。

别看她人长得苗条纤细，胳膊倒是挺有劲儿。然而到了这一步再停下也不好收场。正想继续强抱她的时候，电话铃响了。

有希子趁敬介臂力一松的瞬间，迅速逃到了屋子的角落里，整理着弄乱的头发。

电话那头好像对屋子里两人间发生的一切了如指掌。

怒视了片刻之后，有希子整理着弄乱的围巾说道："您接电话吧。"

事到如今他根本就没心情接电话。敬介满心不快地沉默着，一直等到电话铃响完五次挂断为止。

"这是为什么，大夫？"

有希子已经整理完头发，坐回了原来的椅子上。

"咱们坐到这儿说会儿话吧。"

没想到就这样错失了良机。一点没错，这个该死的电话来得真不是时候，可是电话铃声停止了，那种微妙的气氛也擦肩而过了。如果当初自己当机立断说干就干，或许就能顺利得手。

"我来是想求您一件事。"

是不是为了不伤害敬介？有希子的语调格外温柔。

"什么事？"

"这次的町长选举是爸爸的一场苦战。所以，您能否声援一下？"

原来是为这事来的，敬介顿时像泄了气的皮球。

"我知道您很忙，站在宣传车上演讲就免了，只要借用一下您的大名当一回推荐者就行。"

"这样的话，町长的人也说过。"

也有刚才拥抱未果的原因，敬介的话语有一些冷淡。

"这一点，我早料到了。但是町长那边的推荐者里并没有您的名字。"

"那是我拒绝了。"

"所以,爸爸也说无论如何要拜托您。有机会见个面好吗?"

说心里话,连个吻都不让接,敬介并不想接受,但这样做自己也太没男人样子了。

"不行吗?"

如果非要参与这种事,相比支持町长,自己更愿意支持有希子的爸爸。可是眼下就这么轻而易举接受下来自己多少有些不甘心。

"不过,町长是现任,所以爸爸有些艰难。"

"可我又不是当地人,没什么关系的。"

"因为院长先生是町长派,才不行的吗?"

"不,这跟那事没有关系。"

"那,一定拜托您。"

有希子忽闪着两只大眼睛注视着敬介。敬介在端详其美貌的过程中,对不达目的誓不罢休的有希子产生了一股厌恶之情。

"你就是为这事来给我送礼物的?"

"没那事。"

一瞬间,有希子的眼睛里流露出些许的恼怒。

"礼物是礼物,是我个人的好意。您是这样想的吗?"

"不,我只是……"

面对汹汹来势,敬介低下了头。

"我明白了。我真是剃头担子一头热,原本就不应该来。"

有希子抓起手提包站起身来。

"我走了。"

"有希子小姐,我没别的……"

"礼物是我千挑万选才选定送给您的。就这些,请不要误解。"

有希子哭泣着奔向房门。

"我没那个意思。请别介意……"

敬介紧跟在有希子身后来到房门口。

"我愿意做推荐者!从一开始就愿意!"

"…………"

"有希子小姐,请等一下。"

敬介赤着脚追到了门廊里的水泥地前,终于挡住了有希子。

"请您等一下。"

当他再次大叫着将她拉到身边的瞬间,有希子一下大哭起来,整个身子倒在了敬介怀里。

女人的心真是难以捉摸。刚才卿卿我我想拥她入怀的时候遭到拒绝,可临到出门离去的时候却又自己主动投怀送抱。

既然如此何不当初就欣然接受呢?真是不可思议,女人的心真是奇妙无穷。

不过这一突如其来的转折,是敬介始料未及的。敬介用手轻抚着怀中哭泣的有希子的头发,轻声嗫嚅:"我并没有其他非分之想,只是开个玩笑而已……"

有希子的头发柔软顺滑,抚在指间如行云流水。

"你觉得我还行的话,我一定支持令尊选举。"

有希子终于抬起了头。

"这么说,您同意用您的名字了?"

"那还用说,需要的话,登宣传车也行。"

"真的吗?"

"演讲我是不擅长,不过挥挥手倒是可以。"

"太谢谢您了。"

有希子再次将头贴了过来,这一招足以让男人心驰神荡,敬介顿觉神魂颠倒。

"那,我这就告辞了。"

"回去吗?"

"您答应支持,我得马上回去告诉爸爸,爸爸听了肯定会高兴的。"

虽然这一晚跌宕起伏让他感觉惊心动魄,但是不挽留的话也有些意犹未尽。

"爸爸会向您道谢的,拜托了。"

"那,下次何时见面?"

"两三天之内我会再来的。"

有希子说完自己打开了房门。敬介等到她的背影消失在院长家的拐角之后才关上了房门。

回到起居间一看,刚才有希子喝过的咖啡杯还放在桌子上。

敬介拿起桌上的那套领带夹,端详起来。

她是专门为自己精挑细选的,所以才大哭,这不可能是谎话。大概有希子的心里是真的喜欢自己的。

然而,回去的时候的确让人无语。如果喜欢,会选择更加依依不舍的分手方式才是,女人的心果然令人猜不透。

总之,到了今天这一步,有希子能扑到自己怀里哭泣,也应该满足了。这样,自己跟有希子的距离拉近了,而且还能面见她的父亲。声援选举令人心情沉重,但另一方面,接近有希子的机会也更多了。

敬介想到这儿的时候,电话铃又响起了。

"喂,喂。"他小心翼翼地把耳朵贴近话筒探问道。

这时,里面突然传来大石的声音。

"那个女的走了吧?你表哥怎么样了?"

"那……那个……"

"提前告诉你一声,我明天有点急事,没法到你那里去了。"

"这个……"

"就这样。"

"你……"

再想说什么的时候,电话已经挂断了。听着话筒里传来的忙音,敬介叹息不止。

不出所料,今天付出的代价太大了。

星期一,富士町町长的选举终于拉开了帷幕。

很快,现任町长片冈幸太郎和町会议长一色亮太郎递交了候选申请,町里的大街小巷都贴满了两名候选人的海报。

町长的正面照片犹如一头虎头狗,看上去自信满满。相比之下,一色候选者年龄上与之不相上下,但是一头银发、白白净净显出几分文质彬彬的风度。

从照片看,一色候选者给人的印象略胜一筹,片冈候选者看样子只占现任町长近水楼台这一优势。

敬介看了一眼那些海报便匆匆来到医院。

候选者们的选举造势如火如荼,然而敬介今天却兴致全无。下午那台大腿骨折手术即将开始。而且,这次自己是孤军奋战,根本无法指望大石能助他一臂之力。简直是背水一战。

敬介一直心有余悸,一大早,到医院见到大石立即问候了一句"早上好"。果如所料,大石连理都没理。看来经过周日一整天她的气还没有消。

医生再进一步讨好护士的话就会有失尊严。今天只能单打独斗了。

上午查房的时候,山名的烧也全退了,全身状态良好。

"下午一点开始手术。"

敬介干净利落地说完转身出了病房。

接下来上午的门诊诊察,他几乎心不在焉地重复此前的处置,满脑子都是山名手术的事。

从昨天到今天早上,敬介查阅了所有大腿骨折的手术方法,还查阅了有关的解剖书,从大腿骨周围的肌肉到血管全都背诵了下来。

在大学里,做手术前如果提前预习到这种程度就会记住不少,但是即便是这样也不是自己做,而是在一旁看着前辈执刀,心里轻轻松松,根本就记不住。

常言道,临阵磨枪不快也光,这次真的是学到了很多。

常听人说,切开患处往往和手术书上讲的大相径庭,但事到如今也只能硬着头皮做了。

今天的中午饭敬介也是三口并两口匆匆吃完,然后急忙回到了门诊,继续研读手术书。

差不多快到一点的时候,护士们吃完饭回来了,门诊的窗口挂上了"因有手术请等候"字样的牌子。此刻,敬介换上了白大褂。

"器械全都做过消毒了吧?"

敬介说这句无关紧要的话是为了试探大石的态度,对方只是冷冷地回了一句:"做过了。"看样子她还是耿耿于怀。

敬介装出一副不看你脸色我照样能做的样子泰然自若地走向了手术室,但是他的内心却是十五只吊桶打水——七上八下。

洗手的时候，患者被人用推车推了进来。

山名躺在手术台上惶恐不安地环视着四周，当他发现敬介时问道："大夫，不要紧吧？"

"不要紧。"

敬介有意地大声回答。

下午一点半，手术开始。手术班子配置为：主刀者是野野宫敬介，第一助手是久保护士，第二助手是清野护士，大石担任器械护士。

本来应该由大石担任第一助手，但她隐退成了器械护士，足见其心中的抵触情绪非同寻常。

要是在平常，敬介会说："你来担任第一助手吧。"然而，今天敬介却默默无语，他想给大石显示，即使没有大石的帮助自己也能完成手术。

然而，在大学医院一台手术最少要有三名以上的医生，可眼下只有敬介一人，而且从麻醉到手术，甚至到输血指示，都必须一人承担，真够他受的。

患者呈右侧腹朝下的姿势躺在了手术台上。这个姿势的侧身上部，从腰部到脚尖消过毒，膝盖以下到脚尖盖着无菌手术单。

麻醉采用腰椎麻醉，第三下就顺利完成了，山名的腰部以下失去了知觉。

"那么，开始吧。"

尽管有点心里没底，敬介还是向护士们发了令，操起手术刀行了一礼。

"上帝保佑一切顺利。"

敬介祈祷之后，从大腿外侧中央的位置开始向着膝盖切开了约十五厘米的口子,翻开了皮下。

这里是骨折部位的正上方,稍稍切开就能到达骨折部位。手术书上写着:最初的刀口宜大不宜小,因为刀口大更易于手术操作。

只因创口小而影响了手术的进行、拖延了时间,就是因小失大、毫无意义,所以此时此刻敬介采取的是宁大勿小的策略。

手术书上说,切开皮下最初看到的是股四头肌外侧的股外侧肌,分开这块肌肉和前面的股直肌的缝隙就能看见骨头。但是分界线很难区分吧。骨折已经过去四天了,肌肉多少有些异变。

既然区分不清那就继续往下找。这个部位几乎没有重要的血管和神经,使劲找找也没问题。

敬介拿着不锈钢骨起子把肌肉左右分开继续找。

不出所料,此刻很多地方开始冒血。敬介连忙用止血钳将出血的血管止住。

别看是少量出血,要是疏忽大意很快就会积少成多。他想尽量少输血完成手术。

但是,当他想继续用骨杆子向纵深前进的时候,大量的鲜血忽地从下方冒了出来。

"啊……"

敬介不禁叫了一声,站在一旁的大石探过头来。

"切断了吗?"

敬介面色苍白以为切断了大血管,一旁的大石却泰然自若。

看样子不像,他镇静下来再看的时候,溢出来的血已经变得乌黑,出血也缓慢了。

"纱布。"

敬介盼咐大石,他这才发现这是骨折时出的血,因为无处排流才淤在了肌肉之间。

敬介这才定下神来喘了口气,用纱布拭去又出来的血。

真是有惊无险,不过骨折时的淤血在此也说明骨折部位就在附近。

敬介让久保和清野两位护士把手里的拉钩换成大号的,然后往两侧分开创口。

可话又说回来,大石这个人不够厚道,敬介惊慌失措的时候她只要说上一句"这是淤血"就会稳定大局,然而她却一直在观棋不语。

"明明知道却什么都不说!"敬介真想朝她发火,但要是人家回敬一句"我不懂",自己也无话可说。

敬介调整了一下自己的情绪进一步分开肌肉。

这时只听"嘎"的一声,鲜红的肌肉之间露出了腿骨。

骨折部位终于找到了。

继续分开肌肉,只见骨头斜着折断重叠在了一起。接下来就是复合骨折面,从股外侧打入一个长长的髓内钉将其固定住即可。

手术的原理跟竹竿折断的道理一样简单易懂。竹竿中间有个圆孔,人的腿骨也同样,中间的空里流淌着称作骨髓的血液。手术原理就是,现在竹竿折成了两截,要再将其接起来,就需要在中间的圆孔里插入一根粗棒,将两段腿骨连接起来。

髓内钉就相当于这根粗棒。因此,将骨折部位的两段骨面复合好之后,从大腿的上方打入髓内钉固定即可。

然而接下来出问题了。

这种髓内钉是用可以植入体内而不会生锈的不锈钢制成的,

形状呈三角形,具备超强的横向抗冲击能力。

这种髓内钉要打在大腿骨大转子的内侧,从这里打进去正好可以直接进入大腿骨里那个类似竹竿中心的孔里。

骨折手术跟木工工作没什么两样,差别只在于手中拼接的板材不是木头而是骨头,用的钉子和锤子是经过严格消毒过而且永不生锈的材料。

由于事先做了功课,直到钻眼之前,一切还算顺利。

之前做实验的时候,放入髓内钉用锤子敲打,轻而易举就能敲进去,等到把骨折下部也钉完,手术就大功告成了。

出血也没到很多的程度。

"怎么样?我自己也能完成。"

敬介心里真想对大石这么说。

然而,其后意想不到的隐患也是层出不穷。要是髓内钉太粗,就会插不进骨髓也就是竹竿的中孔里,要是过分往里硬塞就会撑裂腿骨。还有,要是钉子过细就会在里面活动而起不到固定的作用。就像往竹竿中孔里插入烤鸡肉串一样,要粗细适中,再用锤子敲打髓内钉的头,一下一下敲进去才算良好。

腿骨的中孔不像竹竿那样规则圆滑,加之骨髓这种柔软的物质堆积在里面,存在着很大的阻力。

敬介根据术前的 X 光片计算过中空的粗度,然后在各种髓内钉中选择了合适尺寸的钉子,并让人做了消毒。

此刻敬介的心里明白,只要从大转子的上面敲入钉子就算大功告成。可这不是理论,是真的要敲钉子。

现在是要在躺在手术台上的患者的大腿上突然扎进去金属棒,然后用锤子敲打。

说起这一切有点煞风景,但是谁也没办法,因为这是手术的正确方法。

往里敲髓内钉的时候要从头敲起,每敲一下就会往里进二三厘米。每敲一下患者就会跟着"哎哟哎哟"轻声叫唤。当然,已经实施了麻醉是不可能感觉痛的,患者只是无意间发声而已,这种情况也说明患者的血压良好。

经过十多分钟,髓内钉钉进去将近二十厘米,剩下五六厘米,钉子的先端应该已经进入了骨折部位。至此骨折面已经复合,一鼓作气继续敲打即可。

"还看不见钉子头?"

"还没有。"一直在监视骨折面的久保护士回答道。

敬介继续用锤子敲打。两下、三下、四下,髓内钉像遇到了岩石一样纹丝不动。这下该怎么办?髓内钉进退不得。

现在拇指粗的金属棒依然突出在敬介的眼前。这根棒的前端已经钉入了躺在手术台上的患者的大腿骨里,但是有五六厘米长的部分还暴露在皮肤之外。

一般这种髓内钉打入的时候,需在钉子的头上垫上打钉器从上面敲击。取出的时候要在钉头钩状处安装牵引器,对其逆向敲击。万一过长或粗细有异时便用这种办法拔出来重新植入。

不知是因为自己得意忘形打得太过了,还是因为髓内钉的粗细测定有误,钉到这里进也进不去退又退不出。

这究竟是怎么回事呢?

不能就这样停止手术。费了好大劲儿髓内钉的前端才只是接近到了骨折部位,骨折根本就没有治好。

敬介重新振作精神准备继续往里打。

既然打到了这里，不可能进不去。一开始锤子敲得小心翼翼，这会儿则加大力气使劲儿敲。

"铛铛铛！"锤子的敲击声响彻了手术室，与此同时患者的身体也随之剧烈颤动。尽管现场惨不忍睹，但事到如今也顾不上那么多了。

然而，使劲儿敲了半天钉子依然像嵌入了岩石似的纹丝不动。

"这就怪了。"

敬介心中纳闷，自言自语着准备继续敲击，反正自己身强力壮。

每次用力敲击的时候，血沫子都会飞溅到创口周围。虽然暂时止了血，但受到敲打的冲击，血沫子还是从骨头和肌肉里飞溅出来。

拼命敲了十分钟钉子还是纹丝未动。说不定是钉子太粗跟骨孔不匹配，也说不定是 X 光片多少有些放大导致选定的钉子偏粗。

这样的话就不能继续蛮干应该先拔出来，再选稍细一些的髓内钉打入。

但是，这可不是那么轻而易举的事。刚才还一直拼尽全力往里钉，现在又要往外拔，真是一百八十度的大转弯。

可当他装上拔取器朝着相反的方向敲击时却不见钉子退出。每敲一下，只有血沫飞溅，嵌在骨头里的钉子仍然纹丝不动。

"为什么呢？"

早知如此，一开始就不该往里打钉。到现在后悔也来不及了。到了这个地步，只能一不做二不休。敬介决定继续往里打。

他想再敲两三下依然不动的话再拔出也不迟。

是打是拔进退两难。正在这当口患者发出了惨叫。

"大夫,还没完吗?"

"还得一会儿。"

"我想吐……"

"吐?"

敬介离开手术台走近一看,只见患者双眼紧闭,面色苍白。

大概是手术时间过长,敲击骨头的冲击使患者的血压降得太低的缘故。

现在得赶紧停止敲击,让周围的护士测血压。

护士搭上听诊器测血压。这时间,只见患者满脸痛苦龇牙咧嘴。

"一百。"片刻之后护士回答道。

患者的血压还是低,手术前又没有进食,肯定也吐不出什么东西,但是情绪相当差。

这是怎么回事?

敬介偷偷看看大石,只见大石一脸事不关己的表情望着窗外。

"点滴加快,追加输血二百。"

敬介停下手来,命令护士。

在这种情况下只能等待患者全身状况好转。这之后打进钉子时,还要面临复合骨折部位的骨片及贯通髓内钉的难题。再之后,还要打进去五六厘米,然后缝合肌肉、创口,最后还要打石膏。

一切顺利的话,还需要一小时。

手术是下午一点半开始的,现在已经快三点了,已经过去了一个多小时。接下来再花一个小时的话,整台手术耗时就要将近三个小时。

虽说大腿骨骨折在手术中算是大手术了,但是花三个小时也太长了。

时间一拖长,患者就会大量消耗体力,一直切开的创口还会增加化脓的危险。

关键是,要是髓内钉就这样拔不出来……

想到这里,敬介如坐针毡。不可能从大腿骨里取出那根十五六厘米的金属棒就算手术完成了。

那,就这样把钉子敲进去?

这可让人如何是好?

敬介现在欲哭无泪。

自己为什么要做这台手术呢?事到如今满脑子全是悔恨。

当初就不应该逞能,应该将患者转到其他医院去的。

既然要做,至少术前该跟大石商量一下。周六有希子的那个电话就该回绝,然后向大石好好询问一下髓内钉粗细的问题。

钉子是根据X光片选了个看上去稍细一点的,关于打入的方向教科书上没有讲,看样子有窍门。当初无疑是借着那股得意忘形的劲头打进去的。

只知道照本宣科,书上讲的是挺简单,实际操作起来并非易事。

大石大概参加过好多台这种手术,她肯定知道其中的秘诀,可她明明知道敬介选用的髓内钉太粗也佯装不知。

这个护士真是心术不正。即使对个人怀恨在心,也不该在工作上使坏捉弄人,这不是卑鄙无耻吗?从医的人不是应该舍己为人,患者第一吗?

敬介只顾满腹怨恨,一时竟忘记了自己的粗浅。自己急得像热锅上的蚂蚁,而大石却冷眼旁观,正和久保护士喋喋不休地谈论着织花边的心得。

等待患者血压恢复还有一段时间,她们却像工间休息一样轻松无事。

"血压怎么样了?"

敬介问巡回护士时语气并不好。尽管她没有什么责任,可眼下也只能拿她出气。

护士闻听此言赶紧去继续测血压。

"一百一十。"测血压的护士怯生生地答道。

"好,继续点滴,接着来!"

敬介鼓足精神再次拿起了锤子。至于能不能敲进去,他心里也没有把握。刚才敲了半天也没有敲进去,虽说休息了一会儿,可这就能敲进去了吗?

但是也不能就这样置之不理。不管能有几分把握,到了这一步也只能背水一战了。

敬介再次开始敲击。

敲击声再次响彻了手术室,血沫飞溅,患者哀嚎,其状惨不忍睹。

连续敲击了十来下,钉子的位置纹丝没动。

敬介的手腕和腋下都渗出了汗水,手术服也贴到了肌肤上。

"大夫,求求您停下吧。"

患者终于忍无可忍,开始苦苦哀求。

"求求您,饶了我吧。"

"现在骨折还没接好呢!"

"我受不了了,再敲打下去我就要死了。"

敲打骨头是直接致人死命的,但是这样拖延下去又有休克的危险。

"痛呀……"

大概是麻醉过劲了。已经过去两个小时了,这也难怪。

能临阵脱逃吗？但也不能这样就缝起来。

"我彻底服了。"

敬介欲哭无泪望望大石。该怎么办？他想征求大石的意见。

"钉子太粗了吗？"

戴着口罩的大石开始点点头。

"还有一截进不去。"

"打电话问问吧。"

"问谁？"

"问大学。"

大概是为了不让患者听到,大石压低了声音。

在这种状态下给大学打电话讨教吗？

"真是岂有此理……"

敬介咂了咂嘴,仔细想想事到如今也只有这一招了。可能到了这一步大石也束手无策了。

"我觉得应该先拔出来。"

"可是拔不出来呀。"

"能敲进去肯定能拔出来。"

这话也许说得有道理,不过敲击了半天才进去的钉子再拔出来让人有点于心不甘。这样一来,迄今为止做的这些努力就都前功尽弃了。

"再等等……"

敬介有些摇摆不定,大石却一脸事不关己地望着旁边。

如此看来,回大学咨询也许是上策。

"你,去帮我要个电话。"

无奈之下,敬介把大学的电话号码告诉了巡回护士,手术暂告中断。

患者大概是因为长时间手术筋疲力尽的缘故,闭着眼不停地呻吟着似乎在喊疼。

听到患者的呻吟声敬介也闭上了眼睛。

总之,都是自己残酷无情。如此用功挑战的手术竟然成了如此结果,真是愧对医生称号。庸医呀!庸医!简直是庸医杀人!

都怪自己缺乏实力。一时间他感觉羞愧难当,一肚子的委屈眼泪都快要掉下来。

"大夫,电话接通了。"

刚才的护士回来了。

"在哪儿?"

"办公室。"

因为是市外电话只能从办公室打往医局。敬介顾不得脱掉手术服就跟着那名护士到了办公室。

一进办公室,所有的办事员都一起朝敬介看过来。敬介帽子下面戴着大口罩,穿着一身手术服,匆匆来到办公室,也难怪众人皆惊。

"给我拿话筒来。"

因为敬介的手消过毒,只能由护士拿着听筒凑到他的耳边。

"医局长在吗?"敬介顾不上难为情开口问道。

更令人气愤的是,整个办公室一下子变得鸦雀无声,大家都在竖着耳朵倾听。

"是野野宫吗?怎么了?"

他好像就在旁边,话筒里传来医局长亲切的声音。

"是这样,其实,我在做髓内钉固定手术,正在打钉。"

为了不让办事员们听懂内容,敬介讲话尽量使用德语单词。

"钉子打到一半进不去了,使劲儿敲也敲不进去。"

"什么?你是说进退不得?"

"嗯,是的。"

"是从开始就不停敲击的吗?"

"是。"

"糟糕。要一点一点往里敲才对,这下全完了。"

"卡在里面了。"

这次敬介是用英语回答的。

"试过变换腿的位置吗?"

"嗯。"

"没好办法。那,拔出来吧!"

"还是卡在里面不动。"

"你说什么!钉进去的东西肯定能拔出来,怎么打进去的就怎么拔出来,一定要拔出来。备用的髓内钉还有吧?"

"做不到。"

"岂有此理,这种时候一定要提前预备好两三根各种粗细的备用才是。"

"没有合适的了,而且麻醉快过劲儿了。"

"麻醉过劲儿了?做了这么长时间?"

"已经两个多小时了。"

"这样下去要化脓的,赶紧拔出钉子缝合创口!"

"那，骨折呢？"

"再重新做就是。"

"可是，那样的话……"

"现在不是顾全面子的时候。赶快缝合！"

"是。"

"要是有什么事，我会教你，总之先拔出来暂时缝合起来。"

"患者怎么办？"

"对患者只能跟他说谎，就说打开以后发现骨折情况严重，今天只能先复合骨片打开骨孔，稍后再继续做。"

"只开骨孔？"

"不这么说很难圆场吧？"

"是。"

不愧是医局长，果然老道。敬介佩服得五体投地连连点头。

"以退为进也是策略。"

说完电话就挂断了。

果不其然，只有拔出钉子这一条路了。遗憾的是，这跟大石的说法不谋而合。

结果，今天的手术就是切开创口敲击了一通骨头，能得到的只是消耗患者，使之痛苦。

"对不起。"敬介隔着口罩轻声说。

"我真是个废物。"

他顿觉自己是个心余力绌的最差的医生。

"自己还差得远。现在还不是玩女人的时候，得认真努力才行。"

敬介心里自责着耷耷肩回到了手术室。

据说，专业的围棋棋士和将棋棋士觉得最痛苦的不是认输的时候，而是自己看出一步走错致使满盘皆输的那一瞬间。

围棋上谓之，中盘认输识时务。在将棋上则谓之，一步走错解甲归田。这一瞬间反而心里如释重负。敬介目前的状态就是这种最痛苦的时候，他自己看到了自己的失误。

当初觉得自己胸有成竹，既没请教前辈，也没向大石求助，一个人盲目自大掉以轻心了。

可是结果却一败涂地。瞧瞧自己都做了些啥？除了造成创伤、流血，给患者造成了痛苦，其他一无所获，败得真是太惨了！

自己做了什么蠢事？到底是出于什么想法？敬介自己都不能原谅自己。可以的话，他真想自己打自己的嘴巴子。

打完电话从办公室往手术室走的几分钟时间里，他都在不停地自责，始终沉浸在后悔和屈辱之中。

但是一进手术室，敬介的情绪已经完全释怀了，脸上表现出下决心准备投降后的轻松。

在除了大石的所有护士们的注视之下，敬介站到了手术台前，仔细看了创口之后对大家宣布："手术到此中止。"

"中止吗？"

面对大石的询问，敬介只说了一句："拔钉器。"

接着在创口的钉子上装上了拔钉器，然后从里往外用锤子敲击起来。

刚才费了好大劲儿才敲进去的钉子，现在却要拔出来。

因为敲入的时候十分用力，现在拔起来也不那么容易。正因为进攻起来轰轰烈烈，撤退起来才更是难上加难。

敬介全神贯注地敲打着,越敲越感觉自己无为而归,事到如今也顾不上那么多了。

十分钟后髓内钉慢慢从大腿骨中拔了出来。

拔出来的一瞬间,敬介浑身瘫软下来。

"哎!"手术室里顿时传出一声长叹。鲜血从骨孔里迅速涌出来。

敬介急忙用纱布挡住,然后在孔上填入了医用胶原蛋白海绵,开始缝合。

上下两个创口缝合完毕,手术结束的时候已经是下午四点多了。

从一点半开始,手术持续了近三个小时,结果却是有损无益。

敬介现在痛彻地理解了教授讲的"拙劣的治疗本身就是罪恶"这句至理名言的真正含义。

千真万确,今天的手术拙劣透顶。与其做这样的手术,还不如什么都不做。

以前听到这句话的时候,敬介简单地以为这是一流教授对初出茅庐的新手的讽刺挖苦。自己还固执地认为,即使医术再拙劣有医生总比没有强。

然而,事情似乎并非如此。

当时教授曾经说:"所以说,现行的保险制度是滋长拙劣医疗的奇妙制度。"

这句话一语中的。接下来,医局长也要来,再做第二次手术,还可以申请双倍的保险积分。

但是,只要这病历上写上"第一次手术患者状态中途恶化,需再次手术"就可以通过保险审查。

不管怎么说,眼下敬介根本就不考虑保险积分问题。现在他满脑子都是因为自己拙劣的医术给患者造成痛苦而产生的歉疚。

"结束了吗?"缝合完创口,患者低声问道。

麻药劲儿还没有完全过去,他的下半身还没有知觉,并不十分了解情况。

"先缝合创口……"

说出口后,敬介一时语塞。接下来该怎么说?反正必须再做手术。即使现在不说,等麻醉过去他就会得知自己的骨折没治好。

尽管可以按照医局长的说法告诉患者,"这次手术只是确认骨折部位打好骨孔,之后再做第二次手术"。但那也太卑鄙了。

虽然失败不应该说是失败,但是说实话道歉至少也是对患者痛苦的补偿吧。敬介叹了一口气说道:"说实话,手术并不顺利。"

"哎……"

患者的声音突然变得哭咧咧的。

"为了接好骨头,需要从上方打入一根粗钉子,但是打到一半进不去了,没办法只好中止手术。"

"那么骨折怎么处理?"

"过两三天再重新做一次手术。"

"那么……"

一瞬间,患者露出想吐的样子伏下了头,接着又转过身。

"我怎么会碰上这种事?"

"很抱歉。"

"我真是倒霉透了,还要再做一次。"

"对不起。"

现在只能不停地道歉。

"我不听。喂,你要怎么做?"

"山名先生!"突然,大石厉声呵斥道。

"你怎么这样跟大夫说话,大夫为你尽力了呀。只是你的骨折情况严重,骨头又硬,钢钉根本打不进去。考虑到再拖下去麻醉就会失效,你会遭受更大的痛苦,所以今天只开了骨孔就中止了。"

"⋯⋯⋯⋯"

"下次手术就简单多了,千万不能言辞无礼。"

大石这一番说明搞得患者一时也哑口无言。

好一副能言善辩的伶牙俐齿,"只开了骨孔"这句话跟医局长的说法如出一辙。

此前来这里的前辈们大概出过类似的纰漏?不管怎么说是给敬介解了围,他给患者打好夹板之后就走出了手术室。

当天晚上,敬介一个人出去喝酒。来富士滨以来一个人出去喝酒还是第一次。今天晚上,他说什么也不想直接回宿舍。

在手术室里患者的追究让大石挡过去了。然而到了病房之后家属和公司相关人员的质问却着实令他感觉棘手。

"今天只是开骨孔,过几天正式做手术。"一说出口,失败的真相昭然若揭。

"可当时您不是说手术没问题吗?"

要是他们这样问可就不好解释了。

他只顾低着头回到外科门诊,那会儿大石也收拾完手术室回来了。

"辛苦了。"

敬介自然而然地问候了一句。中午之前还趾高气扬,现在只能对大石在手术室庇护自己的举动表示谢意。

大石没动声色,只是点了点头,开始用油抹布擦拭着使用过的手术器具。

她的心情真的好了吗?或者只是不想看见敬介在手术室被患者责备的尴尬场面?

总之,今天的手术失败了,这件事大石肯定比谁都清楚。他想就下一步处置的问题再次跟大石商量一下,但是当着其他护士的面又不便开口。

一看表,已经五点了。已经超过下班时间一个小时了。办公室和病房值班室只剩下当值人员,其余的人都打道回府了。

敬介照样来到办公室,打电话订了四人份的寿司和水果,让人送到外科。

"您辛苦到这么晚哪。"

当值的办事员河田搭起了话,可在敬介听起来却像是一种讽刺。

"刚才订了寿司和水果,请您吃吧。"

一回到门诊,大石问道:"您呢?"

"我要先走一步。我在宿舍,有事请叫我。"

按惯例,因手术护士跟着加班的时候,都要由医生请客吃点什么。

"那我告辞了。"

敬介举起一只手挥了挥,逃也似的奔出了医院。

虽说回了家,但是一想起今天的手术,他心里还是久久不能平静。

失败是毋庸置疑了,可是一想起那些对此事津津乐道的患者和职员他的心里就更郁闷。

就小町这块巴掌大的地方，说不定明天就会传得家喻户晓。

"还是回东京去吧。"

他感觉自己就是一个罪人。自己还远未出道，应该回大学医院好好学习一番。

想着想着，他觉得自己越来越讨厌自己，想尽早把满肚子的窝囊气一吐为快。

这要是在大学医院里，可以和同期的伙伴或者前辈诉说一番求得他们的理解。伙伴们中肯定会有一两位曾经的失败者来安慰自己，然后一起喝酒一醉方休，最后重整旗鼓。

可是在这里根本没有那样的知己，充其量也就是个大石，如今也话不投机。前天还曾卿卿我我，现在一败涂地再去屈尊求教，的确也有些自私。

除此之外要说亲近的人，就只有有希子了。失败的原因之一也在有希子，敬介也想跟她倾诉一番，可她不懂医，即使说明手术的难度怕是她也不会理解。另外，他也不想让有希子看出自己的无能。

剩下的还有谁呢？跟院长和事务长没有什么特别好说的，跟医院里的职员也是一样。要是敬介邀请也许他们也能谈上两句，但归根到底自己是另一个世界的人。

"一个人也没有。"

敬介这才开始意识到自己在这个町里是孤家寡人。

平时他们嘴上一口一个"大夫大夫"地叫着，给人感觉他们毕恭毕敬，一旦遇到事，竟没有一个可以交心的人。表面上嘻嘻哈哈，其实有深交的一个没有。

快到七点了,天色越来越暗。窗外亮起了万家灯火,亮着车灯的汽车在国道上川流不息。

"还是去喝一杯吧。"

敬介自言自语,就这样回宿舍的话也只能灰心丧气。

到哪儿去好呢?敬介想着想着不知不觉就来到了"一力"。

自从知道了那位妈妈是町长的相好之后,敬介就一直对她敬而远之,但心里也觉得她的话酸甜可人,听了暖人。

就这样沿着国道往左拐来到了町里。从汽车站朝着闹市方向走上百米便到了"一力"。

敬介掀起暖帘一进大门,入口的吧台处聚集着的五六位客人便一齐回头看过来,其中并没有敬介认识的熟人。于是,他环视一番之后在吧台的一端落了坐。

"欢迎光临。今天就您一位?"厨师在他面前摆着碗筷惊讶地问道。

的确,自己还是第一次一个人来店。

"先生,今天的鲣鱼很新鲜,来一份如何?"

"好吧。再来点酒。"

"好嘞,来一瓶酒。"厨师气宇轩昂地高声答道。

虽然吧台上还余下两三个人的席位,但是二楼上看上去人声鼎沸。楼梯口摆满了鞋子,里面传来了拍手声和歌唱声。

看样子妈妈现在在二楼。

不一会儿,烫好的酒端上桌来。他接过了厨师斟满的小酒杯一饮而尽,接着就开始自斟自饮。

一口酒下肚喉咙里火辣辣的,畅快淋漓。

敬介在打量四周的时候忽然发现坐在吧台旁的客人中有一个

人似曾相识,那人还不时地朝自己张望。

平常都是跟事务长或者河田一起来,今天一个人来甚是无聊。要是能有个女的陪着聊会儿天该多好呀,一个人形单影只总觉得不像那么回事儿。

敬介只管自斟自饮。偶尔会有女招待从二楼下来匆匆忙忙端盘送菜。

妈妈忙什么去了?他想去叫一声,但又犹豫不决。

看样子坐在吧台上的都是西伊豆建设的相关人员。他们先是谈论一泽的那场事故如何如何,后来又扯到了选举上。

敬介装作漠不关心的样子听着这帮人激烈抨击有希子的父亲,说他在这个激烈的竞争时代反对建游艇码头愚蠢至极。

敬介不知不觉就喝醉了。

来"一力"之前因为那台手术失败根本就没有食欲,空着腹坐下后又一口接一口连着喝了好几杯热酒,没人陪着聊天一个人闷闷不乐,喝酒的速度也就相当快。

"失败了就是失败了,何必总是为那事想不开?"

敬介自言自语着,心里觉得稍稍有些宽慰。这时坐在吧台旁的那个男子站起身走了过来。

"大夫,晚上好。"

男子穿得西装革履,看样子喝了不少。只见他摇头晃脑手舞足蹈,把酒壶举到了敬介面前说:"今天手术辛苦了。来,我敬您一杯。"

医生每天接触的病人不计其数,根本记不住那么多患者的姓名。一般记起的多是病名和症状,而非人名。

比如听到"大夫,我是长冈,最近多蒙关照"这句话之后,很难一下子记起来人。

但如果听到"我就是患哮喘,常去您那里打针的长冈"这句话很快就会回想起来。

有的时候连病名也不必说,只要一看见患处就能回想起来。外科和泌尿科那样较为隐晦的病更是如此。

敬介过去的一位前辈医师从来记不住患者的姓名和病名,但是只要一看见痔疮就能立马想起来。也许是因为医生每天花在观察患处的时间比与患者见面的时间要长得多。

总之,对于医生而言接触的患者众多,而对患者而言医生则是他们的唯一。

医生经常会忘记患者,而患者忘记医生的却不多。这会儿敬介反复地回想着眼前的这个人。

他是患者?还是在什么地方的相识?这里的医院不大,患者的话多能记起,但只来看过一次门诊的人也可能会想不起来。

记忆不深,大概不是患者。但从那句"手术辛苦"的问候来看,他对医院还挺熟悉。

"那,抱歉,我只干一杯。"

虽说有些上头,但对方敬的酒也不好拒绝。敬介无奈之下端起了酒杯。

"啊,不愧是外科的大夫。"

那人继续往敬介的酒杯里斟酒,但是他的手哆哆嗦嗦,费了很大的劲儿才斟了半杯。

"来,一口闷!"

敬介看看酒杯迟疑了片刻,然后一饮而尽。

来敬酒的那个男子的朋友们坐在吧台的另一端哄笑着朝这边

望来。

"来,再来一杯,大夫。"

干完一杯之后,男子又接着迅速斟满一杯。

"已经可以了。"

"哎,很好,再来一杯。"

男子硬是又斟上了一杯。他也许没有恶意,但是确实是强人所难。无奈之下,敬介又跟着干了一杯。

"大夫真是男子汉!标准的美男子!"

男子斟完酒,就一屁股坐在了旁边的椅子上全神贯注地望着敬介的脸。

"要是我是个女的,也会迷上你的。"

男子说罢,他的伙伴们又发出了一阵哄笑。

"那,再来一杯。"

"不,我真的不能喝了。"敬介面带愠色回答道。

那男子又亲切地斟满了酒杯,真有点死乞白赖。

"一家人不说两家话,再来一杯!"

"不喝了。"

"村田先生,大夫说不喝了,就别喝了。"厨师看不下去了,插嘴说道。

那位叫村田的男子冲着厨师说道:"你闭嘴。我平日里多蒙大夫关照,是来敬酒的。难道敬酒有错吗?"

"可是,大夫是一个人来喝酒的。"

"好了好了,去做你的生鱼片吧。"

厨师本想再多说两句,但最后没开口就转身走了。

"真是个不知深浅的家伙,这么没礼貌。"

真不知道到底是谁没有礼貌！那个村田还准备给敬介再斟酒。

敬介一开始还以为这个西装革履的男子是个一般的职员，但仔细一端详才发现，他理着平头，眼神跟一般人多少有些不同。由于喝了酒他有些醉眼惺忪，谈不上炯炯有神，脸上透出一股黑帮人员的神色。

"来，请。"

敬介没有去理会男子的这句话而是侧脸望着旁边，这时男人从下往上反眼望着敬介说道："大夫，您没听见吗？"

敬介装作一无所知的样子，这时男子又探过头来说："那位叫山名的患者，还记得吧？"

看样子这个人跟今天手术的那位患者有联系。

"今天真的辛苦您了。"

男子再次双手撑在吧台上深深地鞠了一个大躬。

"不过，大夫真是了不起呀。做完手术还能心平气和地来这里喝酒。"

说罢男子把杯中的酒一饮而尽，然后露出了假笑。

"医生可以悠然喝酒，但患者可没那么舒服呀。他正疼得哭爹喊娘哪。"

敬介这才慢慢了解到男子的真意。好像这个人从一开始就是为着今天手术的事来到敬介身旁的。

"不过，了不起的大夫还真能沉得住气呀。"

"你说什么？"

此时此刻发作的话，就会正中对方的下怀。现在无论对方如何恶语相向，自己都不能接茬。今天的手术，无论怎么说自己都站不住脚。

"那家伙到底是怎么治的？听说还要再做一次大手术。"

男子再次大叫起来。这时厨师走了过来。

"村田先生，请别说了。大夫今天累了。"

"当然，做了一台失败的手术还好意思说累？"

"大夫，对不起。不好意思，他喝醉了。请大家过来把他扶走吧。"

听了厨师的招呼，另一端的一个同伴站起身走过来，按住了村田的肩膀。

"喂，打住吧，到这边来。"

"讨厌，你给我坐到那边喝酒去。"

村田摆着肩膀耍起浑来。看来此地不可久留，正在敬介起身欲走的时候，村田也跟着站起身来。

"怎么，你想溜走吗？"

敬介未予理睬向门口走去，村田跟跟跄跄紧追在后。

"你这个庸医！还想打有希子的主意？"

"有希子？"

敬介转过身来，这时村田露出了猥琐的奸笑。

"你和有希子一起玩得挺开心吧。"

"你说什么？"

"既然很会搞女人，手术也就全拜托了！"

"是可忍，孰不可忍"，敬介右手握拳猛然向村田的下腭打了下去。酩酊大醉又挨了这突如其来的一下子，村田顺势被向后推出了两三米。他好容易才站稳了脚跟，然后疯狂地扑上来。

"请别动手！"

敬介只听到厨师大喊，其后的事就记不太清楚了，只记得那男子露出一双白眼气喘吁吁。

敬介打起架来也不是没有自信。上高中以前他练过柔道,还获得了初段,再加上自己人高马大也不输他人。

敬介本以为自己不会输给眼前这个酩酊大醉的男人,但出人意料村田出拳很有力量。大概是第一次和黑帮的人交手,敬介觉得他们打架的方式巧妙、动作敏捷。

上来不知几个回合,反正自己挨了五六拳。当然,敬介也没示弱进行了相应的回击。

两个人的这一通乱斗把整个狭窄的吧台搞了个一塌糊涂,椅子横七竖八,酒杯稀里哗啦。

到最后,吧台上的客人和从二楼下来的客人一拥而上才把两人拉开。

打到一半敬介就决定豁出去了。

实际上,从两人动手互殴之初,就不那么好轻而易举地拉开。一旦被拉开,只会陷入自我嫌恶之中。

反正,先是互殴,后来被人拉开劝解。中间的经过已经记不太清,等到恢复生气的时候,敬介才知道自己现在正仰卧在"一力"后面的一间小屋里。

轻轻睁开眼睛打量四周,这是一个六张榻榻米大小的房间,门口相对的靠墙排着日式衣橱和洋式衣橱,旁边是一个梳妆台,屋角还摆着挂衣架,从这些摆设来看这里可能是妈妈的房间。

敬介穿着衬衣和裤子,身上盖着一条毛巾被躺在榻榻米上。

现在几点了?周围一片寂静,走廊上还能听见窃窃的私语声。他正准备爬起身来的时候,才感觉到从头到脊背钻心的痛。

看来这场互殴相当激烈。

敬介再次仰卧下来,活动了一下手脚,从手腕到腰、额无处不痛。仔细一看,枕头边上还放着一个脸盆,旁边还散落着一条湿毛巾,大概是自己随便甩在这里的。

都发生了些什么?

敬介满脑子都是悔意。自己哪里还像个医生,竟然跟一个身份不明的家伙打斗起来,真是让人笑话。

虽说是那个家伙主动挑衅,可事到如今说这些又有啥用。

现在回想起来,的确是自己走到门口,片刻间就大打出手。

难道自己就不能再忍一下吗?

当时,那人的确说了句"还想打有希子的主意……",这个有希子无疑指的是一色有希子。难道那个叫田村的家伙看见自己跟有希子一起出去兜风了?

不管怎么说,那一瞬间敬介忍无可忍大打出手了。

敬介想,要是只挖苦自己是庸医也就忍了,可扯出自己追女人的事,真是"是可忍,孰不可忍"。

不过,归根结底自己不该在手术失败后去喝酒。这个小町只有巴掌大,手术失败的大消息顿时不胫而走,成了那些无聊家伙们的话题。

这种时候去喝酒,岂不是如飞蛾扑火自取其辱?

可是,尽管如此,今天去喝闷酒从某种程度上也是情有可原。手术失败后自己一个人在家闷着也不合情理。

所以,问题八成出在手术失败上。要是手术成功也就不会去喝闷酒,当然也就不会跟人打架了。

不过话又说回来,今天晚上打架的事到了明天还不知在町里传成什么样?想到这些,的确难以入睡。

他试着再次起身,依然全身疼痛。

应该不至于骨折。虽然是医生,可这种时候自己也拿不准。

"浑蛋!"

他用手按按脖子顿时疼得龇牙咧嘴。这时走廊上传来了脚步声,门开了。

"瞧,醒了吗?"

进来的是"一力"的妈妈。今天晚上她穿着白底梅花的绉绸和服,满脸堆笑。

"真的难为小哥儿了。"

妈妈一边说着一边取下敬介额头上的毛巾浸到了脸盆里。

"给您添乱了,真对不起。痛……"

敬介扭了扭脖子恢复了原来的姿势。

"别说那么多客气话了,今天你就只管在这里休息好了。"

"不,我要回去。"

"我说,你可千万别顾忌我,这里还有别的空房间。"

妈妈说着,就把凉毛巾搭在了敬介的额头上。

"可我还是要回去。"

"大夫,事到如今着急也没用,反正那场惊天动地的打斗已经过去了。"

"真的惊天动地吗?"

"当然,大夫可真是了不起。不过,那个人过去就不地道。大夫发怒也是情有可原。"

"可当时妈妈不在现场。"

"我是听厨师说的。在场的人都说是村田不好。"

听了这番话,敬介也松了一口气。

"那个人是西伊豆建设的吗？"

"那个人和受伤的山名先生是连襟,两人的老婆是姐妹。山名先生为人老实巴交,可他那个连襟以前曾是个小混混,恶习难改,喝多了酒就原形毕露。"

原来如此呀,这下敬介疼痛的脑袋里浮现出了那张龇着白牙的脸。

"可是,大夫,您真是了不得,出人意料。一般来说,当大夫的没有这么厉害的。您又把我迷住了。"

"哪儿的话……"

"别多说了,今天就请在这儿住下吧。我这就给您铺被子去。"

妈妈打开隔扇右边的那个衣柜的门,取出了被子。

如果在这里宿下又会重蹈覆辙蒙羞受辱,不过他的内心里也有一股孤注一掷豁出去无所畏惧的冲动。

一般说来,敬介身体伤到这种地步即使和妈妈睡在一起恐怕也干不了什么男女之事。

"来,您稍挪动一下,就在这里睡吧。"

妈妈手脚麻利地铺好了被褥又安放好了枕头。敬介一时不知所措,最后还是忍着浑身伤痛在被窝里躺了下来。

"喂,躺下睡还是脱了裤子才好。我帮您脱吧。"

妈妈看上去有点醉了。敬介慌忙自己脱了衣服,把被子拉到了下颚处。

"不过,我真是干了件蠢事。"

"既然已经发生了,想不开也无济于事。"

"大概我也就此栽在这里了。要是事情传到医局,教授肯定也会大发雷霆……"

"果真如此的话,我包养着你就是。这样招人怜爱的大夫,我特喜欢!"

妈妈一边说着,一边抚摸着敬介的头发。与此同时他还闻到一股香水味道扑鼻而来。

就算被人说傻,到了这时刻也是情不自禁。这是男人无法抗拒的真情。尽管他心里很想表白,但更想把一切都忘掉去睡觉。

尽管如此,妈妈此刻究竟想干什么呢?

敬介心里清楚她是町长的相好,怎么能心安理得在此下榻呢?今天的事到明天肯定会在町里传得沸沸扬扬,在这种时刻再传出自己在"一力"宿下的绯闻那可就雪上加霜了。

不行,敬介不由得抬起了头。他不能再在"一力"蒙羞受辱了。

"我还是回去吧。"

"可是已经凌晨一点了,现在怎么回去?"

"不能帮我叫辆车吗?"

町里的土肥出租车公司支店只有三台车。

"我的事你不用担心,住下吧。阿幸也住在楼下。"

她的意思是说,反正女招待幸子也住在店里,到时候可以证明清白。

想来想去还是不妥。吸取上次的教训,如果在"一力"宿下,不知道当地那帮人添枝加叶会把这事传成什么样子。就说今天晚上的那个男人,手术失败姑且不论,就连自己跟有希子出去兜风的事他也耿耿于怀。别看当地人表面上温文尔雅,其实对这些事很敏感。

"总之,我还是要回去。"

"你这人真矫情。"

妈妈看上去很遗憾。虽然敬介也觉得遗憾,但也是事出无奈。作为男子汉,关键时刻至少要显示出一处闪光点才行。

"对不起,请帮我叫辆出租车。"

"你这人真难商量……"

妈妈嘴里抱怨着走下楼去。

敬介见状,赶紧起身穿裤子。穿毛衣的时候,上身一弯下,就感觉从肩膀到后背一阵疼痛。那家伙一个上勾拳打过来的时候,敬介的后背好像撞到了吧台或者椅子上。

好歹穿上了毛衣,往镜子里一看,敬介又叫了一声。

只见他的眼眶和下颚都红了,右眼肿了起来。整个人的脸就像激战了十五个回合之后的拳击手一样。

"很过分吧!"

他一回头,只见妈妈站在身后。

"车已经叫了。"

"真对不起。"

敬介用毛巾轻轻地擦了擦自己的脸。

"不行,千万别动!还是别管它好些。"

"能治好吗?"

"马上治好是不可能,到明天还会肿得更厉害。"

"眼睛伤得最厉害。"

"我想可能是因为肿了,明天到医院看看吧。"

敬介点点头,妈妈跟着笑了起来。

"瞧我都说了些什么,您就是大夫呀。"

"噢。"

"你要振作一点。总而言之,最好别再管那帮人的事。明天我让他们去给您赔个礼道个歉,不然我不会饶了他们。"

果然是个大姐大!

"不,没那个必要。也是我不好。"

"到底是什么原因我不知道,打医生这种事可是失礼的。"

听她这么一说,敬介心中愈发伤感。

"不过,您喜欢有希子吧?"

"不……"

敬介用毛巾顶在脸上,慌忙摇头。

"因为她的事,发火了吧?不好意思,那种心情……"

"不是那样的。先是说起手术的事……"

"算了,不说了。因为她又年轻又漂亮,还是有教养的大小姐。"

"不是的,主要是为了手术的事……"

敬介正要为自己辩解的时候,外面传来了汽车的鸣笛声。

"叫的车来了。能下楼梯吧?"

敬介右手拄着疼痛的腰背,慢慢走下楼去。真可谓是满目疮痍把家还。

坐到车里一看时钟,已经是凌晨一点了。街上万籁俱寂,耳中相闻的唯有掠过松林树梢的潮骚之音。

"真够你受得呀。"

司机的话语里满是同情。大概就连这些出租司机都已经听到了这些风闻。

敬介根本没心接茬,只是望着黑暗的车外。

从"一力"到宿舍用不了三分钟。拐出国道,冲上坡道就是医院的宿舍。院长家和事务长家都已经熄灯就寝了。

给司机付完钱,出租车掉头下了山坡。望着红色的尾灯消失在国道的尽头,敬介不禁再次叹息。

这真是个倒霉的夜晚。这一夜,敬介心里充满悔恨,感觉想起来都想吐。

"已经够了……"

敬介自言自语着频频点头。男子汉受点委屈算什么?应该忘却一切,尽情高歌。

"我是男人,我是男人……"

他的嘴里哼着歌,正要打开房门的时候才意识到自己的身后站着一个人。

"您回来了?"

原来是大石。看样子她是跑过来的,有些气喘吁吁。

"听见车来了,就知道可能是你回来了。"

大石主动从敬介手里取过钥匙,开了门。随后,敬介垂头丧气地进了屋。

接着大石打开灯,拉上了窗帘。

"来,把裤子脱了吧。"

敬介呆若木鸡地站在原地,大石手拿衣架站在他的身后。

"你一直没睡?"

"是啊。不过,你回来我就放心了。"

看样大石一直在家里关注着敬介的宿舍,等着他回来。

"我遇上了倒霉的事……"

敬介突然想撒娇了,心里有什么话都可以尽情跟大石倾诉。

"我并不是故意的……"

"好了,今晚不早了,还是先睡吧。"

大石就像母亲一般教诲着,把敬介脱下的裤子挂在了衣架上。

敬介脱得只剩下内裤和背心跑进了隔壁的寝室。

"这不行,要穿睡衣才是。"

大石追赶过来,拿起放在床上的睡衣让他穿上。

"痛……"

"对不起,啊,慢点……"

大石再次铺好床单,整好了枕头。

"好,可以睡了。"

窝进被窝里,敬介才体会到自己终于回到了自己家。

还是在自己家被大石疼爱着睡最踏实。

"还痛吗?"

大石拿来了凉毛巾,敷在了他的眼上。这种感觉跟"一力"妈妈一模一样,只是相比之下大石更加无微不至让人舒服。

"肚子饿了吗?"

"想喝点凉的东西。"

大石连忙倒了一杯凉水端了过来。

"谢谢。"

敬介一饮而尽,然后拽住了大石的衣袖。

"跟我一起睡吧……"

"不行!你今天身体这么痛,还是一个人睡吧。"

"可是,我希望你能在身边。"

"你真不听话。那么,你等一下,我去关上门。"

外面一片寂静。大石关好门之后,大概又在水龙头上洗起了碗,屋里只能听到哗哗的流水声和叮当的杯盘声。

敬介这才心平气和下来。今天大石的冷漠、手术的失败、和陌生男人的殴斗,一切的一切都像做了一场梦。总之,单就敬介和大石的关系来看,这次事件似乎拉近了他们两人的距离。

"关灯了。"

大石熄了灯,轻手轻脚地从床的一端爬上来。她身上只穿了一件长衬裙。等她完全躺下之后,敬介靠近上去。

"不行!今天就这样睡吧。"

"不……"

"可你会痛的。"

"不要紧。"

一瞬间,脊梁上袭来一阵疼痛。

"你看,痛了吧!"

大石一边说着,一边慢慢把手移向敬介的下腹部。

"好好睡一觉吧。"

现在说这些已经没有任何作用。

敬介闭了一会儿眼睛,还是忍不住想要拥抱大石。

"我说,今天就忍一下吧。"

"可是……"

"就这样,躺着别动。"

第二天早上,敬介醒来已经七点多了。昨晚,敬介无疑是在大石的爱抚之中入睡的。

醒来的时候大石已经起床了,洗漱台那边传来了流水的声音。

即使隔着距离也知道敬介起床了,很快大石就进来了。

"睡醒了?"

刚一点头,脖子就开始疼了。全身的疼痛似乎也比昨天晚上更厉害了。

"怎么样？今天还是休息一天吧。"

"可是……"

"不行，这副模样怎么去得了呀。你自己照照镜子吧。"

大石从洗漱台上拿来镜子，敬介一看，的确脸肿得比昨天厉害多了，一部分已经青紫，显然是皮下出血。

"当医生的这副模样好生奇怪呀。"

的确顶着这样一张脸去医院的话，患者看了肯定感觉不好。

"这可如何是好？"

"最好给院长打个电话。"

敬介现在还不想给院长打电话。一通话，院长问起原因岂不更加难堪。

"还是你去说吧。"

"那好吧。"

难办的事都任意推给大石，事情发展到这一步大石也自觉有些责任。

"咖啡煮好了。起床吗？"

"你该走了吧？"

"你今天休息，我得早些去。"

这也是没有办法的。敬介忍着背部的疼痛下了床。

他想，大概拳击选手比赛的第二天也是这种状态，只不过人家是为了赛事无须顾忌而已。

"给你煎个鸡蛋？"

"不，待会儿我还要睡觉，就不用了。"

敬介说到这里，又惦记起患者的事。

"那位山名先生怎么办？"

现在唯有大石可以信赖。

"我看,下次您还是别做了为好。"

"反正,我这脸一时半会儿也好不了。"

"向大学求援,请别的大夫来做怎么样?"

"那倒是可以。不过,我想把他转到别的医院去。"

"还是别转院为好。转到别的医院去的话,患者说不定会信口胡说,新见到的医生也可能会说三道四。"

"的确如此。"

大石考虑得的确很细致。

越是对不住患者越应该去请适当的医生在本院为他重新做好。也许这才是上策。

风 平

大石去医院之后,安静的房间里传来了竞选宣传车上扩音器的声音。

"为了把富士滨发展得更好,请诸位选民投片冈幸太郎一票……"

这是町长片冈一派的宣传车。整个町里上上下下全都在忙着选举。

在这种喧嚣之中,一想到昨晚的事会被人添枝加叶成为谈资,敬介就愈发忧郁。

大石出马定会对院长和护士们说得很好,但一想到院长那些人闻讯后的模样敬介心里就受不了。那个蛐蜒可能愈发愁眉苦脸咋舌咂嘴。

这件事再次告诉敬介,迄今为止自己和院长的关系处得不算很好。如果相处得好,这种时候多少都会帮自己的。

总之有些麻烦……

敬介用毛毯蒙头盖脸,辗转反侧。

他想忘掉这一切今天安心静养,但很快又会想起患者和打斗的事。

总之,必须尽快对那台失败的手术采取对策。

床边的座钟已经十点多了,敬介给大学医院打了电话。这个时间,医局长应该查完房回到房间里了。

不出所料,医局长很快接起了电话。

"怎么了?"一听是敬介的电话,医局长开门见山地问道。

他可能觉得凡是敬介来电话肯定是遇到了麻烦事,但事实也的确如此,敬介无可奈何。

"其实……"

敬介叹了口气,然后把昨晚到现在发生的事竹筒倒豆子一般倾诉了一番。医局长是医局里的大内总管,就算瞒也瞒不住。

"这可难办呀……"

尽管医局长见到过派往各地的年轻医生惹出的各种麻烦,但最好还是息事宁人。

"那么,患者已经清楚地知道手术失败的事了吗?"

"我告诉他了。"

"你是不是也太简单直白了呀。"

话筒里传来医局长惊愕的声音。

敬介单纯地认为说谎是卑鄙的行为,但是按照医局长的说法去瞒天过海也无可非议。那样做的话,无论对方如何发难都能找到借口对付过去。

"不过,打架没什么大不了的,酒后打架和做医生的责任是两码事。现在问题在于手术,花了三个小时也没有做好,那就糟糕了。"

医局长说得千真万确。如此一来,敬介身为医生的威信就会一落千丈。

"那就等到中午吧,在此之前做出结论。"

"能不能派人来做这台手术?"

"不派人会糟糕的吧。"

"如果可以,教授不来,能不能请您来一趟呢?"

进入医局以来医局长对敬介关爱有加,可以说无话不谈。医局长是个刀子嘴豆腐心的前辈。

"拜托了。"

"不过,再次手术的话必须要在这两三天之内完成。总之,等我回话。你现在一直在家里吧?"

"一直在家。"

"那,回头再联系。你不要太担心。"

说完,电话挂断了。跟医局长通完这个电话,敬介感觉如释重负。

如果医局长明天能来做手术,对患者多少也算有个说辞。

让患者在手术台上遭了近三个小时的罪,敬介颇感内疚;但从另一个方面来说,请来医局长这样医术精湛的医生补做手术也算是一种补偿了。

敬介稍觉安心便又昏昏欲睡起来。

等他再次醒来已经是十一点多了。

今天阳光明媚,又是个初夏的好天气。街上依旧传来竞选宣传车扩音器的声音。

"一色亮太郎,请投一色亮太郎一票……"

"咦?"敬介竖起了耳朵。喇叭里的女声很年轻而且柔美清亮,像是有希子。

"谢谢您的声援,谢谢。"

声音越来越近。

"医院里正在住院的诸位病友,你们辛苦了……"

敬介穿着睡衣凭窗望去,果然看见一辆宣传车正从国道朝着医院沿着坡道缓缓驶上来。

车上一共站着五个人,站在中间的那位肩头斜佩着白色绶带的是她的父亲亮太郎,旁边扎着马尾手持麦克风的像是有希子。

只见她穿着白色的宽松衬衫,配着随风飘舞的黄色纱巾,显得格外醒目。

"保护富士滨的自然风貌,免遭公害和噪音的侵扰。请记住一色亮太郎,一色亮太郎……"

麦克风的声音越来越近。敬介逃也似的回到了床上。

有希子大概已经听闻了昨晚发生的事。适逢选举人来人往,肯定是从什么人那里听到的。

打架也与有希子有关……

不过,有希子对这些事似乎并不在意,岂止如此,现在她满脑子里装的只有选举。

比起洋气时髦的有希子,也许还是大石更加温柔。

正当敬介思忖之时,突然附近传来了麦克风的声音。

"疗养中的诸位病友,请投一色亮太郎,一色亮太郎。这次,保护富士滨会、町会议员仓岛市太郎先生,本院的野野宫敬介先生也表示声援。"

敬介闻听顿时从床上一跃而起。

野野宫敬介说的不就是我吗?

"特别是来自东京的野野宫敬介先生,深深地被本町的自然之美所吸引,极力赞同我们保护自然,因此表示声援我们!"

"什么?"

敬介之所以成为一色亮太郎的推荐者,是因为有希子一再向他诉说现在的町长如何如何不称心,希望能获得他的支持。而且,他只是同意作为名义上的推荐者让有希子借用一下名字而已,至于"保护自然""被自然之美所吸引"云云则根本不存在。

"东京来的先生真正了解公害的可怕。"

有希子对着医院滔滔不绝。

敬介感觉无地自容。他裹着毛毯钻进了被窝里,但依然能够听见有希子的声音。

"既然大家也都理解先生的心情,那就投一色亮太郎一票吧。记住一色亮太郎!"

到底是光明磊落还是寡廉鲜耻呢?反正,敬介完全没有想到自己的名字会被如此使用。

因为这里是医院,他们才如此提名道姓吧。不过即便如此,对那些反感敬介的人来说,这岂不是一种负面宣传?

不,不仅如此,敬介自身的立场也会变得微妙。

刚才的这一番喊话肯定会被町长派的院长听到的。此刻的敬介恨不得从家里跳出去向有希子提出抗议:"我可没记得跟你说过这些话。"

可是说出去的话就如泼出去的水,抗议已经为时过晚。

"这帮浑蛋……"

敬介在床上嘟囔着,事到如今说什么也是白搭。反正,有希子的这种做法太过分了。如此使用自己的名字至少应该事先说一声才是,先斩后奏这一招太卑鄙。

虽说她是为了父亲,但这也有些过分了。

"非常感谢,请多关照。请记住一色亮太郎。"

麦克风喧嚣着慢慢远去。

"总算走了……"

敬介在被窝里自言自语。

对有希子来讲,她的父亲远比敬介要重要。大概跟自己接近也全是为了其父的选举吧。

虽然不想承认自己被骗了,但敬介还是身不由己地揣摩出这样的想法。

"我真是个大浑蛋……"

敬介再次嘟哝的时候,电话响了。

极度的沮丧让他不想接电话,可电话偏偏响个不停,接起来一听原来是医局长。

"怎么了,上厕所了吗?"

"不,没事……"

"手术的事,我明天去。"

"真的是您来?"

敬介换了换手重新握紧话筒。

"髓内钉我带两三根去,回头你把尺寸报给我。"

"麻烦您了。"

敬介握着听筒鞠了一躬,然后压低声音说:"那,礼金的事……"

尽管不是教授,医局长专程而来也得适当表示一下才对。

"给您准备多少礼金?"

"浑蛋!"

医局长突然变得怒不可遏。

"手术失败了去重新做,还好意思问人家要礼金?不需要!"

"噢,那么……"

"富士滨的医院说了要出钱吗?"

"不,医院这边有些……"

这个必须要跟院长商量,但那个蛐蜒是不会答应出这个血的。

"我是想,这次是我的失误,不管多少应该由我来……"

"傻瓜,我能收你的钱?真是笑话!"

"说的倒也是。"

"反正,去一趟伊豆往返也就四五千日元的事。"

"可这是我请您到这里来的。"

"这个你不必介意。既然这样,明天晚上你领我找个吃鱼的好店吧。"

"那不在话下。"

"我也好久没去伊豆了,正好去好好玩玩。"

"麻烦您了。"

"那,就这样,明天抵达的时间回头再告诉你。"

电话就此挂断。

大约过了一个小时,门铃响起,大石来了。

只见大石两手拎着满满的东西,有一纸袋面包和一个烤面包机还有牛奶。看样子她是来为敬介准备午饭的。

"院里的情况怎么样?"

现在敬介关心的不是午饭,而是医院里对昨晚那件事的反应。

"我告诉院长你今天身体有些不舒服,他只回了句'是吗?'就首肯了。"

"其他人呢?"

"没见什么。"

"那位山名怎么样?"

"我看了,他什么话也没说,只是在酣睡。"

昨天手术折腾累了？或是,气愤至极懒得说话？身为医生的敬介对他依然放心不下。

"另外,那些办公室里的同事和护士们呢?"

"事务长好像知道打架的事,护士们没人议论。"

护士们议论别人一般都是在午休时间,不到那个时间一般看不到实际的反应。

"还有,刚才马场先生来了,说有话要跟您谈……"

"西伊豆建设的马场？"

"看样子是要谈山名手术和昨晚打架的事。"

"你跟他说我在休息了吧？"

"说了,他说今天傍晚前后会来这里探望您。"

敬介抱着双臂思考了半天也没想出不见的理由。反正为了明天的手术必须得征得山名的理解,傍晚会会马场的面未必不是一件好事。

"护士们也都很关心什么时候再给山名先生做手术。"

"确定了,明天医局长来做。"

"那太好了。"

大石站起身,开始烤面包。

"就算手术没成功,您也没什么可羞愧的。"大石背着身,突然柔声细语地说。

"因为,您尽心尽力地做了,失败了也没隐瞒自己的失败,实话实说,很优秀。"

听了大石这一番宽慰的话,敬介安心了许多。

当天晚上,敬介决定到院长家做汇报。其实他真想任何人都不见,一整天都闷在家里不出门,可是明天医局长就要来,怎么可能不露面。

明天医局长来,下午就要开始给山名做第二次手术,届时肯定还得借此机会讲解再次手术的经验。到了晚上,十有八九还会问起打架的经过,这也无法回避。

院长家跟敬介的宿舍在同一个山坡的一角,走着去也用不上两三分钟。

"院长说什么你也别吭声,可别感情用事控制不住自己呀。"

临出门之前大石不无担心地嘱咐道。本来他准备只穿衬衣过去,大石建议:"还是穿套装去好些。"

"一进门,先说'这次给您添麻烦了'道句歉。"

尽管大石千叮咛万嘱咐,敬介心里还是放不下。脸上被打的淤青、红肿基本消失了,但是右眼角和颧骨还是青黑一片。

大石拿粉底扑上多少盖住了一点,可还是一眼就能看出来。

"您回来之前我先烧好洗澡水。"

现在,敬介感觉大石简直成了自己的妻子。

院长的宅邸比敬介的房间面积要大许多,位置也最佳,居高临下可以俯瞰全景。

门前亮着灯,敬介按下门铃,很快院长夫人就出来了。她的年龄看上去有五十上下,体态也比院长肥硕。

"请进,我们正等着您呢。"

说完,院长夫人惊讶地看着敬介。敬介毫不介意地脱下鞋,走进了玄关右手的客厅。

"今天天气真不错呀。"

院长夫人一边说着,一边把他引向了沙发。虽然没问他脸的事,但昨晚打架的事夫人或许也知道了。

"您稍坐,这就来。"

院长夫人退了出去。

客厅有十二三张席子大小。进门左手边是个壁炉,显得客厅中央格外庄重。敬介背后的这个窗户白天可以遥望大海。

住在这样的地方,一定不想去东京。正在思忖之间,院长开门走进来。今天他罕见地穿着和服。

敬介连忙起身低头行礼。平时在医院里,一直嘻嘻哈哈没那么郑重其事,可是到了家里就不能那样随心所欲。

"来,请坐吧。"

他正要按照大石的吩咐先来上一句"这次给您添了麻烦了",可还没等他开口院长先发话了。

"听说昨晚出了点事儿?"

"是的。"

"果然没错,脸都肿了。好在没出大事。"

还没等到敬介开口做解释,夫人便端着茶进来了。

"来杯啤酒怎么样,野野宫君?"

"好。"

"好,请给我们拿啤酒来。"

夫人微笑着离去。敬介低着头等待着。

"这次给您添麻烦了……"

"不必客气,不过山名的手术没问题吧?"

"事情是这样的……"

敬介把医局长明天来手术的事讲了一遍。

"因此,我想明天傍晚再次手术。"

院长抱着双臂没有言语,只是偶尔轻轻动一动胡子。

"这次肯定没有问题。"

夫人拿来啤酒倒入两人的杯子,院长依然没作声。

"医局长说,住一晚上明天就回去……"

听到这里,院长总算点了点头说:"大体的话我明白了,那你是几点联系的呢?"

"今天中午。所以我就想向您汇报一下。"

院长默默喝着啤酒,胡子上蘸着少许的泡沫。

"也许这样对你是再好不过的,但是医院也有医院的安排。"

"哦?"

"做手术的话,从准备手术室开始到护士的调配也都不得不考虑。"

"明天早上马上安排也……"

"不仅如此,医局长来的话,我们这边也必须做好准备。"

"不过,新井医局长是个爽快人。"

"就算再直爽也不能置之不理吧?既然请医局长来,也必须有相应的感谢。"

"可他说过,没有也没关系。"

"你好像太不懂事了。虽然医局长嘴上说不需要谢礼可以自己找个地方住,但那是万万使不得的。"

"为什么呢?"

"要是不注意真的那么做了,传出去的话,我们的医院就名声扫地了。人家就会说富士滨医院办事小气不懂人情。"

"这也太夸张了吧。"

"这不是夸张,人言可畏呀。这对你可能没什么,可我就麻烦了。"

看来院长对敬介擅自做主请医局长来再次手术有些心怀不满。因为是外科的事,所以以为自己做主也无所谓,便没有征得院长的同意,不料竟惹得院长不满。

上次町长做手术的时候是院长提出请教授的,和这次的事情完全是两回事。

"对不起。"

敬介记起了大石的叮嘱,赶紧谢罪。

虽说明天医局长来得有些仓促,但也不至于打乱医院和院长的正常工作安排,这种时候先顾及一下院长的面子就好了。

"算了,我不是想让你道歉。"

院长的语气稍有缓和。

"总而言之,医院有医院的方针,凡事要三思而后行才好。"

已经道过一次歉了,可院长还在啰里啰唆。敬介默不作声又喝了一口啤酒。

"而且,也不知道患者是不是同意做手术。"

"可是,这次是大学来的医局长亲自执刀,据说医局长做骨折手术比教授做得都要好。"

"这是你自以为是。不管有多好,患者说他已经不想在这个医院里做了。"

"山名说过这样的话吗?"

"刚才,你来之前,西伊豆建设的马场君来过了。"

"他说想对这次手术提出索赔。花了三个小时手术却什么也没做。说是要索赔,实际上是想要所谓的慰劳金。"

"还有这种事……"

大石说过马场想见敬介,八成也是为了这件事。

但是只做了三个小时的手术,什么也没损失就要求索赔,这种事从来没听说过。手术的确以失败告终,给患者带来了很大的负担,但这并没造成死亡或致命的失误。因为失败,所以才再次手术,仅此而已。

"向谁索赔呢?"

"当然是向你和医院了。"

"马场专务说的是真心话吗?"

"与其说是专务,还不如说是山名的想法。"

"那就奇怪了。"

敬介顿时陷入了激烈的思想斗争。虽然手术失败的确让人难堪,但就这件事敬介还是认真道了歉的。本来打算露一手结果演砸了,老实说这是一台自己无法掌控的手术。他认为这种时候如此坦诚才是医生的正确态度。

但是对方却揪住这件事不放,不依不饶步步紧逼。正因为敬介深感内疚才主动联系请了医局长来,这种时候患者和公司提出如此要求实在是太过分了。

"医生不可能保证手术百分之百成功,不应该这样苛刻要求,这在法律上也站不住脚。"

"这件事虽然不会诉诸法律，但是双方僵持不下会越来越糟。"

"那么，您想说什么？"

"我和你同样被控告，所以无论如何也只能稳妥应对，对方的强硬让我很困扰。不过，站在患者的立场上也不是没有道理的。"

院长似乎话里有话。

"那么，会怎么样呢？"

"我跟他说了很多，最后，马场专务说希望你能接受一个条件。"

"条件？"

"你现在正在参加一色派的竞选活动吧？"

"不，那只是他们要求我在推荐者名单上留下名字而已，我自己并没……"

"也许是这样，但是在外界看来你可是参加了。因此他说希望你退出。"

"这就是停止手术索赔的条件吗？"

"姑且算是吧。"

"我拒绝。"

敬介当场表态。

手术上的失败和因此提出索赔的要求在一定程度上是可以理解的。但是，撤回的条件是停止声援竞选，就不是一回事了。太荒唐了，这也太不像话了。

看来这一系列的阴谋都是马场专务为首的町长一派策划的。

敬介拒绝当町长的推荐者，却去推荐一色亮太郎，这才遭人嫉恨，处处遭人掣肘。说不定，院长也和他们沆瀣一气。

"我明白了，那么我现在就去病房和山名先生直接谈谈看。"

"不用了,患者明确对你提出索赔要求了。马场专务是觉得事情很糟糕,才特意来找我商量的。"

"那,我想问问,就算我停止推荐一色先生,患者不是什么好处都没得到吗?"

"这个,西伊豆建设方面会想办法的。"

"这可就奇怪了呀。"

敬介猛喝了一大口啤酒。就这样,双方剑拔弩张。

"总之,我要跟患者好好谈谈。"

"你为什么非得声援一色君,难道其中有什么情分吗?"

"没有什么情分在里面。当时他们说借用一下我的名字而已,这跟手术的事根本扯不上边。"

"你这人真是不可思议。"

"不可思议的是院长。"

说完,敬介又慌忙喝了一口啤酒。在这里吵起来可是非同小可。

"事情基本搞清楚了,那我就先告辞了。"

敬介站起身,院长慌忙伸手制止。

"我说,你先等一等,这么晚了还是不要去病房为好。你的心情我理解,我再跟马场专务谈谈看吧。"

"那之后会怎么样呢?"

"不知道。不知道归不知道,凡事慢慢来想办法解决嘛。"

院长说着话,又开始翘起小胡子,喃喃自语。

"那,今晚就告辞了。"

敬介连一分钟都不愿意在这里多待,掐灭了手中的烟蒂站起身来。

第二天八点半,敬介来到了医院。他的脸上依然留着乌黑,临出门时大石给他扑了一层厚厚的肉色粉底,看上去不太显眼了,但是肿胀还是很明显。

不管怎样今天都得来医院,医局长傍晚就要来做手术,得提前通知护士们。更重要的是,得告诉患者山名征得他的谅解。

据院长讲,山名拒绝手术还提出要求索赔,这一切是真是假也必须要搞明白。

果真如此的话,今天的手术就要叫停,还要尽快通知医局长。院长的反对姑且可以不去理会,但是接受手术的患者本人如果不同意的话,那是绝对不能强迫的。

敬介一到医院,首先就来到了山名所在的二楼八号病房。

他连护士值班室都没进,一个人直接奔向了病房。

轻轻敲了两下门后敬介推门而入,床上躺着的山名和坐在他身旁的夫人惊讶地回过身子。

时间尚早,也没听到护士喊"查房啦"的声音,没想到大夫竟然来了。

"打扰了。"

敬介说着来到了山名的枕边。

大概是术后的缘故,山名双颊憔悴,眼眶发红,显然正发低烧。

山名有气无力地抬眼望着敬介,他夫人身着连衣裙外罩一件围裙,目光充满了警觉。

"今天,从大学请来了医局长给你做第二次手术。"

"…………"

"让你受累了,这样下去对手术愈加不利。我的经验不足使手术失败，我深表歉意。这次主刀的是在大学里都有名的专家大夫，他曾经做过无数例这种手术从未失败过。今天，他中午出发傍晚到达，我想五点左右开始手术。"

山名夫妇相互交换了一下眼色，依然没有吭声。

"由于上次的失败，你们心有怨气，这我完全理解。我也深感责任重大。我想这次一定把手术做好……"

很快，山名轻轻点了点头。但是，一旁的夫人急于掩饰似的开口说："他身体这么弱，再做能行吗？"

"不必担心。山名先生的情况我也跟院长如实汇报了，认为没问题才决定做的。而且，这次医局长主刀用不了太长时间，为了手术顺利还专门带来了其他器械，准备十分充分。"

虽然失败不全是器械原因，但是敬介要是不这样搪塞也站不住脚。

山名始终默不作声，可看得出他对敬介并没抱敌意。倒是他夫人看上去有些忧心忡忡。但是，绝对不像院长说的那样。

"还有，医局长来的话，费用怎么算呀？"

"这个你不必担心。上次失败我们也有责任，当然由我们负担。"

"您自己能负担吗？"躺在床上的山名问道。

"总之，这一点请不必担心。"

夫妻俩再次面面相觑，看来他们的心情平静下来了。

"听院长说，你们准备对我和医院提出损害赔偿，有这事？"

"不，那是……"

山名躺在床上左右摇头。

"你们有怨气，我理解，这跟今天的手术完全是两回事。总之，手术越早越好。"

彻底放低姿态,语言热情诚恳,这是临出门时大石出的主意。无论患者如何感情用事,内心里都希望医生善待自己。我们主动放低姿态的话,患者的情绪也会为之折服。

不愧是经验丰富的老护士,果然丝丝入扣效果尤佳。

"上次失败,实在抱歉,真不知如何道歉才好……"

敬介低头鞠躬,山名连忙辩解道:"大夫,索赔的事并不是我说的。"

他夫人接着说:"听说手术失败了,我们两人都哭了,甚至说过'再重新做的话什么时候是个头呀'之类的话,并没有做出太过分的事……后来,亲戚和公司的人来说了很多话,其中谈起想要要求索赔的事,我们听了也大吃一惊。"

"昨天晚上听院长说了之后我也吓了一跳。"

"那不是我们提出来的,是西伊豆的马场和院长商量之后决定的。"

"院长?"

"现场监督员们是这么跟我说的。"

院长应该出面袒护手下的医生才对。但事与愿违,他不但不袒护还对部下采取压制的态度,作为医院的代表,他自己都做出一副和敬介一样深受其害的样子。

真是个卑鄙透顶的家伙。

敬介咬牙切齿,简直怒不可遏。

"总之,那就定下今天一定手术,行吧?"

"大学的专家大夫专程来做的话,我们肯定……"

"那么,就下午五点开始。"

"拜托您了。"

夫妇发自内心地鞠了一躬。

还是得说说看。敬介如释重负准备退出病房的时候,夫人从后面叫住了他。

"我说……"

敬介转回身来,夫人表情有些歉疚。

"我家的亲戚好像前一天晚上对您做了失礼的事,他是来探病之后喝醉了,才说那种话的。"

"不,那件事没什么……"

"他本人也觉得很歉疚,想去给您赔礼道歉,可又觉得没脸见您……"

"我也没怎么在意,也请你转告他好了。"

夫妇俩低头鞠躬的瞬间,敬介逃也似的出了房间。

虽然此前发生了很多事,但这样一来敬介的心情畅快了许多。总之,患者能够同意手术就好。

不过,即便如此对院长还是不能掉以轻心,他可是个口蜜腹剑的人,随时随地可能对敬介下绊子。

这究竟是怎么一回事呢?

的确,从到任开始,敬介对这个人就没有好感。院长表面上行事低调,可不知道肚子里整天在琢磨啥,给人一种老奸巨猾的感觉。

令人奇妙的是,人常会恶其余胥。因为敬介太敬而远之,院长也不太跟他说话了。最近这段时间,见了面也只是互相问候两句。

但是和院长关系恶化并不仅仅是因为这些。

具体来说,第一次和院长接触是在町长受伤的时候。那时才知道,院长从一开始就没把敬介放在眼里,那副样子简直像是在说:这个毛头小子能干点什么?实际情况也是如此,所以也没办法。尽管如此,敬介觉得他也不该去伤害对方的情感。

那时我才明白,院长对教授点头哈腰都是虚情假意。他真正的态度是,只要奉承教授能随便找来出差的医生就算万事大吉了,别的都无所谓。

这种做派对町长也不例外。手术的时候,他装模作样过来又摸脉又指手画脚。町长说要请教授,他立刻唯命是听。

总之,他这个人对上阿谀逢迎,对下专横跋扈。

还有,令敬介大失所望的是,这位院长在学术上简直不敢恭维。即使久居乡下也有很多人刻苦好学,而这位院长好像早已不问学问之事。

因为老年患者居多,他张口就是高血压和心脏病。

而且,只要是高血压便开同一种药,再就是一个劲儿要求禁烟限酒,根本不根据个人情况进行认真细致的治疗。

来院的第一个月,从内科转来了一位疑似阑尾炎的患者。敬介一看就认为病情不同寻常,患者急剧消瘦而且食欲不振,后来转诊到大学后确诊为胃癌晚期已经来不及了,敬介觉得这样的误诊绝对不可饶恕。

尽管敬介的手术技术尚待提高,但是在这些方面他比院长不知要强多少倍。

总而言之,与其称作医生不如称其为町里的头面人物,比起看病行医他更热衷于攀附权贵中饱私囊。

敬介对这一类的医生绝对嗤之以鼻。

不知不觉间,他的这种深恶痛绝大概被院长察觉到了。

可是这次院长的所作所为真的太肮脏了。只是道不同而已，也没必要做这么让人恶心的事情。作为一个也算有头有脸的院长，的确有点过分了。

难道自己做过让院长憎恶的事吗？

那肯定是最近町长选举这件事。

因为这件事，敬介和院长之间的矛盾白热化了。虽然这不是敬介所希望的，但结果却事与愿违。

院长对这次选举的事怒形于色，在处理这次事情上表现得尤为明显。

从这次事情的处理中可以看出，院长对选举相当愤慨。拿山名索赔当借口来阻止敬介为一色派选举助威，足见其气愤至极。

但尽管如此，外面只是知道医院里有支持一色派候选人的医生，仅此而已没什么大不了的。

总之，这次院长做得太过分。

敬介从山名的病房出来本想直接去院长室，后来又转念来到了值班室。

这种义愤填膺的时候见了面说不定又会吵起来。

现在面临这台至关紧要的手术，得尽量让自己平心静气才好。于是他直接回到了值班室，开始了每天的例行查房。

病房里的患者们都用稀奇的眼光注视着敬介。他们心里好奇，这位手术失败被人殴打的医生只休息了一天，他的脸是个什么样子？

东楼二号病房的荒木小声问道："我可以出院了吧？"

另外那位受伤的山名一直未见好转，而自己却恢复得挺好，他也只知道关心自己的事。

"到今天满一周了？"

敬介看着病历，他记得曾经跟荒木说过最少住院一周。

"没地方感觉痛了吧？"

荒木不好意思地点点头。体温正常，只扭了一下腰体温肯定正常。

"那么说，可以出院了？"

荒木一下子从床上蹿起来，本来身体就无大碍，躺了一星期早就把他憋坏了。

"出了院，请你每天来打针。"

"都不痛了还要来打针真是够麻烦的！"看样子他已经在这里住得够够的了。

"你可一定要来呀。"

虽说医生请求患者有些不成体统，但这也没办法，他又叮嘱了一遍然后走出了病房。

查完房回到外科门诊处，敬介发现走廊上挤满了患者。昨天休息了一天，今天病号有点多。虽然盼咐大石事先对他们都做了简单的处置，但患者们还是希望能让敬介看一看。

自己还是得到了患者的信赖，想到这里敬介感觉干劲十足，别看小町里很多人喜欢说闲话，但感觉这里民风很淳朴。

当他再次振作起精神准备走进门诊处的时候，有人从后面轻轻拍了拍他的肩膀。

正猜想碰到的是谁，回头一看，原来是前天在"一力"和自己打架的那个男人。

"我……"

那人刚想说话就用手遮住了头部，原来他的眼角和脸颊都肿了。

"这个……"

那人没说话,掏出了一个包装好的盒子,一看那分量就知道里面装的是一瓶威士忌。

"上次实在是对不起了……"

那人低头鞠了一躬,把那瓶威士忌塞到了敬介手里,转身混入人群逃出了正面的大门。

山名的第二次手术是从当天下午四点开始的。

主刀医生当然是新井医局长,敬介担任第一助手,久保护士担任第二助手,器械护士是大石担当。

这个组合和上次教授来做手术的时候完全一样,只是主刀医生换成了医局长。

和教授同台手术敬介心里紧张得很,但这次是和平时无话不谈的医局长搭档,他心里轻松了许多。

有些人误认为,大学医院医局的负责人是教授,所以医局长也是教授,然而事实并非如此。

教授无疑是医局的最高负责人,所谓的医局长其实就是普通医局成员之长的意思。若以军队官阶为例,其就是除了军官以外的全体士兵之长。

所谓的军官,在医局里只有教授、副教授和讲师,接下来是论资排辈的助教,多数时候医局长由讲师兼任。

医局长的职责根据各医局情况也不尽相同,负责医局的会计和事务运作,安排医局成员的出差日程,安排调度值班,负责与每位医局成员谈话,包罗万象。

也可以说，这个角色是教授和普通医局成员之间的联络员。

以前都是教授选定合适的人选任命为医局长，最近也有医局成员投票互选确定的情况。一般适合这个职位的多是经验丰富、医术娴熟、顾全大局、通情达理的人物。

新井医局长完全具备上述条件。

他的体魄健壮，言辞谦卑，手术娴熟，体察部署。别看他年纪三十五岁，喝酒海量，威士忌一次喝一瓶不在话下，即使喝到凌晨两三点，第二天早上九点之前也能准时到位。上午的手术也安步当车。

有一次他有些宿醉，透过口罩仍能闻到酒气，身体也有些摇摆，但是手中的手术刀依然游刃有余。他的豪言壮语是"微醺时状态最佳"，一台胃溃疡吐血的大手术一个小时也能完美收官。

对教授他也阿谀逢迎。属下有想法，他都会及时传达上去。在医局成员的眼里他确实是值得信赖的大哥。

他就是今天主刀的医局长。

手术是在上一次手术之上重新做，而且患者受伤至今已经过去了将近一个星期。患者的皮下组织已经膨化变弱，多处出现内出血，体力不支，手术难度可想而知。

不过，医局长的医术实在是精湛得令人叹为观止。上次敬介战战兢兢花了一个小时才到位的骨折部位，人家没用十分钟就到位了，从上方很快开好了下髓内钉的开口。

"拉住，好，弯曲。"

上次为了使骨折的两端吻合，敬介尝试着使劲上下去对接。而医局长只是轻轻移开，在两端最靠近的地方，弯成一个三角形的顶点，然后就将其自然拉直了。

用这个方法既省力又不会损伤周围的肌肉。

往骨头里钉的髓内钉是从大学专门带来的,敬介一看跟自己上次用的一样也就放心了。

上次失败大概是自己打钉的方法有问题。

医局长首先在骨头上确认好打钉的位置,然后在大腿内侧轻轻弯曲的位置开始打钉。

接着敲了几下钉子轻易就进去了,简直不可思议。

到了敬介敲不进去的地方也只是稍稍有点阻力,很快就通过了,骨折的部分也很快固定下来。只是打钉的位置和落脚的位置稍微有所改变,手术就会非常容易。这一部分的秘诀手术书上没有写,这手绝活大概全凭常年的经验积累。

"好了,完了,缝合。"

从开始到现在只用了三十分钟多一点就缝合了,而且只出了二百毫升血。

前天自己费了九牛二虎之力都没搞定,这简直难以置信。

敬介满腹狐疑,护士们更是看得目瞪口呆。

观摩这台手术的护士们瞧不起敬介这样的庸医也就情有可原了。就算做不到医局长这样娴熟,来到这里的前辈们肯定都比敬介做得好。

敬介颜面尽失无地自容,深感自己的技术上存在着严重缺陷。

自己离医生的资格还差十万八千里,眼下只是通过了国家考试而已,要想出人头地尚需时日。

回大学医院还得重新跟着前辈们好好学习。他一边紧咬双唇一边系着线,这时缝合完刀口的医局长若无其事地说道:"之前已经做过了,所以这次很容易。"

敬介猛地抬头望了医局长一眼,接着又低下了头。

这真是睁着眼说瞎话。上次自己笨手笨脚白忙了半天的那台手术难度很大?

医局长这么说完全是为敬介树立威信,是为了防止护士们瞧不起敬介。

敬介想哭,既感激医局长的厚爱,同时痛感自己的不足。

"好,结束了。喂,今天准备了什么好吃的水果?"

医局长问担任杂役的清野护士。

"有橙子、草莓还有甜瓜。"

"好,让她们把甜瓜和草莓送到外科来。"

医局长说着在缝好的刀口上敷上纱布贴上了胶布。

"只需左右加上沙袋就行,不必打石膏。"

手术四点五十分结束。满打满算用了一个小时。

"已经做完了吗?"撤掉脸上的手术巾之后,患者问道。

"前天做过一次了,这次很顺利。"

山名躺在手术台上呆呆地望着医局长和敬介,鞠了鞠身体说了声:"非常感谢。"

担架车把患者推回病房以后,敬介和医局长脱下手术服一起进了洗澡间。

"不过,今天我还是不能饶恕自己。我简直太无能了……"

"无论是谁都会遇到失败的。我当年也是,忙了两个小时都没搞利索的阑尾炎手术,前辈来了五分钟就搞定了。"

"医局长也有这种经历?"

正在敬介吃惊的时候,有人敲响了玻璃门,门外传来了大石的喊声:"院长在'一力'等着了,叫你们赶紧过去。"

"院长?"

"还有事务长,两人在等着你们。"

两人在浴池里听罢面面相觑。

"怎么,今天有预定?"

"这事我没听说。您专程而来,大概他们觉得过意不去。"

"我是随便来的,没必要这么兴师动众。"

"可是医院讲医院的面子,怎么办?"

"人家都在那里等着了,不去怕是不合适吧?"

"我在电话里跟您讲过,我挺讨厌这个院长的。"

"这个我知道。"

医局长笑了笑,走出了浴盆。

两个人到达"一力"的时候,院长和事务长已经在二楼的"鹤厅"里坐着小酌起来了。妈妈正在院长旁边忙着斟酒。

"这次远道而来辛苦您了。"

院长坐正之后,照例冲着医局长寒暄了一通。虽然不是教授,但医局长掌管整个医局,负责调配出差,也是个不可等闲视之的人物,所以他们自然也不敢怠慢。

"来得仓促,今天晚上承蒙招待,非常感谢。"

医局长应答自如,足见其见多识广,老成持重。

"不过,完成得好快呀。"

"有难度的地方都被野野宫君提前做完了。"

"来,来,来,请。妈妈,快给医局长斟上酒!"

院长从一开始就没有待见敬介。进房间的时候也只跟医局长寒暄，根本没正眼瞧过敬介。

大概是没有请示院长就越俎代庖强行手术的缘故，惹得院长态度越来越僵硬。

"因为事出突然，我吩咐了事务长，结果也没找到好的旅馆，只好委屈您在野野宫大夫的房间住一晚。不过这里有的是鲜鱼，所以今晚就请慢慢品尝。"

从一开始就没打算订房间，还如此闪烁其词。

"来，我先敬您一杯！"

院长亲自斟满一杯酒递给医局长。这次不比教授来的时候那样郑重其事，气氛随便，只是院长对敬介态度有些冷淡。

尽管如此，医局长和院长、事务长聊得也挺欢，敬介坐在一旁只顾默默地喝酒吃菜。

做完手术肚子有点空，新鲜的生鱼片格外好吃，酒也好喝。但他依然保持着沉默，这是对昨天晚上院长那种做法的一种抵抗。

就这样，一个小时过去了。

酒席上突然热闹起来，是从妈妈再次来坐下给敬介斟酒的时候开始的。

"大夫，上次真的很抱歉。还痛吗？"

妈妈说着，用手轻轻抚摸着敬介眼眶，气氛开始微妙起来。

"野野宫君上次在这里惹出了大乱子。"

真是哪壶不开提哪壶，院长又在絮絮叨叨，敬介心里忐忑不安。然而这只是开始。

"不过，医生不能不学无术不懂装懂。作为医生正直也是最重要的。"

敬介顿时怒气直冲脑门。

什么叫不学无术？至少他是事先读了书本，认为自己能做才做的。虽然结果失败了，但这里面没有半句谎言。

"哎,年轻人往往对自己的能力过于自信。"

"⋯⋯⋯⋯"

"不过,野野宫君倒是很有女人缘。要花有花要草有草,这里真是天堂呀。"

"院长！"

敬介大叫一声,拳头猛击桌面。顿时桌子上的盘碗横飞,酒壶也倒了。

"从刚才我就一直没有作声,你还没完了！"

"哎呀,你看这事又弄拧了。"

敬介望着满脸堆笑的院长,站起身来。

"既然这样,我也想说两句。"

"哎,不要。"

医局长从旁制止,可敬介哪里肯听,接着便开始竹筒倒豆子。

这次手术山名提出的赔偿金是院长想要的补偿金。院长背地里和町长合伙投资游艇码头企图从中大捞一把。院长轮值和日值几乎不出诊,只留护士应付患者。还有,他把胃癌说成是腹痛耽误了治疗的那件事。他把心中郁积多日的愤懑一下子倾吐出来。

"别说了！野野宫！"

医局长几次想要制止都没有效果。

让一个年轻毛躁的出差大夫这一通数落,院长再也听不下去了。

"你还真以为自己是个了不起的医生啊！"

他开始连讽带刺应战了。

"院长不是医生,难道还没权力吗?"说完,院长把酒杯往桌上一摔,站起身来。

"我回去了。"

他连香烟和打火机都忘记拿就拂袖而去了。事务长慌忙追上去拽住了他。

"无耻,真是个荒唐的家伙!"院长大叫着下楼而去。

"一力"的妈妈追了出去,偌大的饭厅里只剩下敬介和医局长两个人。直到这时敬介才意识到事情闹大了。

即使是随时回大学的出差医生,也从来没人如此顶撞过院长。

"浑蛋!"

医局长把杯中的酒一饮而尽然后怒叱起来。

"你这个人浑蛋到家了。"

"是吗?"

敬介心里明白,但是那颗狂躁的心依然难以平静下来。

"你以为对方是什么人?"

"院长其实是个老奸巨猾自私自利的家伙……"

"你以为人都是正直的?正义就能为所欲为?认真努力才能不负众望?"

"可是,医生的天职是全心全意为患者服务……"

"那,你都做了些什么?"

"我……"

敬介话到嘴边又咽了回去。这句问话使他无言以对。

"事情没做好,别口无遮拦。"

"院长已经六十了。活了六十年,他过的桥比你走的路都多。你还不知深浅妄谈什么正义。你已经不是学生了,到了社会上也算是有医生地位的男子汉,不能动不动就任性胡来。人活到六十岁都不是白活的,要顺应时势学会生存。这也是值得我们医生好好学习的重要内容。"

"不是说医生只要学好医术就可以吗?"

"岂有此理。能说出这话,你真是个糊涂虫。医生学习医术固然重要,学会做人更加重要。一般来说,医术是治病救人的技术,只学会医术是远远不够的。"

听了这一番话,敬介心服口服。

"喜欢的人也好,讨厌的人也好,都必须先看人家的长处才是。"

"可是,那个院长对我也有点太过分了。我并没做过对不起他的事……"

"你还没看出来吧?"

"看出什么?"

医局长听罢吃惊地叹了一口气。

"一眼就能看出来的呀,那位院长喜欢这里的妈妈。"

"怎么可能呢?这里的妈妈可是町长的相好……"

"是谁的没关系。他喜欢妈妈,而妈妈却一个劲儿地跟你眉来眼去。如果是町长那就另当别论了,连年轻人都不放过,他能不生气?你好好考虑一下他此时此刻的心情。"

"可是……"

"年纪越大,越顽固,嫉妒心也越重。连这一点都搞不懂,还当什么医生呀?"

医局长的这一番话听起来云山雾罩,但仔细琢磨琢磨还真是那么个理。

"来,不谈这些了,喝酒!"

"对不起。"

医局长给敬介斟满一杯酒,若有所思地喃喃自语。

"你,想尽快回大学吗?"

敬介一听吃惊地望着医局长。

"你是说,回大学?"

"这样不是更好吗?"

医局长不慌不忙地喝完了杯中的酒。的确,跟院长闹到这个地步在这里再待下去恐怕也没好果子吃。

"你来这里多久了?"

"二月底来的。"

"噢,只有两个月多一点。第一次出差就来这里,这地方不错吧?"

"可是,原来的计划不是半年吗?"

如果就此打道回府,意味着原定六个月的出差计划只完成了不到一半。虽然辜负了医局长的期望,心中有些遗憾,但是作为一名初出茅庐的医生,能熬过两个月而不出纰漏大概也算是登峰造极了。

不过敬介觉得这段时间太短有些意犹未尽。

"这里的医院太小,只有一名外科医生确实困难重重,作为新人来说你算做得不错的。"

医局长宽慰了一番,可敬介心里仍在后悔自己没有想办法做得更好一些。

"不管怎么说,明天回医院先去给院长道歉。回大学的时间到时候我会通知你。"

"总是让您费心真是不好意思。"

现在敬介唯有心服口服。

一周后星期三的下午,医局长正式通知敬介回大学。

通知说,"下周一和继任的内田医师进行交接后回医局报到"。

内田比敬介高两期,两个月前才从甲府的医院回到大学。把他接着派来伊豆他肯定不愿接受,大概医局长是权衡了敬介的境遇之后才说服他的吧。

"对不起。"

因为自己的原因,给毫不相干的前辈添了麻烦,敬介心里觉得有些过意不去。

不过,说实话,自从跟院长闹翻了,敬介真是如坐针毡。

按照医局长的吩咐,第二天敬介找院长道了歉,虽然表面上和好如初,但是院长不可能不记这个仇。

从那之后,在走廊上相遇,敬介鞠躬他也视而不见。争吵的时候在场的事务长和听到传闻的办事员们也都显得很冷淡。

即使院长再无能,当面劈头盖脸揭了他的老底刨了他的祖坟,当地的人们自然也不会乐意。

接到了换班的通知后,敬介总算松了一口气,这下终于可以逃离这个人多嘴杂唾沫淹死人的医院,回到大都市振翅翱翔了。回到大学医院,虽然又成了新兵,但是那里有很多朋友,会很开心。

一旦回东京,牵肠挂肚的事也不少。

他首先惦记的是患者。敬介来院之后做过手术的患者基本情况良好。做过第二次手术的山名三天后退了烧,昨天开始食欲也恢复了。手术的刀口附近红肿得很厉害,但是不必担心会化脓。

更令他挂心的是那位扭了腰却误诊为腰椎骨折的荒木。虽说对前辈说出自己的失误会很难堪,但是不如实禀告的话也可能会惹上麻烦。这种时候敬介决定舍弃自尊,毕竟自己来这里才工作了两个月。

外来的门诊患者中没有很特殊的,也有只叮嘱了一句"再观察一下"就敷衍过去的病例。也正是为这些患者考虑,才要求新上任的医生至少要干上两个月。

不管怎么说,来换班的是自己的前辈,敬介不必担心,不过丢下就诊的患者多少有些不舍。

虽然有一部分患者对新来的敬介不服,但是大部分人都严格遵守了他的要求。

虽然是新手,但作为医生还是得到了大家有意无意的尊重,想到这里敬介心存感激。

他觉得,即使来的是比自己技高一筹的前辈,舍弃这些淳朴的患者打道回府也会不舍。还有那些待人亲切的护士们和做饭的大婶都令人难以忘怀。

说心里话,最令他不忍忘怀的是大石和有希子。回了大学肯定要和她们分手了。

从医局长那里正式接到通知后的第二天晚上,敬介把要回大学的事告诉了大石。是在她拿着晚饭来到屋里的时候告诉她的。

"说不定,这一周我就要回大学。"

大石听罢吃惊地望着敬介问道:"这是您希望的吗?"

"不是的,但是手术失败,又得罪了院长,所以……"

大石微微地点点头。她很聪明,大概早就察觉出敬介不会在这里待太久。

"已经正式决定了吗？"

"还没有。"

看见大石沉下脸，敬介的语言不知不觉也开始含糊其词变得温柔起来。

"真想在这里再多待些日子。"

"可是，您早就厌倦了乡下吧？"

"不能那么说。"

"回了东京，会有很多朋友等着你尽情欢乐吧？"

"东京那地方，乱七八糟的，太吵了。"

"您回去以后，咱们就再也见不上面了。"

"不会的，想来这里花三个小时不就能来吗？"

他看见大石低着头眼睛红红的。因为平日里看见的大石总是要强干练，这会儿敬介反倒不知所措。

"即使回了东京我也会经常来玩的。"

"我可以去吗？"

"当然了。"

"可是，您一回东京，很快就会把我忘了的。"

"哪能呢。"

敬介慌忙否认，不过要是大石真的去东京找自己，他还是有些害怕的。

"我知道，总有一天您要回去的，我好寂寞呀。"

那天晚上，上床之后大石异常热情。平时她总是显出少女般的羞涩，口中喃喃"不要……"，假意推搡之后才肯投怀送抱，而这一晚她自己先脱去衣服，说声"抱着我"就来了个饿虎扑食。

敬介还是第一次看到大石如此投入。不,有生以来他还是第一次见到如此放荡不羁的女人。

云雨过后,仿佛刚刚经历过一场暴风骤雨,浑身瘫软的时候,大石颤抖着肩膀把整个身子压在了敬介的胸膛上。

"不,你别离开我。"

她把头埋在敬介的胸脯里抽泣起来。

说心里话,敬介也想在这里再多待几天。手术失败,得罪院长,虽然有诸多的不如意,但是他很喜欢这个地方,除了极少数人外,当地人都纯朴而亲切。而且,在这里新来的医生都被尊称为"大夫",要是回到医局里,自己又成了一名小卒子,被前辈们呼来唤去。无论诊疗室还是坐席,都不能像在这里一样一人独享。而且,更令他忘怀不了的,还有无微不至照顾自己的大石和拿到大城市也毫不逊色的美人有希子。

刚来的那些日子确实有点寂寞,现在跟办事员和护士们都混熟了,丝毫也不感觉孤单。除了自己医术欠佳缺乏自信,这里的一切简直胜过天堂。

可是,医局长的一纸调令,任命难违。而且,如果是医局单方面的决定也另当别论,可造成这种被动局面的正是敬介本人。

"不,求你了,我不让你走……"

大石继续在敬介怀里摇头撒娇,从她女童般的娇态里也很难想象她在医院里声色俱厉地训斥发飙患者、直截了当地注射粗大针管的样子。

"我不离开你。"

对这种黏人的女人敬介并不反感,可是,一想到如此死缠烂打会发展到可怕的地步,他的心里也有点发毛。

"再多待几天吧,你去跟医局长说说看。"

"不行,不能干那种事。"

"那,我去跟院长说说看。"

"你可千万别干傻事。"

"可,人家心里难受……"

大石用额头蹭着敬介抽泣不止。敬介一时也有些束手无策,他把手臂伸到微微颤动的大石的肩膀下,让她枕着。

第二天的傍晚,敬介把要回大学的消息告诉了有希子。

迄今为止他从来没有往有希子家打过电话,这次借着转任这个名正言顺的理由,他毅然决定打一个电话。

最初接电话的好像是个用人,又过了两三分钟,有希子才出来接电话。

"这个月,我就要回东京了。"

听了敬介这句话,有希子当即回了一句英语,一下子把敬介搞得措手不及呆若木鸡,接着她改口说:"恭喜你了。"

"你最好永远也不要来这种地方,早点回东京吧。"

大概有希子已经听说了敬介惹出的这些事了,否则她不会冒出"恭喜"之类的话。

"那么,您啥时候回去?"

"下周一接替的大夫来了之后,我想周二就走。"

"是吗,那没几天了,多保重。"

这也太干脆了。敬介一下子慌了。

"我想,回去之前见你一面慢慢聊聊……"

"可是,现在选举正忙呀。接下来是我最忙的时候。"

"晚上也行,你什么时候有空?"

"我白天几乎都在车上,到了晚上很累不想出去。而且晚上还要接电话张贴广告,实在很忙。"

"只要一会儿就行。"

"可是,到月底也就几天不是吗?过几天在东京再见面吧。"

"能在那边见面吗?"

"可以呀。"

有希子说得很轻松,但只要回到东京,有希子就会和各种各样的男朋友一起散步,想到这里敬介没了自信。

"还想和你再兜一次风呢。"

"坐车我已经够够的了。"

有希子这句回答犹如当头一瓢凉水。

"走之前有空的话,请给我打电话。"

"不过,我想可能不行。"

当初为了拉选票来借名字的时候倒挺温柔,现在怎么像变了个人似的?

和院长不和的根本原因是把名字借给了有希子的父亲。如果说有希子是原因,也许有点过分,但也不能说和她没有关系。

"可是,你真的那么喜欢选举吗?"

"是的,现在到了关乎整个町能否保住美丽自然风貌的重要时刻。"

满脑子只知道父亲选举的有希子,似乎无法理解敬介的讽刺。

不管怎样,把名字借给人家就只有任人摆布。早知今日,当初就不该借给她,现在想起来肠子都悔青了。

"那么,到东京你可一定要来找我呀。"

"那要我乐意才行。"

事到如今,敬介终于看明白了,只能说自己瞎了眼,交友不慎。这和一提起要回东京就泣不成声的大石相比,简直是天壤之别。有希子简直冷酷无情到了令人目瞪口呆的程度。难道这就是那位一见面就提出约会的女孩吗?女人真是善变呀。但说这些都没用,大概有希子从一开始就是这种女人。

"随你便吧。"他真想当场堵上一句就此打住,但是心里还是依依不舍,这就是敬介的懦弱。

"那,再联系吧。"

虽然心里清楚,可最后还是心存侥幸地挂了电话。

还有一位"一力"的妈妈。当天晚上,为了发泄被有希子奚落的愤懑,敬介一个人来向妈妈辞行。

吧台上坐着一帮客人,敬介在一端落了座,然后悄悄叫来了妈妈。

"又要换班了?"

听了敬介的话,妈妈显得有些吃惊,很快斟满了一杯酒,仔细端详着敬介。

"您也真的不容易呀。"

"我也见过几位来出差的大夫,没有人比您更英俊可爱的。"

"是吗?"

"是呀。看到您对院长都无所畏惧,才相信您往骨头上钉钉子,钉到一半进不去的事。"

"那件事,就别提了。"

"不过,我很喜欢您的。我曾经想过要和您亲近上一次。"

"请等一下。我想问你一件事,院长喜欢你是吧?"

"什么呀,干吗表情那么吓人。"

"我以为你是町长的人呢。"

"我不跟你说过,我现在和町长分手了嘛。"

"那,现在你和院长呢?"

"那个蚰蜒呀,整天缠着我,简直被我迷得神魂颠倒了。"

"可是,我也因此被……"

"瞧,连你也跟着受牵连了。"

"不,那倒没有。不过因为这个,院长对我……"

"嗯,这样不是很好吗?年轻就得及时找乐子。我问您,那位大石小姐怎么样?"

"什么怎么样?"

"别瞒我了,她可是认真的。我还是头一次看见这么投入的女人。"

"我只是……"

"只是做了什么没关系,大龄姑娘动了真情可是够吓人的呀,看她那架势说不定能追到东京去的。"

敬介听罢不觉脊背一阵发凉。

"那怎么办才好?"

"这可就看你的啦。"

妈妈不慌不忙地笑起来。

"回了东京别忘了再来玩,别看这里地方小,可是很好玩的呀。"

的确发生了很多事,让敬介难以忘怀。他想,可能这一辈子都不会忘记这个小町。一想到离开,他心中涌起了无尽的不舍。

"下次你来的话,咱俩悄悄去土肥温泉玩一趟吧。"

"和我?"

妈妈说着,深情地送了一个媚眼,给敬介斟满了酒杯。

周一的傍晚,敬介就离开了西伊豆的富士滨。

内田前辈中午便到了,下午办完交接,傍晚敬介就打道回府了。

跟院长道别之后来到大门口,职员和护士们都等着给他送行。

"您多保重!"

年轻的护士们和他一一握手道别。大概听护士们讲了,住院的患者们也穿着病号服出来送行。敬介和所有的人逐一握手之后上了车。

医院的车子从这里把敬介送到了三岛,然后他再乘新干线回东京。

"再见!""欢迎再来!"

护士和患者们挥着手,敬介打开车窗回应着。

事务长和护士长挥着手,刚接完班的内田前辈也微笑着站在一旁。

也是因为傍晚正值下班时间,几乎所有的职员都出来送行了,但是唯独没见院长和大石的身影。

昨晚大石在敬介宿舍帮他整理行李,把书和内衣还有之前送给他的衣服井井有条地叠好装进了旅行包。

随后,两人在富士滨度过了最后一夜。大石依然热情似火,然后多次向敬介倾诉离别之苦。

敬介也想找些柔情细语来安慰她,但一时又找不到合适的言语,只有默默无语。

就这样到了早晨大石就先离开了。到了医院就没法再谈个人的话题了,后来内田到达,开始交接,最后依次道别,不知不觉就到了傍晚。

敬介从车窗里挥着手,再次在送行的人群中搜寻了一番,依然没有发现大石的身影。

可是,车子开动出了正门右拐开始下坡的时候,他回头看见了西楼的二楼上窗户内身穿白大褂正朝这边张望的大石。

尽管隔得很远,护士帽子上的黑线和略显宽厚的肩膀使敬介一眼就认出那是大石。

敬介立刻隔着车窗挥起手来,可能大石没有看到,她只是望着这边目送着车子。

"再见!"

敬介朝着她白色的身影喃喃自语。

历经了这么多的事情,对自己帮助最大的当属这位大石。不仅在工作上,还有个人生活上,她都是关怀备至。

虽然自己也曾因这个深情的恶妇纠缠忧郁过,但是大概是年龄成熟,她分手也如此华丽。

"注意,多保重!"

今天早晨两人最后吻别之后,她只说了这一句,然后莞尔一笑,便转身离去了。

现在她一个人站在窗口送别,大概是不想让人看到她流泪哭泣的样子。

即便如此,像大石这样的大龄姑娘,也曾认真地爱过像自己这样的小伙子?曾经听说过一个姐弟恋的故事,但从来没想过自己会有这样的经历。

总而言之,从大石身上敬介领略到了女人温柔的一面和可怕的一面,这对敬介来讲是很大的收获。

即使两人不能终成眷属,也会给她留下青春的美好回忆,这是永远难忘的。

但是,与大石相比,有希子则是个有点难以驾驭的女人。

最初一见钟情似乎纯粹是出于好奇心,后来利用敬介之名为其父竞选则完全是一个阴谋。

但也正因为有希子年轻貌美,桀骜不驯才更迷惑人。她这种类型的女人在都市里比比皆是,根本不值得自己下功夫去追求。

敬介虽然如此反思,但是内心深处依然心存侥幸念念不忘,这正是他的弱点。

可是,跟有希子相比,"一力"的妈妈风情万种更有女人味。这种女人大概才称得上真正的大姐大,见多识广,令人望而生畏。

正因如此,也让人觉得,被这位妈妈搂在丰满的怀里肯定会安心入眠。

然而,眼下自己还不具备找这样的妈妈的实力和财力,看样子必须得回东京好好修炼一番再从长计议。

不,必须重新学习的不是如何追这些女人,当务之急是迅速掌握本领。

像这次发生的这些事,简直愧对医生称号。

说实话,连一名蹩脚的小护士都不如。

在医学部学了六年,现实中却派不上半点用场。

这样下去肯定不行。不学习的话就成不了一名优秀的医生。

仅仅通过了国家考试是没有什么意义的。这就形同只有证书没有实践经验的本本族一样,徒有虚名。

一想到在富士滨经历的种种失败和失误,他的脊梁杆子还会觉得发凉。

以前常听前辈说,"一个名医的诞生意味着背后曾有几百名患者牺牲"。此言有些夸张,但也不能说没有这种倾向。

幸好自己的失误并没有造成患者死亡,只是延误了患者的治疗,致使患者晚出院几天。

其中,对那位两度手术的山名和那位扭伤腰被误诊为腰椎骨折的荒木,自己真是感觉心中有愧。

应该跟这两位说声抱歉才对……

这两位的教训也是永生难忘的。

总之,这次教训使自己痛感到自己的不足。

即使回到东京也要夹起尾巴做医生。虚心向前辈请教,争取将来成为一名优秀的医生重回这里。届时就不必看护士和患者的脸色,能够轻车熟路地做手术了。

敬介望着窗外,心中自问自答。

车子行驶在富士滨北面的海岸线上。道路沿着峡湾拐了个大弯,隔着海可以望见右边渐渐远去的小城富士滨、前面的岩石地带以及松林茂密的海岬。

他曾经到海岬最突出的地方兜过一次风。他本是想带有希子去的,但带着去的却是医院的护士。

他曾想过在夕阳西下晚风劲吹的海岬上向有希子求爱表白,不知道她会不会接受,但这种机会大概已经不会再来了。

"不过,我肯定会回来的!"

敬介朝着海岬再次喃喃自语。

下次自己将作为一个出人头地的医生归来。

到时候,有希子在不在无关紧要,只要这里的人们知道自己成了优秀的大医生就足够了。

"等我归来吧!"

敬介迎着劲吹的海风,朝着海角前方黄昏降临中的小镇放声大喊。